心灵之沟通

——神秘主义文学论文集

程彤 刘慧 王振容 编

中西書局

目录

طبل توخالی

بررسی و تحلیل دیگرگشتهای داستانی در متون صوفیانه بر اساس داستانی در کلیله، مجالس سبعه و مثنوی

دکتر احمد رضایی

دانشیار گروه زبان و ادبیات دانشگاه قم- ایران

استاد مدعو دانشگاه مطالعات بین المللی شانگهای-چین

چکیده

بخشی از نقد ادبی ،بررسی ارتباط متون با یکدیگر ، تأثیر گذاری و تأثیرپذیری آنها از یکدیگر و چگونگی آن بوده است. این موضوع در آغاز بیشتر به بازیابی سرچشمه موضوعات و اندیشه ها معطوف بوده و نهایتا به بخش سرقات می پرداخته است. در روزگار ما بررسی پیوند متون وارد قلمرو جدیدی شده و از روابط بین متنی آنان و چگونگی تأثیرپذیری متون از یکدیگر سخن می گوید؛ به تعبیری در اینجا دیگر سخن بر سر منابع و مصادر متون نیست بلکه گرانیگاه کار، تمرکز بر دیگرگشتهایی است که در جریان تحول موضوع از یک متن به دیگری روی می دهد. از طرفی می دانیم صوفیه برای بیان مطالب و موضوعات خویش مکررا از روایتها و داستانهای گوناگون استفاده می کرده اند؛ این متون داستانی یا برساخته خود آنان بوده یا برگرفته از دیگر منابع بوده، لیکن صوفیه با دگرگونیهای خلاقانه ، آن را منطبق اهداف خویش می کرده اند.

از جمله کسانی که از منابع پیشین یا همزمان عصر خویش بسیار بهره مند شده، مولوی است. اندیشه عمیق همراه با خلاقیتهای هنری این شاعر پارسی گوی، دیگرگشتهای متعددی در موضوعات برگرفته از دیگران به وجود آورده و آن را در شکل یا درونمایه ای دیگر عرضه کرده است. می توان گفت تأثیری پذیری مولوی در همه آثار منظوم و منثور وی مشهود است .هر چند خلاقیتهای وی در داستانهای مثنوی بسیار برجسته است، به نظر می رسد مجالس سبعه وی نیز از این دیگرگشتها برکنار نیست. از رو در این پژوهش ضمن معرفی اجمالی مجالس سبعه مولوی، یکی از داستانهای این متن را که برگرفته از کتاب کلیله و دمنه است و مولوی آن را در مثنوی نیز به گونه ای دیگر به کار گرفته، بررسی و تحلیل نموده ایم و با مقایسه این روایت در سه متن مذکور، دیگرگشتهای آن را نشان داده ایم.

واژگان کلیدی: مجالس سبعه، مثنوی، کلیله و دمنه، روبا و طبل، بینامتنیت

درآمد

می توان گفت بررسی روابط و پیوندهای متون با یکدیگر قدمتی به اندازه خود متون و آثار دارد. محققان این حوزه تلاش می کردند تا سرچشمه آثار را بهدست دهند و از طرفی شیوه های سرقتهای احتمالی و چگونگی روش سرقتهای علمی را تبیین نمایند؛این موضوع یکی از حوزه های نقد ادبی کهن یا در برخی موارد یکی از مباحث بلاغت قدیم به نام « سرقات» را تشکیل می داد.

در روزگار ما، اما، بررسی تأثیر و تاثر متون از یکدیگر با نام بینامتنیت ظهور کرده است. در این جا تلاش بر یافتن سرچشمه های آثار یا روشن نمودن چگونگی سرقت های علمی یا فکری مؤلفان متمرکز نمی شود، بلکه در این جا مبحث سرقات و انواع آن، موضوعی پیش پا افتاده تلقی شده ،محقق تلاش می کند متن را از انزوا خارج کند و میان متن های پیشین و پسین پیوند ایجاد نماید.

برخی صاحب نظران از پیوندهای مختلف کلمات، گفتارها سخن رانده و بر ارتباط موضوعات صحه گذارده اند، چنانکه تودورف معتقد است: نه تنها گفتار ها با یکدیگر در رابطه اند، بلکه کلمات نیز همواره از پیش به کار گرفته شده اند و با خود کاربرد های پیشین را حمل می کنند، نیز "موضوع ها"حداقل در یکی از حالات خود قبلی خود، با سخن های دیگری که مواجهه با آن ها حتمی است، در تماس قرار گرفته اند(تودورف، ۱۳۷۷:۱۲۱-۱۲۵). در بینامتنیت، تنها سخن از پیوند متون با یکدیگر نیست، بلکه مهمتر از آن« چگونگی » ارتباط آنهاست،از این رو بینامتنیت بیش از اینکه نامی برای فهم مناسبات متون با یکدیگر باشد، نشانگر شکل حضور هر اثر در قلمرو فرهنگ است؛ مناسبات بین متنی در حکم حلقه های رابط اجزا سخن است که به متن امکان می دهد تا معنادار باشد(احمدی، ۱۳۷۲:۲۲۷). با چنین رویکردی ، دیدگاههای پیشین درباره نقد سرچشمه های متون یا به عبارتی یافتن منابع پیشین چندان موجه نمی نماید، بلکه شیوه بازتولید متن اهمیت می یابد؛ این سخن به معنای نفی جستجوی یا بی اهمیت دانستن سرچشمه نیست، بلکه تمرکز بر انسجام و چگونگی هویت پذیری متن نو یا متن دوم است از این رو بارت معتقد است: «در واقع، مشخصه ی معرف متن این است که متن خواهان «یک کتابت تازه » به عنوان بخشی از تجربه خوانده شدن است. آینده متن، متن جدیدی است که سلفش در آن جذب می شود » (پین،۱۳۸۲:۱۸).

کوتاه سخن اینکه دو معیار کانون توجه پژوهش ها پیرامون این حوزه است: الف) چگونگی نظام دلالتی یا شکل جدید، ب) بررسی همزمانی متن به جای بررسی در زمانی آن. پژوهش های پیشین.« نظریه های سنتی همواره حضور یک متن پیش زمان را در یک متن پس زمان مورد بررسی قرار می دادند. زیرا پیوسته در جستجوی چگونگی باز تولید یک اثر به واسطه اثر پسین بودند، اما کریستوا همواره بر رابطه همزمانی و نه در زمانی تأکید می کرد» (نامور مطلق،۱۳۹۰:۱۳٤). نکته ای که به نظر می رسد باید بر آن تأکید کرد ،این است که این متون الزاما نباید از مؤلفان مختلف باشند، بلکه می توان دگرگونی یک موضوع یا مسأله یا روایت را در آثار مؤلفی واحد بررسی نمود و دیگرگشتهایی که به دلیل زمینه متن یا شرایط انعقاد کلام روی داده تبیین نمود.

نکته دیگر که باید بدان توجه شود اینکه صوفیه در آثار خویش به انحای مختلف از متون داستانی و روایی بهره مند می شده اند و با خلاقیتهای خویش چه بسا متنی پیش پا افتاده و روایتی نازل را پویا می نموده اند. و با توجه به زمینه متن، چه بسا از روایتی ساده، مفهوم و درونمایه ای عالی اراده می کرده اند. این داستانها یا برگرفته از دیگر متون بوده یا حاصل خلاقیت صاحبان و مؤلفان متون عرفانی است؛ می توان گفت در متون عرفانی فارسی، مولوی از سرآمدان چنین خلاقیتها و دیگرگونیها در داستانها و روایتهای داستانی است. وی برای بیان مضامین عرفانی و انتقال آسانتر درونمایه های مورد نظر خویش،از داستانهای بسیاری استفاده کرده که بعضی از آنها ساخته خود اوست و بسیاری از آنها، از دیگر متون از جمله کلیله و دمنه

گرفته شده و مولوی با توجه به زمینه متن ، دیگرگشتهایی منطبق با مفهوم مورد نظر خویش در آن ایجاد کرده است. وی در آثار گوناگون خویش، بویژه مثنوی، تلاش کرده چنین شگردی را به کار گیرد؛ بر این اساس ،مجالس سبعه یا هفتگانه که دربردارنده هفت مجلس وعظ و خطابه مولوی است؛ نیز از این مختصه بی بهره نمانده است. در این متن که گویا در حضور مریدان و شنوندگان ایراد شده، مولوی به بسط موضوعات پرداخته و همین ویژگی خطابی موجب شده اجزای مختلف متن گسترش یابند. به دیگر سخن با توجه به ساختار خطابی این متن، اجزای گوناگون آن باید از اسلوبی منطبق با آن در خدمت ابلاغ درونمایه برخوردار شوند. از این رو در این پژوهش بر آنیم تاضمن معرفی اجمالی مجالس سبعه، یکی از داستانهای این متن را که در مثنوی مولوی و کلیله و دمنه آمده است بررسی وتحلیل نماییم و دیگرگشتهای آن را که به دلیل زمینه متن ایجاد شده تبیین نماییم..

مجالس سبعه

جلال الدین محمد(۶۰۴-۶۷۲ ه.ق) معروف به مولوی از جمله اندیشمندان و شاعران پارسی گویی است که با گذشت قرنها، همواره تمایل به اندیشه های او رو به افزایش است.. آثار منظوم و منثور وی علی رغم تفاوتهای شکلی و ظاهری، همانندیهای فراوانی از نظر درونمایه دارند؛علاوه بر این، در این آثار موضوعات مشترک بسیاری دیده می شود که زمینه متن موجبات برخی دگرگونیها در آنها شده است، لیکن پیوندهای زیادی میان آنها دیده می شود؛ به دیگر سخن، تحلیل این آثار علاوه بر اینکه هسته مرکزی آنها را نشان می دهد، روند تغییرات را نیز روشن می کند. از جمله این پیوندها روابطی است که بین دو اثر مولوی یعنی مجالس سبعه و مثنوی وجود دارد. یافتن این روابط می تواند در قالب بررسی های همزمانی، آن هم در آثار مؤلفی واحد در نظر گرفته شود..

مجالس سبعه یا هفتگانه در کنار فیه ما فیه و نامه ها، از آثارِ منثورِ مشهورِ مولوی است. این کتاب برگزیده ای از مجالس وعظ مولوی است که شاگردان و مریدان وی جمع آوری کرده اند و احتمالا به رؤیت و تصحیح خودِ مولوی هم رسیده است. بر اساس شواهد تاریخی سنت وعظ در خاندان مولوی ، امری مرسوم بوده و پدران و اجداد وی نیز به این امر اهتمام داشته اند. چنانکه احمدالخطیبی و حسین خطیبی، پدربزرگ و پدر بهاولد ، که طبق نظر افلاکی از مردان دانشی روزگار خود بوده اند(افلاکی ، ج ۱، ص ۹). گویا به این کار اشتغال داشته اند و به نظر می رسد صفت «خطیبی» که پس از نام آنان آمده به همین موضوع اشاره نماید. پدر مولوی نیز خود از عالمان ، واعظان و مجلس گویان بنامِ روزگار بوده است و کتاب معارف وی ، مجموعه ای است از مواعظ و نصایح وی در پاسخ به مریدان ، به رسم مجلس گویان (بهاولد،۱۳۸۲:د).پس اگر وی سنت پدران خویش را تداوم بخشد، چیز عجیب نیست، چنانکه بعد از پدر، علاوه بر مسولیت مدرسه وی، در مسجد جامع قونیه ، جلال الدین مجالس منظم وعظ را برقرار کرده بود(Emerik,۱۰:۲۰۰۸-۱۱). افلاکی نیز در مناقب العارفین اشاره می کند که مولوی جمعه در مسجد قلعه وعظ می گفته و سوره «والضحی» را تفسیر می کرده است(افلاکی،۱۳۶۲،جلد ۱۷۱:۱). همچنین فریدون سپهسالار اشارت می کند که مولوی در آغاز به شیوه پدر وعظ می گفت و چون با شمس الدین تبریزی دیدار کرد، دست از وعظ بشست ؛غرض اینکه جنین رویه ای، شیوه ای معهود در این خاندان بوده و مولوی نیز پس از پدر تا زمان دیدار با شمس، این راه را ادامه داده است. به نظر می رسد مجالس سبعه ، با توجه به ساختار این اثر، باید حاصل این روزگاران باشد. البته اینکه تاریخ این اثر روشن نیست امری است طبیعی، زیرا این کتاب حاصل سخنان یا برخی مجالس مولوی است که به تناوب گفته یا حتی می توان گفت هر مجلس حاصل چند خطابه یا مجلس وعظ وی باشد که به

صورت یک مجلس درآمده، چنانکه مجلس اول (مولوی، ۱۳۷۹:۱۹-۵۹) حدود چهل صفحه است ؛ هنگامی که این مجلس با شش مجلس دیگر مقایسه می شود، می توان گفت این بخش حاصل یک جلسه نیست، بلکه باید محصول تداوم یک موضوع در چندین نشست باشد. آنچه مسلم است اینکه شاگردان و مریدان مولوی بعدها یاد داشتهای خود را (شاید زیر نظر و اشراف خود او) جمع آوری، تدوین و تویب کرده اند و صفت سبعه نیز می تواند از تقدس عدد هفت در فرهنگ ایرانی - اسلامی و حتی اهمیت آنان در میان صوفیه متأثر شده باشد. و الزاما بدین معنا نیست که مولوی هفت مجلس خطابه را بدین گونه ایراد کرده است؛ زیرا اگر مولوی مدتی از عمر خویش را به وعظ سپری کرده باشد ، طبعا تعداد این مجالس بسیار بیش از این مقدار بوده است.آنچه پذیرفتنی تر می نماید اینکه شاگردان و مریدان وی بخشی از خطابه های وی را جمع کرده اند و در هفت بخش جای داده اند و شاید مولوی خود بدین کار خرسند بوده است.

به هر روی این کتاب از نظر ساختار بسیار درخور توجه است؛ اشعار،زبان، ساختارهای بلاغی و... بخشهای مختلف این اثر را به هم پیوند داده اند و هر یک جداگانه موضوعی شایسته پژوهش اند، اما یکی از بخشهای این اثر حکایاتی است که در مثنوی مولوی نیز آمده است. چه بسا می توان گفت بیشتر حکایتهای مجالس سبعه در مثنوی نیز آمده اند(همان،۵)؛ آنچه درخور توجه است این است که به نظر می رسد زمینه خطابی مجالس سبعه تغییراتی اساسی در این داستانها به وجود آورده است؛ از جمله اینکه متن اصلی حکایت بسط و گسترش یافته و تلاش شده ابهام خاصی در متن ره نیابد تا مخاطبان و شنودگان که در مجلس حضور داشته اند، بدون هیچ ابهامی درونمایه مورد نظر فرستنده یا گوینده را دریابند؛ به نظر می رسد برای نیل به چنین منظوری اجزای داستانهایی که از دیگر متون گرفته شده، در جهت تقویت درونمایه جدید دیگرگون شده اند؛ این تحول زمانی آشکار می شود که این داستانها را با چگونگی کاربرد آنها در متن و زمینه ای دیگر از جمله مثنوی معنوی مقایسه کنیم.به دیگر سخن می توان با مقایسه این حکایتها ، دیگرگشتهایی را که به دلیل زمینه متن و تحول فکری مولوی در آنها روی داده ، نشان داد.از جمله این حکایات می توان به داستان کج شدن تاج سلیمان(همان،۲۷) که در دفتر اول و چهارم مثنوی آمده، روباه و طبل (همان،۶۶)که در دفتر دوم مثنوی آمده ،هدهد و سلیمان(۶۹)،که در دفتر اول و ششم مثنوی آمده ، پیامبر و حارثه(همان،۷۷)که در دفتر اول مثنوی آمده و داستان جوع البقر(همان ۱۰۴) که در دفتر پنجم مثنوی نقل شده، اشاره کرد. در این جا برای نشان دادن تأثیرات متن خطابی صوفیانه و دیگرگشتهایی که در روایتها ایجاد می نماید ، به بررسی داستانی داستان مشترک در کلیله ، مجالس سبعه و مثنوی می پردازیم ، تا با در کنار هم قرار دادن این سه روایت ، تغییرات آنها را روشن نماییم. پیش از پرداختن به این موضوع ، اختصارا به تأثیر کلیله و دمنه در آثار مولوی می پردازیم.

کلیله و دمنه و آثار مولوی

کلیله و دمنه از جمله آثاری است که از زبان پهلوی و از طریق آن از سانسکریت به دست ما رسیده است.این اثر بر بسیاری از آثار و متون پس خود تأثیر گذارده است(۱). تأثیر این کتاب در ادبیات جهان تا بدان جا است که تئودوربنفی،پدرتحقیقات تاریخی-تطبیقی،با ترجمه پانچاتنترا(کلیله ودمنه) به زبان آلمانی،منشأ همه قصه های جادویی و پریان را به ادبیات هند باز برد(پراپ،۱۳۸۶: ٤). در هر حال سخن بر سر این است که این کتاب در بسیاری آثار جهانی پس از خود به صورتهای مختلف تأثیر گذارده است. از جمله متونی که از کلیله بسیار متأثر بوده اند، آثار مولوی ،بخصوص مثنوی است. وی مکررا در خلال این اثر به کتاب کلیله و دمنه یا شخصیتهای آن اشاره می نماید؛ از جمله:

از کلیله باز جو آن قصه را   واندر آن قصه طلب کن حصه را

یا   (مولوی،۱۳۸۱دفتر اول :۹۶)

تا همی گفت آن کلیله بی‌زبان   چون سخن نوشد ز دمنه بی بیان

(مولوی،۱۳۸۱دفتر دوم :۳۷۸)

می توان گفت :« مثنوی از نظر محتوا با همه متون ادب فارسی اعم از نظم و نثر به جهاتی قابل مقایسه و تطبیق است و بیشتر از همه با کلیله پدیده مشترک ادبیات ایران و هند. اگرچه مثنوی را برخلاف کلیله یک تن به وجود آورده است، اما مولوی اجتماعی از فکر و اندیشه و تلفیقی از آنها در یک کالبد انسانی بوده است. این هر دو اثر در جهت آموزش و پرورش و تعلیم و تربیت و به شیوه داستان در داستان ساخته شده اند. علی الخصوص که در نظم مثنوی چه بسیار تحت تأثیر کلیله و یا منابع اصلی آن قرار گرفته است»(ترابی،۱۳۵۳:۶۲). لکن مولوی فقط به کاربردِ صرفِ کلیله در آثار خویش اکتفا نکرده است، بلکه با خلاقیت توانسته است داستانهای مذکور را در زمینه متنی دیگری به کار گیرد و درونمایه و کنش شخصیتهای آنها را کاملا دگرگون نماید.
در این این جا داستان « روباه و طبل» را که در کلیله آمده و مولوی به تناسب، آن را در مجالس سبعه و مثنوی به کار گرفته، بررسی و تحلیل می نماییم تا دیگرگشتهای آن را که به تناسب زمینه متن روی داده، نشان دهیم.

داستان روباه و طبل در کلیله و دمنه

این داستان در باب « شیر و گاو» کلیله و دمنه آمده است، داستان مذکور به عنوان مثل از زبان دمنه برای دلداری شیر بیان شده است.در این روایت، دِمنه هنگامی که می بیند شیر از صدای گاو هراسان شده برای دلداری او می گوید:«گفته‌اند که آفت عقل تصلف است، و آفت مروت چربک، و آفت دل ضعیف آواز قوی. و در بعضی امثال دلیل است که به هر آواز بلند و جثه قوی التفات نشاید نمود. شیر گفت: چگونه است آن؟» دِمنه گفت: :«آورده‌اند که روباهی در بیشه ای رفت آنجا طبلی دید پهلوی درختی افگنده و هرگاه که باد بجستی شاخ درخت بر طبل رسیدی، آوازی سهمناک به گوش روباه آمدی. چون روباه ضخامت جثه بدید و مهابت آواز بشنید طمع دربست که گوشت و پوست فراخور آواز باشد می‌کوشید تا آن را بدرید الحق چربوی بیشتر نیافت. مرکب زیان در جولان کشید و گفت: بدانستم که هرکجا جثه ضخیمتر و آواز آن هایل تر منفعت آن کمتر»(نصرالله منشی،۱۳۸۵:۷۰-۷۱).

تحلیل داستان

در این روایت دِمنه راویِ داستان است و شیر روایت شنو. راوی به شیوه بیشتر داستانهای کتاب کلیله ,نخست به درون مایه داستان به عنوان براعت استهلال ،اشارت کرده است:**بهر آواز بلند و جثه قوی التفات نشاید نمود**.پس از این مقدمه داستان اصلی آغاز می شود.
شخصیت داستان: این روایت دارای یک شخصیت است که همان روباه می باشد.شخصیت مذکور ، شخصیتی کنشگر است ؛ زیرا بر اساس نظریه کنشی، هر شخصیتی در داستان نقشی را به عهده دارد که باید آن را انجام دهد، بنابراین شخصیت کنشگر نامیده می شود.(اخوت،۱۳۷۱:۱٤٥). تنها شخصیت داستان، علی رغم طرح ساده آن، شخصیتی پویا به شمار می رود؛ یعنی دچار دگرگونی می شود، لکن این تحول، تحولی درونی و ذهنی است نه بیرونی؛ روباه در آغاز داستان به دلیل صدای بلند طبل تصور می کرد که به غذا یا گوشت فراوانی دست می یابد، لکن پس دریدن آن دریافت:هرکجا جثه ضخیمتر و آواز آن هایل تر منفعت آن کمتر.

کنشهای داستان

تصور شخصیت بدون کنش در داستان پذیرفتنی نمی نماید. کنش یا«خویشکاری یعنی عمل شخصیّتی از اشخاص قصه که از نظر اهمیتی که در جریان قصه دارد، تعریف می شود.»(پراپ،۱۳۸٦:۵۳). روایت کلیله کنشهای پیچیده و متعددی ندارد؛ کنشها یا خویشکاریهای آن را می توان بدین صورت نشان داد:

۱- برخورد باد با طبل و برآمدن صدا

۲- طمع کردن

۳- دریدن طبل

۴- نجوا کردن(با خود گفت)

چنانکه ملاحظه می شود کنشهای این روایت اندک و ساده اند، اما آنچه درخور توجه است اینکه، این خویشکاریها، با یکدیگر رابطه علی و معلولی دارند؛ به دیگر سخن طرح روایت ساختارمند است.اگر هر داستان را متشکل از سه بخشِ :زمینه(تعادل)← موقعیت (عدم تعادل) ← تعادل ثانویه بدانیم، داستان روایت مذکور با عدم تعادل یا نقطه عطف که مرز میان زمینه و موقعیت است،آغاز شده و همین امر به داستان جنبه علیت بخشیده است(۲). نکته دیگر اینکه فرایندهای این روایت عمدتا فرایندهای مادی هستند؛ یعنی فرایندی که طی آن عملی انجام یا رخدادی شکل می گیرد یا چیزی تحت تاثیر واقع می شود: دیدن، باد وزیدن، شنیدن، حمله کردن و دریدن از این جمله اند. این فرایندها بیشتر متعدی هستند و بنابراین از سطح یک کنشگر به کنش پذیر منتقل می شوند و این موضوع پویایی داستان را موجب می شود و البته بیشتر به آن جنبه عینی و بیرونی می دهد. البته در این جا فرایند ذهنی تنها یک مورد است : طمع دربستن و فرایند کلامی نیز همان جمله : با خود گفت....

نکته دیگر اینکه در این روایت صحنه پردازی چندانی نیز دیده نمی شود، کوتاه سخن اینکه همه ویژگیهای این روایت دال بر سادگی و عینیت و از طرفی روابط علی و معلولی است.

روباه و طبل در مجالس سبعه

این داستان در مجلس دوم برای روشن نمودن معنای غنای حقیقی که همان توانگری دل است,نقل گردیده ؛ مولوی تأکید می کند که ظاهر روزگار و زمانه زیبا و فریبنده است، لیکن درونی زشت و مردم کش دارد:

ملک تعالی در حق عالم غدّار — ندای فاعتبرواکرد یا اولی الابصار
زمانه بر مثل لعبت است مرد فریب — چو نیک درنگری زنگی است مردم خوار

آن گاه برای تبیین موضوع داستان روباه و طبل را نقل می کند:

آورده اندکه روباهی در بیشهای رفت. آنجا طبلی دید آویخته در پهلوی درخت افکنده، و هرباری که بادی بجستی، شاخ درخت بر طبل رسیدی، آواز بلند به گوش روباه آمدی. روباه چون بزرگی طبل بدید و بلندی آواز بشنید، از حرص طمع دربست که گوشت و پوست او درخور شخص و آواز او باشد. همه روز تا به شب بکوشید و به هیچ کاری التفات نکرد تا به حیله بسیار به طبل رسیدکه گرد طبل خارها بود و خصمان بودند. چون بدانجا رسید و آن را بدرید، هیچ چربویی نیافت. همچون عاشقان دنیا به شب هنگام مرگ، نوحه آغازکردکه:

صیدم بشد و درید دام این بتر است — می، درد شد و شکست جام این بتراست
دل سوخته گشت وکار خام این بتراست — دین ضایع و دنیا نه تمام، این بتراست

اما روشن چشمان معرفت و سرمه کشیدگان حضرت، در این بیشه روباه، به آواز طبل التفات نکنند، شکار باقی جویند(مولوی، ۱۳۷۹: ۶۶).

مقایسه متن مجالس سبعه با متن کلیله، همانندی کامل دو متن را نشان می دهد. به نظر می رسد کسانی که مجالس سبعه را تدوین کرده اند به متن کلیله دسترسی داشته اند و بخش اعظم داستان را مطابق متن اصلی درآورده اند، وگرنه پذیرفتنی نمی نماید خطابه ای که در مجلس وعظ به صورت شفاهی گفته می شود، کاملا با متن اصلی منطبق باشد.از این رو می توان گفت بخش اصلی دو روایت یا کلان روایت کاملا یکسان است.

تغییرات و افزودنی های روایت در مجالس سبعه

۱- نخستین دگرگونی اصلی در این روایت، تغییر راوی و روایت شنو است. در روایت مجالس سبعه مولوی راوی داستان است و مریدان و شاگردان(یا حضار) شنوندگان آن.۲- تغییر بعدی اساسی زمینه متن است، اگرچه هر دو اثر در زمره آثار تعلیمی محسوب می شوند، لکن زمینه متن کلیله جنبه سیاسی دارد، حال آنکه زمینه متن مجالس سبعه، عرفانی و دینی است.۳- تغییر سوم در فضای متن است. در روایت کلیله به فضای متن کمتر توجه شده، در حالیکه در مجالس سبعه، مولوی به فضای متن پرداخته است:« همه روز تا به شب بکوشید و به هیچ کاری التفات نکرد تا به حیله بسیار به طبل رسید که گرد طبل خارها بود و خصمان بودند». در این توصیف هم به زمان، شب و روز (هرچند به صورت کلی) توجه شده و هم وضعیت طبل که اطراف آن را خارها و خصمان گرفته بودند. ۴- بر اساس این توصیف هم شخصیتها تغییر کرده اند هم خویشکاریها: اگر در روایت کلیله تنها کنشگر متن روباه بود، در مجالس سبعه شخصیت دیگری بدان افزوده شده که نیروی مقابل روباه محسوب می شود: خصمان. علاوه بر این کنشهای دیگری به روایت اضافه شده : همه حواس خود را به طبل معطوف کرد(همه روز تا به شب بکوشید و به هیچ کاری التفات نکرد) کنش دیگر : حیله به کار بستن. به دیگر سخن علاوه بر خویشکاریهای پیشین، دو خویشکاری دیگر به روایت افزوده شده است و مجموع خویشکاریهای متن به شش خویشکاری اصلی رسیده است:

۱- برخورد باد با طبل و برآمدن صدا
۲- طمع کردن
۳- دریدن طبل
۴- نجوا کردن(با خود گفت) که در مجالس سبعه به نوحه کردن بدل شده است
۵- توجه کردن به این کار
۶- حیله به کار بستن

با توجه به این خویشکاریها، به نظر می رسد مولوی در مجالس سبعه تعادلی میان کنشهای عینی و ذهنی برقرار کرده است، به دیگر سخن کنشهای ذهنی نیز مانند کنشهای عینی شده و همین امر باعث شده که روایت از جنبه عینی به سوی جنبه ذهنی سوق داده شود. گرایش به کنشهای درونی کاملا منطبق با زمینه موضوع در مجالس سبعه است : **توانگری قلب**.

۵- تغییر بعدی در جایی است که روایت کلیله به پایان می رسد: پس از دریدن طبل روایت مذکور در کلیله تمام می شود در حالیکه مولوی در مجالس سبعه به بیان حال فریفتگان دنیا از زبان روباه می پردازد، به عبارت دیگر در این جا با دریده شدن طبل، ماجرا پایان نمی یابد بلکه وقتی روباه به حقیقت پی می برد، شروع به نالیدن می کند

صیدم بشـد و دریـد دام ایـن بـتر اسـت   مـی، درد شد و شکست جام این بتراست
دل سـوخته گشـت وکـار خـام ایـن بتراسـت   دیـن ضـایع و دنیـا نـه تمـام، ایـن بتراسـت

۶- تغییر پایانی ورود مجدد روای به متن است که به نتیجه گیری روایت می پردازد و معنای تمثیلی روایت را با توجه به زمینه متن بازگو می نماید: «اما روشن چشمان معرفت و سرمه کشیدگان حضرت، در این بیشه روباه، به آواز طبل التفات نکنند، شکار باقی جویند»(مولوی،۱۳۷۹:۶۶).

به نظر می رسد تغییرات یاد شده، علاوه بر اینکه به دلیل تغییر زمینه متن روی داده، به خاطر جنبه شفاهی یا خطابی متن نیز بوده است، همین جنبه شفاهی و حضور شنودگان موجبات بسط روایت را فراهم آوده است؛ از سوی دیگر ، به نظر می رسد راوی در این جا، نگران درک مخاطبان است و تلاش می کند جوانب موضوع را برای آنان بازگو کند، به همین خاطر در پایان روایت جنبه تمثیلی آن را روشن می کند و تأکید می نماید این دنیا مانند صدای طبل همگان را به سوی خویش فرامی خواند، لیکن افراد آگاه فریب هیاهوی آن را نمی خورند.

داستان روباه و طبل در مثنوی

این روایت در دفتر دوم مثنوی در ضمن روایتی دیگر آمده است.مولوی چنان که شیوه اوست از داستان به داستان دیگر می رود و هر داستان مقدمه یا به گونه ای براعت استهلال داستان بعدی است. داستانی که روایت روباه و طبل در آن جا گرفته با عنوان « ترسیدن کودک از آن شخص صاحب جثه و گفتن آن شخص کی ای کودک مترس کی من نامردم» آمده است و خود به گونه ای دنباله موضوع حکایت پیشین است که مولوی در آن از ظاهر آدم گونه نامردان و مخنثان و باطن دیو صفت و حقیر آنان سخن رانده و تأکید می کند اینان به ظاهر مهیب و ترسناک هستند اما درونی حقیر دارند سپس برای تبیین مطلب به نقل این حکایت می پردازد.

کِنگِ زفتی کودکی را یافت فرد   زرد شد کودک ز بیم قصد مرد
گفت ایمن باش ای زیبای من   که تو خواهی بود بر بالای من
من اگر هولم مخنث دان مرا   همچو اشتر بر نشین میران مرا
صورت مردان و معنی این چنین   از برون آدم درون دیو لعین
آن دهل را مانی ای زفت چو عاد   که برو آن شاخ را میکوفت باد
روبهی اشکار خود را باد داد   بهر طبلی همچو خیک پر ز باد
چون ندید اندر دهل او فربهی   گفت خوکی به ازین خیک تهی
روبهان ترسند ز آواز دهل   عاقلش چندان زند که لا تقل

(مولوی،۱۳۸۱دفتر دوم :۳۳۰)

دو این جا به ضرورت متن منظوم، روایت بسیار مختصر شده است؛ البته هنوز راوی مولوی است. راوی، داستان مخنثی را می آغازد، سپس مخنث روایت را ادامه می دهد؛ آن گاه دوباره راوی نخستین(مولوی) وارد متن می شود و به صورت مختصر داستان روباه و طبل را بر اساس کنش های اصلی می آورد. روایت در این جا بدون هیچ فضا سازی ای بر اساس سه کنش : شنیدن

صدای طبل، حمله به آن و نجوا با خود، شکل گرفته است. این روایت به عنوان تمثیل یا اسلوب معادله ای برای روایت مخنث نقل شده تا درونمایه آن را بیشتر روشن نماید. به دیگر سخن این داستان در روایت اصلی مستحیل شده است. روایت اصلی نیز بیش از هر مختصه دیگری، گفتگو محور است.گفتگو از عناصر پرکاربرد در آثار مولانا بویژه مثنوی است که گاه نقش اساسی در حکایات ایفا می کند. مولوی از طریق گفتگو های طولانی شخصیت های حکایات ، آراء و اندیشه های خود و گاه دیگران را بیان می کند . این شخصیت ها غالباً نماینده دو طرز فکر مخالفند و هر کدام هستی و حقیقت را از چشم خود می بینند. این شخصیت ها در بسیاری موارد تجسم دو نیروی مخالف روح و نفس و یا عقل و شهوت در هستی انسان اند .(پورنامداریان ،۱۳۸۸: ۳۲۶-۳۲۷). در این جا نیز اکثر کنشهای روایت اصلی، از فرایندهای کلامی تشکیل شده است. در این فرایند با سه مشارک روبه رو هستیم: آن که چیزی می گوید«گوینده»آن که مورد خطاب واقع می شود«مخاطب» وپیامی که گفته می شود«گفته»رضایی و هاشمی،۱۳۹۲: ۱۰۳). به نظر می رسد در این جا انتقال پیام بیش از هر موضوع دیگری مورد توجه است، از این رو گوینده کمتر به دیگر مطالب مانند شرح فضای روایت یا بیان جزئیات آن می پردازد. نکته در خور توجه دیگر اینکه روایت روباه و طبل در مثنوی برای تبیین داستانی آمده که خودِ آن داستان برای روشن کردن موضوعی پیش گفته، به کار گرفته شده است، به همین خاطر از نقش ثانوی برخوردار است؛ حال آنکه این روایت در کلیله و مجالس سبعه از نقش اولیه برخوردار است.

نتیجه

اگر ترتیب داستان روباه و طبل را به ترتیب در کتاب کلیله، مجالس سبعه و مثنوی بدانیم، با مقایسه داستان مذکور در سه متن یاد شده در می یابیم بیشترین تغییر در جنبه های گوناگون این روایت در مجالس سبعه روی داده است به گونه ای که می توان شش تغییر اساسی در راوی، زمینه متن، فضای متن، کنشها و خویشکاریها، پایان داستان و بازگشایی جنبه تمثیلی داستان مشاهده نمود. در این متن بین کنشهای داستان تعادل برقرارشده و کنشهای ذهنی به تعداد کنشهای عینی رسیده است، همین امر موجب شده از جنبه عینی داستان کاسته شود و بر جنبه درونی آن که منطبق با زمینه متن است افزوده شود، این امر در حالی است که داستان مذکور در مثنوی بسیار موجز نقل شده و ضمن حفظ کنشهای اصلی که در کلیله آمده، بیشتر فرایندهای کلامی مورد توجه قرار گیرد. به نظر می رسد سه مختصه اساسی در مجالس سبعه موجب شده این داستان بسط و گسترش یابد: الف) جنبه خطابی و شفاهی متن ب) حضور شنوندگان ج)نگرانی و تلاش گوینده برای انتقال کامل پیام.
با توجه به نمونه هایی از این دست می توان گفت، در متون خطابی و شفاهی به دلایل پیشین، روایتها بسیار گسترش می یابند و دیگرگشتهایی اساسی در آنها روی می دهد.

پی نوشتها

۱- رجوع شود به: مقایسه ساختار داستان های مشترک عامیانه کره ای وداستان های کلیله ودمنه

۲- رجوع شود به:"مقایسه ساختار حکایت« نظر کردن پیغامبر اسیران را»در مثنوی و فیه مافیه"،

منابع و مآخذ

- احمدی، بابک (۱۳۷۲) ، «ساختار و تأویل متن»، تهران : نشر مرکز،چاپ دوم.

- اخوت،احمد (۱۳۷۱) دستور زبان داستان،چاپ اوّل،اصفهان،نشر فردا.

- اسکولز،رابرت (۱۳۷۷) عناصر داستان ، ترجمه فرزانه طاهری ، چاپ اول ،تهران ، نشر مرکز.

- افلاکی، احمدبن اخی ناطور(۱۳۶۲) مناقب العارفین، نصحیح: تحسین یازیچی،تهران:دنیای کتاب.

- پراپ،ولادیمیر(۱۳۸۶) ریخت شناسی قصه های پریان،ترجمه فریدون بدره ای ،تهران:انتشارات توس.

- پورنامداریان ، تقی (۱۳۸۸) در سایه آفتاب ، چاپ سوم ، تهران ، نشر سخن .

- پین، مایکل (۱۳۸۲) ، « بارت ، فوکو ، آلتوسر» ، ترجمه پیام یزدانجو، تهران : نشر مرکز، چاپ اوّل، ویراست دوم.

- ترابی، محمد (۱۳۵۳) مثنوی و کلیله و دمنه، مجله وحید ،شماره۱۲۴،فروردین۱۳۵۳،صص۵۸-۶۴.

- تودورف، تزوتان (۱۳۷۷)، «منطق گفتگویی» ،ترجمه داریوش کریمی،تهران : نشر مرکز،چاپ اوّل.

- رضایی، احمد و لیلی صدر هاشمی(۱۳۹۲) گفت: آن خنده نبودم از نبرد"مقایسه ساختار حکایت« نظر کردن پیغامبر اسیران را»در مثنوی و فیه مافیه"، پژوهش زبان وادبیات فارسی پژوهش زبان وادبیات فارسی،دوره جدید،شماره ۲۵،پاییز و زمستان.

- رضایی، احمد(۱۳۹۰) مقایسه ساختار داستان های مشترک عامیانه کره ای وداستان های کلیله ودمنه،فصلنامۀ پژوهشهای ادبی،سال هشتم،شمارۀ ۳۳.

- نامور مطلق، بهمن(۱۳۹۰) ، «درآمدی بر بینامتنیت»، تهران : انتشارات سخن،چاپ اوّل.

- نصرالله منشی، نصرالله بن محمد(۱۳۸۵) کلیله و دمنه، تصحیح و توضیح مجتبی مینوی، تهران: انتشارات امیرکبیر.

- مولوی، جلال الدین محمد(۱۳۷۹) مجالس سبعه (هفت خطابه)، با تصحیح و توضیحات دکتر توفیق ه ، سبحانی، تهران: انتشارات کیهان.

- مولوی، جلال الدین محمد(۱۳۸۱) مثنوی معنوی، تصحیح و ترجمه رینولد ا. نیکلسون، دفتر دوم، تهران: انتشارات سعاد.

- مولوی، جلال الدین محمد(۱۳۸۱) مثنوی معنوی، تصحیح و ترجمه رینولد ا. نیکلسون، دفتر اول، تهران: انتشارات سعاد.

Emerick, Yahiya (2008) Rumis Meditations, Published by ALPHA Penguin.

苏非文献中故事流变的再考察

——基于《卡里莱和笛木乃》《七章节》和《玛斯纳维》

伊朗库姆大学、上海外国语大学　艾哈迈德·雷扎伊

上海外国语大学　张谦　译

摘要：文学批评的一个领域是考察文学作品之间的关系及其相互影响。它们起初更多着眼于探寻内容或思想的源流，但现在，这种考察进入了新的阶段：不仅考察作品间的关系，还有它们之间是如何发生影响的。换言之，即不仅关注作品内容的源头，而且关注这一内容是如何从一部作品进入另一部作品中的。一方面，我们知道，苏非学者在阐述自己的内容和观点的时候，会利用各种各样的故事或材料，文章中的故事或是原创或是出自摘引，但是，苏非学者不是简单地引用它们，而是为使其迎合自己的观点和思想，对材料进行了再加工和创造。对前人和同时代材料利用最好的是莫拉维。这位用艺术性创造阐述深邃思想的波斯诗人选取了许多他人的材料，以自己的方式作了表达。可以说，这种影响在莫拉维的韵文和《玛斯纳维》里都是显而易见的。虽然，他的这种再创造在《玛斯纳维》里是很突出的，但是这里不能不提他的另一作品《七章节》（亦称《讲道集》）。本文在介绍莫拉维《七章节》的同时，会对其中一则出自《卡里莱和笛木乃》，并在《玛斯纳维》中也被引用的故事作考察，即比较分析这三种文本，展示它的其他变体。

关键词：七章节　玛斯纳维　卡里莱和笛木乃　狐狸与鼓　互文性

前　言

研究文本彼此之间的联系的历史同文本本身一样古老。该领域的研究者们努力探究内容的源头，明确各种可能的乃至规范的引用方法，这也是文学批评的传统内容之一，或者在某种程度上是一种称作“引用”的古老修辞手法。

如今出现了一种对文学作品之间联系的互文性研究。此研究并不着重于文学作品源头、引用方法以及作者思想,研究者忽略引用及其本身的类型和内容,竭力挖掘文本,确立前后文本的关联。

一些人认为词汇间和言语间存在联系,也认可文章内容之间的相互影响,正如托多罗夫相信:不仅语言之间有联系,前人的词汇也一直被使用;这些词汇用法在被继承的同时,至少先前的某一内容也以另一种表述反映前后作品的关联。(托多罗夫,1377: 121-125)

就互文性来说,并不局限于文章间语句的联系,而重要的是联系是如何建立的。因此,互文性不仅是指揭示文章间的相互联系,更是揭示文学作品在文化领域的每种表现;文章间的联系基于句子的表达,赋予文章意义。(艾哈迈迪,1372: 227)

由此而言,从前对于文章源头的论述性观点并不能让人信服,而文章再创造的方法是更具重要性的;这并不意味着否定文章源头的重要性,而是着重于对新文章身份认同的方法的研究。巴特认为,文章的介绍性特征在于,文章需要一种经验性的新写法。未来的文章将会是一种全新的、吸收了前人成果的文学表达。(潘恩,1382: 18)

简而言之,当时的研究围绕两个新的原则:一、表意系统或全新形式如何呈现;二、文章的同时性研究取代其历史性研究。"传统的理论总是把前期出现的文章置于后期出现的文章环境中进行研究,因为总是借由后期的文学作品来寻求文章中再创造的线索。然而克里斯蒂娃强调的是联系的同时性,而不是其当代性。"(纳木尔-马塔拉格,1390: 134)需要强调的是,这些文章不一定出自不同的作者,可以在同一作者的不同作品中研究内容、主题或是故事的变化性,从而说明不同领域和语言条件下的再创造。

再者,苏非学者在其作品中以不同的方式借用了各种故事和材料,再创造出全新的文学作品,使得这些故事得到进一步流传。他们让简单的故事富有极丰富的内涵;这些文章或是从其他作品中借鉴故事,或是由神秘主义学者自己创造。在波斯神秘主义文学中,莫拉维就是这样一位对故事和材料进行再创造的先驱。他为了更容易地表达自己的神秘主义观点,使用了很多故事,其中一部分是他自己编写的,但绝大部分是从《卡里莱和笛木乃》中借鉴的。他根据自己想要表达的思想,对故事进行再创造,以全新的文章形式进行写作。

他努力将这种策略应用于自己的作品中,特别是《玛斯纳维》;包含莫拉维七场布道讲述的《七章节》也充分利用了这种方式。莫拉维在信众与听众面前用讲故事的方式来表达自己的观点,使文章得到了极为广泛的传播。就文章结构而言,每部分都被纳入传达主题的体系中。因此,本文在简要介绍《七章节》的同时,就其中一个在《玛斯纳维》和《卡里莱和笛木乃》里也出现过的故事进行研究分析,进而阐释文章中的再创造手法。

《七章节》

波斯大诗人、学者贾拉尔·阿德·丁·穆罕默德，即莫拉维（公元1207—1273年），其思想历经几个世纪依然熠熠生辉。他的韵文和散文虽然形式不一，但内容和思想却有很多的相似之处。此外，这部作品中有很多共同的主题，虽然不同的语境造就了不同的含义，但它们之间依然有着紧密的联系。换言之，对此部作品的研究不能仅停留在对其中心内核的研究上，还需要明确内涵的变化过程。这种联系存在于莫拉维的两部作品之间，即《七章节》与《玛斯纳维》。通过同时性研究以及同一作家的不同作品研究，可以揭示这种联系。

《七章节》是莫拉维著名的散文作品之一，是莫拉维在集会上演说的节选。莫拉维的学生和信徒们在集会上聚集，偶尔也会就莫拉维的表述进行阐释和修正。根据史料记载，莫拉维家族有布道宣教的传统，他的父辈尤其擅于此。

尽管在阿弗拉克看来，其祖父与曾祖，阿哈迈德·哈提比与侯赛因·哈提比已经是那个时代的智者了（阿弗拉克，1362第一册：9），他们依然很热衷于布道，甚至此后他们名字之后的“哈提比”一词都成了布道宣教的代名词。

莫拉维的父亲茹兹卡尔也是一位著名宗教学者、布道家和宗教集会演讲者。他的代表作品是其在宗教集会上回答信徒们的演讲合集。（巴哈瓦拉德，1382）

若仅是继承其父衣钵，这并不值得惊叹。但莫拉维在其父之后，不仅继承了宗教学校，在科尼亚大清真寺也定期举行讲道活动。（艾美瑞克，2008：10–11）阿弗拉克在《苏非主义者的颂词》一书中指出，莫拉维在清真寺集会时作布道讲说，阐释了古兰经中的《黎明》一章。（阿弗拉克，1362第一册：171）

法里东·萨帕尔萨拉尔指出，莫拉维一开始继承了其父亲的讲道方式，但同夏姆士·法里东见面之后便停止了布道。布道演讲是莫拉维家族的家传，莫拉维在遇见夏姆士之前一直都沿用着这种方式。《七章节》就其结构而言，是这段时期的产物。当然，历史并没有确切的记载，因为这本书是莫拉维言行与部分演讲的合集，换句话说，每一篇文章都是几场布道内容的合集，以一场集会的形式表现出来。尽管第一篇集会演说（莫拉维，1379：19–49）大约有四十页，但将此文章与其他六篇相比，可以明显看出第一篇中的内容并不是来自同一个布道演讲，而是对几场集会中同一个主题内容的采编。可以肯定的是，莫拉维的学生与追随者们之后根据自己的记录进行了整合和编辑（也许在他指导下），篇数“七”深受伊朗–伊斯兰文化以及苏非神秘主义中神圣数字“七”的影响。并不是说莫拉维如此进行了七次布道，因为如果莫拉维生命中有一段时期从事了布道讲说，那么他参与的集会绝对不止这个数目。更普遍接受的说法是，莫拉维的学生与追随者们整理了部分演讲，并将其划分为七个部分，而莫拉维本人对此也很满意。

无论如何，此书就其结构而言很值得关注，其中的诗歌、语言、修辞结构以及各部分要素相互紧密结合，每一个部分内容都很值得研究。其中有一部分是故事，《七章节》中的很多故事在《玛斯纳维》里也都有所提及（莫拉维，1379: 5）。值得注意的是，《七章节》的布道语境给这些故事带来了很多重要的变化，比如故事的基本内容得到了扩展，尽量消除了故事中的歧义，从而使得出席集会的听众能够理解其中内涵。为了达此目的，莫拉维从其他文章中借鉴了许多故事，并对其进行了再创作以突出全新的主题。这种变化只有在将这些故事在文本中的运用与另一种文本如《玛斯纳维》中的比较才变得明显。换句话说，通过这些文章的比对研究，可以发现莫拉维在不同语境、不同思想下对故事的不同演绎。这些故事包括：《玛斯纳维》第一卷与第四卷中涉及的所罗门斜戴皇冠的故事（莫拉维，1379: 27），第二卷中狐狸与鼓的故事（莫拉维，1379: 66），第一卷和第六卷中戴胜鸟与所罗门的故事（莫拉维，1379: 69），第一卷中先知与哈里塞的故事（莫拉维，1379: 77），以及第五卷中贪食的故事（莫拉维，1379: 104）。在这里，为了展示苏非文学的影响力和这些故事中的再创造，将针对《卡里莱和笛木乃》《七章节》和《玛斯纳维》中共同出现的情节进行研究，通过三种不同表述的比对凸显出相互间的差异。在此之前，先简要介绍一下《卡里莱和笛木乃》对莫拉维作品的影响。

《卡里莱和笛木乃》与莫拉维作品

《卡里莱和笛木乃》经由梵语译成巴列维语，而后才形成我们今天看到的版本。这本书对其后的很多作品都有着深远影响，[1]对世界文学的影响力也极为巨大，甚至比较历史研究之父本菲（Theodor Benfey）也将其翻译成德语，致使所有魔幻类故事都可以追溯到印度文学（帕拉普，1386：4）。无论如何，此书在不同方面都深刻影响了之后的世界文学，也包括莫拉维的作品。尤其是《玛斯纳维》，莫拉维在自己的这部作品中屡次提及《卡里莱和笛木乃》及其中的人物形象，包括：

> 自卡里莱始追寻故事，于故事中寻求分享。
> （莫拉维，1381第一卷：96）
> 或是：
> 世称卡里莱不善言语，盖其聆听笛木乃而不发一言。
> （莫拉维，1381第二卷：378）

可以说，“从内容上看，《玛斯纳维》很值得同其他所有波斯文学作品（无论是散文还是韵文）进行比较研究，特别是其他涉及《卡里莱和笛木乃》的伊朗、印度文学作品。尽管与《卡里莱和笛木乃》不同，《玛斯纳维》的思想是自成一体的，但这两部作品都采用了‘事中事’的方法进行说

1 参见：韩国民间故事与《卡里莱和笛木乃》中相似故事的结构比较。

教。尤其是《玛斯纳维》中的骈句,要么受到《卡里莱和笛木乃》的极大影响,要么直接源于它”(塔拉比,1353: 62)。莫拉维的作品不仅仅局限于对《卡里莱和笛木乃》引用,而是通过再创造将该故事运用到其他文本中,完全颠覆了原故事中的主题与人物的形象。

莫拉维在《七章节》和《玛斯纳维》里都引用了《卡里莱和笛木乃》中的故事《狐狸与鼓》,此文将对其进行研究分析,从而进一步考察不同语言环境下的故事流变。

《卡里莱和笛木乃》中的《狐狸与鼓》

《狐狸与鼓》的故事出现在《狮子与牛》一章,故事以笛木乃的口吻来激励狮子。当笛木乃看到狮子因为牛的叫声而胆战心惊,他便向前鼓励道:“人们都说阿谀奉承是智者的灾难,谎话连篇是勇者的灾难,懦弱之心的灾难则是浩大的声势。一些谚语劝告我们:不应当去关注那些响亮的声音和强健的身躯。”狮子问道:“怎么会这样?”笛木乃回答:“有故事说到,狐狸在树林中发现了一只被丢弃在树下的鼓,每每有风吹过,树枝就会敲打在鼓面上,传出阵阵可怕的声响。狐狸看到了庞大的鼓身,听到了骇人的鼓声,心中暗暗生出贪婪,认为其皮肉定能与响亮的声音相称。狐狸奋力撕开了鼓皮,却没有发现多余的肉脂。狐狸开始继续漂泊,暗自说道:我才知道越是可怕的身躯,越是骇人的声响,越是没有益处。”(纳赛尔-曼施,1385: 70–71)

故事分析

故事中,笛木乃是讲述者,狮子是倾听者。同《卡里莱和笛木乃》一书中其他的故事一样,讲述者首先用精练的语言指明了故事的主题,即:不应该去关注响亮的声音和强健的身躯。之后才开始了对故事主题的叙述。

故事中的人物形象:这个故事中只有一个人物,即狐狸。狐狸是行动者,根据行为学基本观点,故事中的每一个人物都会承担一定的作用,因此称其为行动者。(欧赫瓦特,1371: 145)

尽管情节很简单,故事中唯一的一个人物形象却有着变化多端的个性,也就是说形象会有颠覆。这种变化是思想上的,是内在的,而非外在的。故事起初,狐狸因响亮的鼓声而以为能找到食物,之后才明白,愈是骇人的身躯与声响,背后益处愈少。

故事中的情节

故事里的人物形象必有相应的行为动作。行为或是动作,指的是故事中人物推动情节发展的重要行为(帕拉普,1382:53)。《卡里莱和笛木乃》的故事中没有繁复的行为动作,大致可以划分为以下几类:

1. 风与鼓相击产生声音;

2. 心生贪婪;

3. 撕毁鼓；

4. 自言自语。

尽管故事中的动作行为少而简单，但值得注意的是：这些动作互为因果，故事结构性很强。若是把故事分为三部分：背景（平衡）—处境（不平衡）—再平衡，那么，此故事以不平衡，即背景与处境中的转折点开始，从而给故事赋予了因果性。[1]还值得注意的是，故事中的演进多为触碰式的演进，即行为完成或发生或受到影响的过程：包括看、风吹、听、攻击以及撕扯等行为。这些过程大部分都是及物的，由施动者向受动者转移，从而形成了故事的发展，当然，也给予它以明显性和外在性。在这里，心理活动只存在于一个方面：心生贪婪；语言活动也只有一句：自言自语道……

此外，这个故事里并没有场景描写，因此，故事的特点表现在其简洁性、明显性以及因果关联上。

《七章节》中的《狐狸与鼓》

此故事出现于第二章节，旨在表述真理的丰富内涵即内心的财富。莫拉维强调，岁月与时间看上去是美丽而具有欺骗性的，但内心却是丑陋与害人：

> 真主于世间留下了何种箴言，智慧的人们啊，请牢牢记下；
> 生活不过是游戏把人欺骗，通晓之后黑色的妖魔会吞噬人间。

此处，为了明确主题而引用了《狐狸与鼓》的故事：

据说狐狸在森林里看到一只鼓悬挂在树旁，风每每吹过，树枝都会拂过鼓面，传来一阵阵声响。狐狸看到了巨大的鼓，听到了响亮的鼓声，便起了贪心，希望它的肉与皮能够同其声响和身躯相称。鼓的四周陷阱密布而天敌众多，狐狸整日整夜地努力，用尽办法接近那只鼓，接近之后就将其撕毁，却没有发现任何肉脂。对此，全世界的受骗者们在死亡前夜唱起了悲歌：

> 猎物逃而陷阱毁此殆者一，美酒腐而酒尊裂此殆者二；
> 心焦灼而事成空此殆者三，宗教陨而世已尽此殆者四。
> 然而智者与哲人在这片丛林中丝毫不会理会鼓的声响，静待其他的猎物。（莫拉维，1379: 66）

1 参见：隐言录和《玛斯纳维》中《先知论奴隶》一文的结构比较。

《七章节》与《卡里莱和笛木乃》的文章相比，故事情节极为相似。《七章节》的编辑者定是也参考了《卡里莱和笛木乃》，故事的重要部分遵从了原文，否则，在集会上以口头形式进行的布道讲说不可能同原文如此贴合。因此可以肯定，两则故事在内容上与语言上都具有一致性。

故事在《七章节》中的改编

1. 第一个根本变化是讲述者与倾听者的改变。《七章节》中，莫拉维是讲述者，其学生与追随者是听众。

2. 第二个变化是语境的变化：尽管两部作品都是教育性佳作，但《卡里莱和笛木乃》的语境更具政治性，而《七章节》则具有宗教与神秘主义色彩。

3. 第三个变化是文章的环境。《卡里莱和笛木乃》不注重环境的渲染，而莫拉维在《七章节》中进行了部分的环境描写：鼓的四周陷阱密布而天敌众多，狐狸整日整夜地努力，用尽办法接近那只鼓。在这段描写中，不仅强调了时间——日夜（尽管只是概要地描述），还突出了鼓周围的环境——陷阱与天敌。

4. 通过这些描述，人物形象和行为动作也有了变化：如果说《卡里莱和笛木乃》中的行动者是狐狸的话，在《七章节》中则多出了狐狸的敌对力量——天敌。此外，故事中的行为动作也有所增加：所有人都觊觎那只鼓，整日整夜努力，而不关注其他任何事情。其他的行为有——用尽手段。或者说，除了之前的行为，还多出了两种，故而文章中的所有情节可以划分为以下六类：

（1）风与鼓相击产生声音；

（2）心生贪婪；

（3）撕毁鼓；

（4）自言自语，在《七章节》中变成了悲歌；

（5）重视这件事；

（6）用尽手段。

根据上述行为，可以看出莫拉维在《七章节》中的行为动作和内心活动间建立了平衡；也就是说，心理活动同行为动作达到同一水平，从而使得故事由客观转向主观。这种对内心活动的偏好同《七章节》的主题完全一致：内心的能量。

5. 变化五是《卡里莱和笛木乃》中的故事以鼓的撕毁而告终，但莫拉维在《七章节》里最后以狐狸的口吻讲述了受骗者的心情。鼓被撕毁以后故事并没有终结，当狐狸顿悟之时，它开始了呢喃：

> 猎物逃而陷阱毁此殆者一，美酒腐而酒尊裂此殆者二；
>
> 心焦灼而事成空此殆者三，宗教陨而世已尽此殆者四。

6. 最后一点不同是《七章节》中讲述者再次出现，对故事进行了总结并再次阐述了文章的内涵："然而智者与哲人在这片丛林中丝毫不会理会鼓的声响，静待其他的猎物。"（莫拉维，1379: 66）

上述提及的变化，不仅仅源自语境的不同，还跟文本的口头表达形式以及受众休戚相关。在此，讲述者更关心听众能否理解其含义，因此才会在文章最后进行明确的阐释，强调这个世界如同故事里的鼓一般，把所有人召唤到自己身边，但人们却不要因为他的喧嚣而上当。

《玛斯纳维》中的《狐狸与鼓》故事

《狐狸与鼓》的故事在《玛斯纳维》的第二卷中是同另一个故事一起讲述的。莫拉维偏爱由此及彼的写作方式，用其精练的叙述将不同的故事衔接起来。《狐狸与鼓》的故事出现在《孩子害怕身材高大的汉子，汉子却说，别怕，我不是男人》一文中，第一则故事描述了两性人强大的外表和他们卑微的内心，强调他们外表虽然可怖，内心却极为卑微。为了进一步阐发这个故事的主题，莫拉维引用了《狐狸与鼓》的故事：

壮汉发现了一个孤零零的孩子，
孩子害怕到脸色蜡黄，
壮汉说美丽的孩子你不要担心，
你终会将我踩在脚下，
我看似可怖实则是个两性人，
爬上来像骆驼一样驱使我；
有着汉子的外表内心却是如此，
外表是人内心却住着魔鬼，
阿德人一般的身躯不过像只鼓，
树枝在风的吹拂下敲击鼓面，
狐狸白白抛弃了自己的猎物，
只因一只空空的鼓，
在鼓里没有发现任何肥肉，
称猪都胜过这空空的皮囊，
狐狸惧怕鼓的声响，
智者不让它再多言。
（莫拉维，第二卷 1381: 330）

在此，因为篇幅之故叙述极其简短，当然，讲述者依然是莫拉维。讲述者从两性人的故事讲起，之后，再由两性人继续故事的讲述；此时，第一叙述者（莫拉维）再次参与进来，并用极为简洁的语言讲述了故事的主要情节。故事在此没有任何的环境渲染，仅由三个情节组成：听到鼓声，对鼓发起进攻以及自言自语。这则故事以寓言形式来表达两性人故事的主题。此则故事在基本的表述形式上发生了变化，其最大的特点在于它以对话为中心。对话是莫拉维作品中最常用的元素，尤其在《玛斯纳维》中，对话起到了最重要的作用。莫拉维利用故事中人物的大段对话阐述自己或是他人的思想观点，这些人物大多代表了两种不同的思想，每一方都从自己的角度出发看待事物与真理。这两者常常是人类精神与个体（或理智与欲望）这两种对抗力量的化身。（普尔纳姆达里扬，1388: 326—327）在这里，故事的基本情节也由对话展现。此过程有三个组成部分：事情的讲述者，讲述的对象即聆听者，以及被讲述的信息。（雷扎伊和哈什米，1392: 103）在这里，信息的转述比其他任何方面都值得注意，因此讲述者很少提及故事的环境、讲述的细节等其他内容。还须注意的是，《狐狸与鼓》的故事在《玛斯纳维》里是用来解释前一则故事的主旨的，只起到次要作用，而在《卡里莱和笛木乃》和《七章节》中都起到主要作用。

结　论

如果用《卡里莱和笛木乃》《七章节》《玛斯纳维》的顺序来看《狐狸与鼓》的故事的话，通过比对三部作品中共同出现的上述故事可以发现，最多的变化发生在《七章节》中。这些变化可以归纳为六个方面：讲述者、背景、环境、情节、结尾和故事的再阐释。在《七章节》中，故事情节得到了平衡，内心活动与动作行为的描写旗鼓相当，从而降低了文章的客观度，增添了几分同语境相匹配的主观色彩。此故事在《玛斯纳维》中却非常简短，在保证基本情节的同时，更多地采用了对话形式来表现。《七章节》中故事的三个基本特点奠定了其广泛传播的基础：一是文章的口头表述性，二是听者的出现，三是讲述者为了完整讲述作出的努力。

通过以上举例，不难看出口头演说稿中的故事更易于传播，更多的变化也出现在其中。

参考文献

1. 阿哈马迪·巴巴克，《文章的结构和注释》，德黑兰：中心出版社，1372年，第二版。
2. 阿哈迈德·欧赫瓦特，《故事语言的语法》，伊斯法罕：明日出版社，1371年，第一版。
3. 阿卜拉特·阿斯库拉兹，《故事的元素》，法尔扎纳·塔哈里译，德黑兰：中心出版社，1377年，第一版。
4. 阿弗拉克，《博学者的美德》，塔哈森-亚兹奇修订，德黑兰：书的世界出版社，1362年。
5. 帕拉普，《童话故事中的词语形态学》，法里东·巴达莱伊译，德黑兰：图司出版社，1386年。
6. 普尔纳姆达里扬，《在太阳的阴影下》，德黑兰：语言出版社，1388年，第三版。
7. 迈克尔-皮因，《阿尔都塞，福柯，巴特》，帕亚姆·亚兹德主译，德黑兰：中心出版社，1382年，第二版第一次印刷。

8. 穆罕默德·塔拉比,《玛斯纳维与卡里莱和笛木乃》,瓦希德杂志,第124期,1353年1月,第58—64页。
9. 茨维坦·托多罗夫,《对话逻辑》,大流士·克里米译,德黑兰:中心出版社,1377年,第一版。
10. 艾哈迈德·雷扎伊、蕾拉·萨达尔·哈什米,《玛斯纳维和隐言录中〈先知看待奴隶〉的故事的结构比较》,《波斯语言文学研究》,1392年,新版第25期,秋冬版。
11. 艾哈迈德·雷扎伊,《韩国民间故事与〈卡里莱和笛木乃〉中相似故事的结构比较》,《文学研究季刊》,第八年,第33期,1390年。
12. 纳木尔·马塔拉格,《互文性介绍》,德黑兰:语言出版社,1390年,第一版。
13. 纳赛尔·曼施,《卡里莱和笛木乃》,玛吉塔比-曼纳维修订注释版,德黑兰:阿米尔-卡比尔出版社,1385年。
14. 莫拉维,《七章节》,图菲格-索布哈尼博士修订注释版,德黑兰:世界出版社,1379年。
15. 莫拉维,《玛斯纳维》,雷诺-尼克尔森译,第二册,德黑兰:苏阿德出版社,1381年。
16. 莫拉维,《玛斯纳维》,雷诺-尼克尔森译,第一册,德黑兰:苏阿德出版社,1381年。
17. Yahiya Emerick, *Rumi Meditations*, ALPHA Penguin, 2008.

神秘主义对中国穆斯林的影响

Chinese Islam and Sufism-Mysticism

The influence of (Persian) Sufism on Chinese Islam

慕尼黑大学　芭芭拉·史托克·帕尔尼亚

摘要：在蒙元时期（13—14世纪），苏非教义已经传入中国。明代中期（16世纪）以后，中国穆斯林学者开始越来越多地将阿拉伯-波斯语的伊斯兰文献翻译成汉语。苏非文献也在其中，它的神秘主义思想也渗透到了汉语伊斯兰文学中，即汉克塔布（Han Kitāb）。在这些苏非著作中包括了纳吉姆丁·拉齐的著作《归真要道》（*Mirsad al-'ibād*）、纳萨菲的著作《归真必要》（*Maqsad-i aqsā*）和贾米的《昭元秘诀》（*Ashi'at al-lama'āt*）、《真境昭微》（*Lawa'ih*）。苏非抄本的译文展示了学者将这些艰深的文献翻译成汉语的过程，他们运用了道教和儒家的术语，从而使译文更易被汉人社会所接受。

关键词：神秘主义　苏非　中国伊斯兰

Outline of the history of Islam in China

The first Muslims came to the imperial court in Changan, the capital of the Chinese *Tang* Empire (618–907) in the year 651.[1]They travelled along the famous Silk Road, an extended traffic network by land and by sea between western and eastern Asia, known about since ancient times.[2] Muslim merchants also

1 The first official Muslim delegation to the Chinese Tang court in Xian/Changan arrived, according to the *History of the Early Tang Dynasty* (Jiu Tangshu) 旧唐书in the year 651. Here it is recorded under "Foreign countries": *Dashiguo* 大食国 i.e. Arabia that in the 2nd year of Yonghui 唐永徽二年 (650–656, i.e. 651) there arrived a delegate/emissary of the Caliph Uthman (r. 644–656), the 3rd of the Rightly-guided Caliphs.

2 There already existed contacts between China, Parthia and the Roman Empire. The Roman Empire is called Ta-Ch'in in Chinese sources.

dominated the maritime trade during the *Song* era (960–1279). They lived together with other foreigners in special quarters in the southeastern trading ports Guangzhou, Quanzhou, Yangzhou and Hangzhou, where they built their own mosques and had their own graveyards. [1] In the *Mongol Yuan* period (1279–1368) many Muslims from West and Central Asia came to China, working in the service of the Khan. China was an open country and there was an excellent interchange between these four Mongol empires, which were: Yuan in China, Chaghatai in Central Asia, the Golden Horde in Russia and the Ilkhanids in Iran. Muslims from Central Asia and the Western lands came to China, where they could climb the ladder of success, and obtained high political and military positions under the Mongols. One such person was the Muslim *Sayyid Adjall,*[2] who became a famous general under Kubilai Khan. The Mongol era was the heyday of Sufism in the Islamic world which developed and reached the Far East. According to the Chinese scholar Jin Yijiu,[3] Sufi ideas came to China in two ways, firstly by Sufi priests or dervishes who came to China to preach their doctrines, and secondly by Chinese Muslims who went to Central Asia, Persia and Arabia for study or pilgrimage. There they learned about Sufism and brought these religious thoughts back to China. After the overthrow of the Mongols, the privileged position of the Muslims changed and the acculturation and assimilation of Muslims into Chinese society was enforced by the *Ming* emperors (1368–1644). Muslims, the *Hui-hui* changed from being "Muslims in China" to "Chinese Muslims" during a steady process of sinicization. Foreigners and Muslims were forced by imperial edicts to adopt and integrate into Chinese society, which meant to wear Chinese clothes, adopt Chinese names, and to speak Chinese.

However Muslims living in China at this time were for the most part integrated, and often didn't know the original language (Arabic, Persian, Turkish) of their ancestors. Notably Confucian educated Hui (Muslims) couldn't read the original Arabic and Persian religious books and didn't know their religion either. So Chinese Islamic material was absolutely essential for Hui educated adults, and for young children to learn more about Islam.

Therefore Hui Muslim scholars began to translate Arabic and Persian texts into Chinese, and composed many books on Islam. This long-lasting process of writing Chinese Islamic literature was realized by a group of Muslim scholars, who created a compendium of Chinese Islamic literature, the Han Kitāb — Han Ketabu 汉克塔布.

Among these eminent Muslim scholars were *Wang Daiyu, Liu Zhi* and *Ma Zhu*, using Chinese language to explain Islamic theology and also to accommodate Islam to Confucianism. Many books

1 Chen Da-Sheng (1991), pp. 443–446.

2 Stöcker-Parnian (2003), pp. 28–29.

3 Jin Yijiu (1984), p. 34.

and scriptures on Islamic theology, ritual and philosophy came into being, an intellectual sinicization of Islamic teaching and theory, which started at the end of the *Ming* period, during 16th–17th century.

One of the first Islamic scholars was the great master and reformer *Hu Dengzhou* (1522–1597), who established a school in Xianyang (Shaanxi). He developed an Islamic madrasa education system (Jingtang Jiaoyu) with a new curriculum, where he integrated Confucian classics alongside the Arabic and Persian books. So the students in these schools, or madrasas, had a two-fold education and knew the basis of both, the Confucian teaching and the Islamic religion.

Sufi literature, which had already entered China earlier, was translated too, and consequently mystical ideas found their way into the Chinese Islamic literature. Original Sufi books, being very important for the Chinese Muslims were the *Mirsad* of Rāzī, the *Maqsad* of Nasafi and the *Lawa'ih* of Jāmī. Some Muslim scholars however were worried about the widespread influence of Sufism.[1]

The outstanding author *Wang Daiyu* (1580–1658), who "was well grounded in theoretical Sufism" [2], which is shown by mystical influences on his texts, criticized Sufism. Also *Ma Zhu* (1640–1711) regarded Sufi thoughts as "heretical belief" , because it emphasized only the inner self, and neglected the outer way of daily religious rites and prayers.[3]

Sufism on its way to China

Sufism had already developed in the early years of the Islamic era, but this way of ascetic and spiritual searching for god had long been the way of living for a marginal group. However songs and poems expressing the love and longing for god developed over time, and these texts became the earliest Sufi literature in the 9th century AD. Later Baghdad and Nishapur became the centre of intellectual mysticism, where famous scholars lived, who wrote down their mystical ideas and theories. [4]

Persian language has been used since the 10th century, especially in Eastern Iran and Central-Asia. Eminent poets of Persian and Arabic Sufi literature were among others Al-Ghazali (d. 1111), Attār (d. 1220), Al-Arabi (d. 1240), Rūmī (d. 1273), Rāzī (d. 1256) and Djāmī (d. 1492). However, all Muslim intellectual works of this period in the Islamic world were influenced by Sufi thought and this

1 Jin Yijiu (1984), pp. 35–36.

2 Murata (2000), p. 23.

3 Jin Yijiu (1984), p. 36.

4 Famous Sufi scholars of Baghdad are Al-Djunayd (d. 910), Al-Kharraz (d. 899), Al-Nuri (d. 907) and of Nishapur Al-Tirmidhi (d. 910) and Al-Bistami (d. 875). Encyclopaedia of Islam, Vol. 10 (1998), p. 314.

was a universal phenomenon in Islamic scholarship.

As mentioned above, many of these spiritual ideas and teachings came to China by Muslim scholars and dervishes wandering to the East, or by Chinese Muslims coming to the Western Islamic madrasa centres (Buchara, Nishapur, Baghdad) or performing the pilgrimage to Mecca. Sufi orders (tariqa) were founded in the Middle East, in the 12th century. During the 14th century, the beginning of the *Ming* dynasty (1368–1644) followers of the Naqshbandiyya Sufi brotherhood came from Central-Asia along the Silk Road to the Tarim Bassin, the area of Eastern Turkestan, where they spread their teaching.

When the *Qing* emperor conquered these territories in the 17th century, Turkestan was integrated into the Chinese empire and became the province Xinjiang. This territorial incorporation activated the connection between Muslims in China and in Central Asia and the influx of mysticism increased. This not only caused a religious revival among the Muslim communities in Northwest China, but also led to strong rivalries and militant clashes. The reasons for conflict were the difference in social structures [1] as well as in ritual practices. [2]

The Chinese Muslims, the Hui, living in central China were only partly affected by these changes in the Northwest. However, the influence of Sufi ideas on the Muslim communities is quite obvious during the *Qing* dynasty (1644–1911). From this time on Sufi texts were important and became part of the Jingtang Jiaoyu curriculum and the Han Kitāb corpus of the Muslim education in China.

Sachiko Murata, who translated some important Chinese Muslims scriptures from Wang Daiyu[3] and Liu Zhi [4] identified four Sufi books, which are the most often cited in Chinese Muslim texts. These are: [5]

1. **Mirsād al-‘ibād** by *Najm al-Dīn Dāya Rāzī*

   -translated in the year 1660 by *Wu Zixian* 伍子先

2. **Maqsad-i aqsā** by *Azīz al-Dīn Nasafī*

   - translated by *She Yunshan* 舍蕴善 in 1679

1 Muslims of Turkestan were organized in Sufi orders (tariqa) with strong religious leadership, while the local traditional Chinese Muslims formed autonomous mosque communities.

2 One of these religious issues was the question whether to break the Ramadan fast before or after prayers. Another problem was how to perform the dhikr (remembrance of God) in a silent or loud manner.

3 See Murata (2000); *The True Answers* (Xizhen zhengda), *The Real Commentary on the True Teaching* (Zhengjiao zhenquan), The Great Learning of the Pure and Real (Qingzhen daxue).

4 See Murata (2000), pp. 128–210; translation of *Lawā' iḥ* (Zhenjing zhaowei) of Liu Zhi. An outstanding academic achievement is the translation of *Tianfang xingli* of Liu Zhi by Sachiko Murata (2009).

5 Murata (2000), pp. 31–35; Murata (2009), pp. 11–14.

3. **Ashi' at al-lama'āt** by *'Abd al-Raḥmān Jāmī*

   - translated by *She Yunshan* 舍蕴善 /Po Nachi

4. **Lawā'iḥ** by *Abd al-Raḥmān Jāmī*

   - translated by *Liu Zhi* 刘智

All four books are "true classics of Sufi literature" [1] and have been widely read by Muslims in the whole Islamic world. In the following these four works will be analyzed.

1) The Mirsād al-'ibād

The *Mirsād al-'ibād min al-mabda'ila'l-ma'ād* [2] "The path of God's servants from origin to the return", was originally written by the Sufi mystic Abū Bakr Abdollāh b. Muhammad b. Shāhāvar al-Asadī al-Rāzī, bearing the laqab, or sobriquet *Najm al-Dīn Rāzī Dāya* (1177–1256). [3]

The phonetic transliteration of the Arabic title into Chinese is *Mi er sa de* 米而撒得 or 米爾薩德. Its Chinese title is *Guizhen yaodao* 归真要道 "Fundamentals of the return to the truth (God)", and also 研真径 *Yanzhen jing* "Book of Searching for the truth (God)".

The Persian author of the Mirsad, Najm al-Dīn Rāzī Daya[4] was born in Ray (today Teheran) in 1177, but left his home in 1202 visiting Syria, Egypt, Hejaz, Iraq, and Azarbeijan.[5] Finally he went to Khwarazm in Central Asia and was accepted as a student of the Sufi *Shaikhs Najm al-Dīn Kobrā* and *Majd al-Dīn Baghdādī.*

Before the Mongol attack of Khwarazm, Najm al-Dīn Rāzī fled to the west, and came to Anatolia, traveling via Hamadan, Erbil, Diyarbakir, and settled in Kayseri in 1221. Here the Turkish Saljuq dynasty reigned, who cultivated Persian literature and culture. So Anatolia became the intellectual centre of the time, where also *Ibn Arabī* and *Jalāl al-Dīn Rūmī* and others lived and taught.

In 1221 Rāzī finished his Sufi work *Mirsād al-'ibād*, but on the advice of the Sufi *Shaikh Sohravardī* he revised it and dedicated it in 1223 to Sultan *Keyqobād,* the Saljuq ruler of Anatolia. Hence the *Mirsād al-'ibād* exists in two versions, of which the second is more suitable for a monarch.

---

1 Murata (2009), p. 11.

2 Leslie/Wassel (1982), p. 89, No. 7. Hamid Algar translated the Persian original into English with the title "The path of God's bondsmen from origin to return".

3 Algar (1982), p. 8.

4 His name *Daya* (= wetnurse) means that the person who takes the path like a new-born infant who needs the milk of his mother or wetnurse. Razi used breast feeding as a metaphor, because he had nurtured so many disciples. www.iranicaonline.org/articles/daya-najm-al-din (20.04.2016).

5 Algar (1982), p. 8ff; Stöcker-Parnian (2002) p. 183.

Despite the encomium to Sultan Keyqobād, Rāzī was disappointed, as nobody was interested and followed his teachings.

"I found no one in that realm able to tell musk from dung, or the sincere from the swindler. However much I tested both the high and the low, I saw that the whole garden was planted with celery." [1]So he left the Sultan and went to Erzincan, and finally settled in Baghdad, where he died in 1256.

Rāzī became one of the masters of Central Asian Kobravi (Kubrawiyya) Sufi order. His magnum opus was the *Mirsād*, which is divided in five parts. The title Mirsād, meaning "path" or straight path, which humans have to go to reach the final communion with god. After his explanation why he wrote this book, Rāzī gives a systematic description on cosmology, creation of the universe, the nature of spirits and humans, the prophethood, the Islamic religion, on doctrines and rituals of Sufism, and the way to return to god. He uses numerous quotations from the *Qur'an* in order to demonstrate the Qur'anic origin of Sufism and the fact that "the *Qur'an* constitutes a well-structured, seamless, and coherent universe" [2]. Rāzī provides a Sufi exegesis of the *Qur'an*, and gives important information about the Islamic world of his time.

In the beginning he writes about the conquering, destruction, and burning of his homelands by the "godforsaken army of the Tartar infidels"[3], which he survived by fleeing shortly before the Mongol attack, while his children and women were killed. "Most of my kinsfolk who had been in the city of Ray were martyred." [4]

Another point is the hostile attitude of Rāzī towards philosophers, atheists, and materialists. He severely criticizes the sceptical poems of the philosopher and mathematician *Omar Khayyam*, whom he denounces as blind wanderer, being confused and misleading "while wandering in the wilderness of misguidance" .[5]

On the whole, the *Mirsād* was one of the most popular and influential Sufi text in the Islamic world, which was translated into many languages.

The translation into Chinese was done by the Muslim scholar *Wu Zunqi* 伍遵契 (style name Zixian

1 Algar (1982), pp. 12–13.

2 Algar (1982), p. 18.

3 Algar (1982), p. 39.

4 Algra (1982), p. 42.

5 Algar (1982), p. 54.

子先) (ca. 1612–1680), who came from Jiangning (today Nanjing).[1] The ancestors of Wu came from Samarkand in Central Asia, at the beginning of the *Ming* dynasty (14th cent.). Wu Zunqi received a classical Chinese education, and reached the degree of *xiucai*; thus he was well versed in Confucianism. After the *Qing* conquest in 1644, he probably lost his chance to become an official and so he turned to Islamic scholarship.[2] He began to study Arabic and Persian with the renowned teachers *Chang Zhimei*, *Li Yanling* and *Wang Daiyu*.

In 1670 he finished the translation of the *Mirsād* into Chinese, using the title *Guizhen yaodao* 归真要道 "Fundamentals of the return to truth (God)" also translated as "The essential way of faith" [3] and "The Chief way of finding the true religion" [4]. The expression *guizhen* (return to truth) means "to die" in Buddhism; probably the translator used this term in a wider sense that is, the religious reader should give up its inner self, like the death of oneself, to reach the union with the truth — with God/ Allah.

The *Mirsād* was written in the 13th century by Rāzī, as reaction of the Mongol invasion into the Islamic world. This disaster forced an unsteady wandering of 35 years of his life until he died in Baghdad in 1256, only two years before the Mongols conquered the Abbasid capital. Rāzī mentions his tragic life in the introduction of the *Mirsād*. Since the translation of the *Mirsād* was undertaken by Wu Zunqi around 1660, shortly after the Manchu conquest of China (1644), he probably saw this invasion of the Nomadic people in parallel to the Mongol conquest of the Middle East. For the translation of the *Mirsād*, which lasted about 15 years, Wu was assisted by his brother, who read this book in Persian, while Wu translated it into Chinese and wrote it down.

The *Mirsād* became part of the Han Kitāb, the classical canon of Chinese Islamic literature. It was one of the most popular texts in the Chinese Muslim education system, and was used for training young Imams and Akhonds for mosques.[5] The translation of such an important book from Persian into Chinese was a great support for the young students, who couldn't read the original language yet, but wanted to understand the principles and rules of Islam, and get information on Sufism. For Wu it was his innermost desire to spread the Islamic knowledge among his fellow believers, and he saw his job

1 Concerning the birth-and-death-dates of Wu Zunqi one can find different datas; the *Zhongguo huizu dazidian* (p. 934) and the *Chinese Encyclopaedia of Islam* (p. 596) have the doubtful date of 1598–1698, which means that Wu Zunqi lived for about 100 years. Ben-Dor Benite (2005) also gives two different biographical dates, which are 1612–1680 (p. 63) and 1598–1678 (p. 129).

2 Ben-Dor Benite (2005), p. 64.

3 Leslie/Wassel (1982), p. 89.

4 Jin Yijiu (1984), p. 35.

5 Jin Yijiu (1984), p. 35. Ben-Dor Benite (2005), p. 131.

as a scholar for "transmission and dissemination of knowledge" [1]. The *Mirsād* and its translation the *Guizhen yaodao*, had also great influence on the famous scholar Liu Zhi (ca. 1662–1732), when he was translating and composing Islamic literature.

Martin Hartmann considered the *Mirsād* as the most important document of his collection of 11 Persian manuscripts, which he could buy in Lanzhou, Gansu. [2] The text of the manuscript has many Chinese glosses and Arabic comments. This book, a fine copy written in Nashi in the 18th century, is an extremely important manual on Sufism, so Hartmann.[3]

2) Maqsad-i aqsā

The *Maqsad-i aqsā "The furthest goal", "The distant aim", "The highest aim"*[4] was originally written by the mystical thinker and Sufi author *ʿAzīz al-Dīn Nasafī* (died ca. 700/1 300), who is the author of many Sufi texts. Because his works are "written in an easy, didactic style" [5], he became very popular through his writings after death. His most famous work is the *Maqsad-i aqsā*, of which many manuscripts in different versions in Persian and Turkish exist. There is only little information on the life of Nasafī, and also the death date is unknown. He lived in the 13th century, was born in Nasaf (today in Uzbekistan) and studied in Buchara Sufism. He left the city before it was plundered and destroyed by Aq Beg in 1273, and went to Kerman, Isfahan and Shiraz, and finally settled in Abarquh. His great master was *Shaikh Sa'd al-Din Hamu'I*, who is known for his esoteric doctrine. However, Nasafī shows his spiritual independence and was not only a theologian, but "an all-round scholar, whose knowledge included also philosophy and medicine" [6].

The *Maqsad-i aqsā* 麦格塞德 has been translated in 1679 by *She Yunshan* 舍蕴善.

The Chinese transliteration of *Maqsad* is *Maigesaide* 麦格塞德 the Chinese title is *Guizhen biyao* 归真必要 "The Essentials of return to truth/God" , according to Yuan Guozi. Liu Zhi equated the *Yanzhen jing* 研真经 "Scripture for investigating the truth" with *Maqsad*.[7]

She Yunshan 舍蕴善 (1638–1703) [8]also She Qilin 舍起灵 or She Qiyun 舍起云 who styled himself

1 Ben-Dor Benite (2005), p. 132.

2 Hartmann (1921), p. 14

3 Hartmann (1921), p. 38.

4 Leslie/Wassel, p. 88, no. 6

5 Landolt (2002), Iranicaonline, p. 2.

6 Landolt (2002), Iranicaonline, p. 3.

7 Leslie/Wassel (1982), p. 88.

8 Stöcker-Parnian (2003), pp. 96–99; Ben-Dor Benite (2005), pp. 52–54; Mu Bai (1985), pp. 18–19.

Po Nachi 破衲痴 "The fool with the torn garment/robe", which is the equivalent of Sufi. The original name of She Yunshan was *Wei Yuandu* 魏元都, and he was of Han-Chinese origin, who received a thorough classical Confucian education. His Han Chinese father Wei Jian 魏建 died, when he was young, and he was adopted by the Muslim Chinese official She Yingju 舍应举. After his adoption, Wei Yuandu changed not only his name, but also his religion and got interested in studying the Islamic religion.

The conversion to Islam was like an "illuminating transformation" [1] for She Yunshan and his heart became open and clear, because of this enlightenment he chose the name *Qiling* 起灵 — *Rising Spirit*. He started to learn Arabic and Persian language and studied Islamic literature with the famous scholars Ma Yongan, Li Yanling and *Chang Zhimei* 常志美 (1610–1670), who were students in the 4th generation after master *Hu Dengzhou* 胡登州. She Yunshan got the master of Islamic literature and the *Koran*, and soon he became a teacher and Ahong. As a religious teacher he travelled through central and northeastern China, and was teaching at 25 different Muslim communities (Hebei, Henan, Hubei, Anhui etc.). In doing so, he also founded many new religious schools. Finally he settled in Kaifeng, where he established a madrasa — the Kaifeng school, and about 53 of his students became famous teachers.

One of his students was *Zhao Can* 赵灿, who composed the important and informative biographical work, the *Jingxue xi chuanpu* 经学系传谱 "Register of Lineage and Transmission of Classical learning", which has been extensively examined by Ben-Dor Benite.

This school in Kaifeng was strongly influenced by Sufism, and "most of its scholarly activity was concerned with the study and translation of Sufi texts into Chinese" [2]. Besides the *Maqsad* he also translated the *Mirsād* and the *Ashi'at al-lam'āt* into Chinese.

She Yunshan died in 1703 and was buried in Xiangcheng 襄城 in Henan. His followers erected a kubba, a dome, over his tomb and placed a stone stele aside, with an inscription informing on the life of the great scholar.

There are two stone inscriptions dating from the year 1795 and 1812.[3] The inscription of 1795 is the reconstructing of the original text, which has been weathered after 91 years. As they feared that the whole text would disappear, the Muslim community and the descendants of She initiated the establishing of a new stone stele inscription. The text tells about the life of She, gives information on the basics of Islam, and appeals to follow the true Islamic laws, and not to believe in spirits, not to

1 Ben-Dor Benite (2005), p. 53.

2 Ben-Dor Benite (2005), p. 54.

3 The translation of the inscriptions see Stöcker-Parnian (2003), pp. 99–102.

revere Buddha, not to drink wine and eat pork.[1]

The Persian Sufi philosophical books, which were studied and translated by She Yunshan are the already mentioned *Maqsad* and Mirsad, as well as the *Ashi'at al-lama'at.*

3) Ashi'at al-lama'āt

The *Ashi'at al-lama'āt* "Rays of splendor/flashes" [2] has been transliterated by *She Yunshan* into Chinese as 莱玛阿特 *lai ma a te*; today also found as 艾什尔吐・来麦尔台.

The Chinese translation of the Arabic title *Lama'āt* is 昭元秘诀 *Zhaoyuan mijue* "Secrets for illuminating the mysterious".

The author of the *Ashi'at al-lama'āt* was *'Abd al-Raḥmān Jāmī* (1414–1492), a famous scholar and member of the *Naqshbandī* order. The *Ashi'at al-lama'āt* is a commentary on *Lama'āt (Flashes)* by the Persian master *Fakhr al-Dīn 'Irāqī* (d. 1289), a Sufi of the school of *Ibn al-'Arabī*. The works of Jāmī and Irāqī are poetical explanations of the *Lama'āt* in a popular form. In this way the theoretical Sufi ideas of Ibn al-Arabī became generally understandable and the poetical texts were read in the whole Islamic world, even in India and China.

'Abd al-Raḥmān Jāmī was born in 1414 in eastern Iran and received his education in the famous madrasas of Herat and Samarkand.[3] Due to a dream he left his studies and took up the Sufi path with the Naqshbandi Sheikh Sa'd al-Din Kāshgāri. After the master died, he became the disciple of Sheikh Khāja Ahrār. Jāmī studied the works of Ibn al-Arabī and wrote commentaries on his works. One of these was the *Lama'āt.* On his long pilgrimage (1472–1474) to Mekka he also stayed in Hamadan, Baghdad, Karbala, Damascus, Aleppo, and Tabriz. Later he lived in Herat, and wrote numerous treatises in Persian and Arabic.

He was a wide-known teacher having many students and became famous in the Islamic world. He died in old age in the year 1492.

Jāmī compiled poetic and prose works, and left numerous treatises and manuscripts on mystical, religious, philosophical and literary themes. In 1481, Jāmī wrote the *Ashi'at al-lama'āt* "The gleams of the flashes" [4], a Persian commentary on *Lama'āt,* which has been translated by She Yunshan into Chinese, however "rather free in making use of those parts of the commentary that would be relevant

1 Mu Bai (1985), p. 19. Stöcker-Parnian (2003), p. 100.

2 Leslie/Wassel, p. 87, no. 5.

3 The following biography see: Losensky "Jāmi" www.iranicaonline.org/articles/jami.

4 Murata (2000), p. 115.

to Chinese readers and ignoring other parts" [1].

For Chinese Muslim scholars the *Ashi'at al-lama'āt* was one of the important books of the curriculum, which had to be read in its original Persian text. Its main topic is the love for god, the divine love, and on this way reaching the *gnosis* 认主 — the perception and knowledge of God. The explanation of the *Lama'āt* by Jāmī and its Chinese explanation by She Yunshan demonstrates the importance of the Islamic philosophical treatise. Also Liu Zhi used this book, when he was composing his different Islamic treatises.

4) Lawā'iḥ

The fourth of the Sufi books, which I am discussing in this paper, is the *Lawā'iḥ* [2] of *'Abd al-Raḥmān Jāmī* (1414–1492), who also wrote the already mentioned *Ashi'at al-lama'āt*.

The original Arabic name *Lawā'iḥ* means "Gleams" or "Flashes of light" . It was composed around 1465–1466, in 30 flashes/chapters, which consist of rhymed prose and verses mostly in quatrains. The book is written for the practice and teaching of Sufism.

The *Lawā'ih* is the essence or summary of Ibn al-Arabī's teachings, and Jāmī tries to explain the elementary term of *wahdat al-wujūd*, the *Oneness of Existence.*[3] The central concept for Jāmī is *being* or *existence* (Chinese: you 有; Arabic: wujūd; Persian: hastī).[4] The absolute wujūd is God and the *Oneness of Existence* is expressed in the Shahadah "There is no God but God" . God shows himself in all things of the world (wanwu 万物), which represents the self-disclosure of God.

The *Lawā'iḥ* was widely spread in the Islamic world and one of the 11 Persian manuscripts, which Hartmann acquired in Lanzhou, was a copy of *Lawā'iḥ* from the 18th century.[5]

It was popular among the Muslims in China, and was copied many times, and was also part of the curriculum at the madrasa education.

The translation of the Persian *Lawa'iḥ* into Chinese was realized by *Liu Zhi,* who entitled it *Zhenjing zhaowei* 真境昭微; this Chinese title has been translated in different versions like "Illuminating the fine points of the true domain" by Leslie/Wassel,[6] "Displaying the concealment of the real realm" by Murata,[7] and

1 Murata (2000), p. 33.

2 The Lawā'iḥ has been translated by E. H. Whinfield and M. M. Kazwini in 1906 with the title "Lawā'iḥ, A Treatise on Sufism" .

3 Murata (2000), p. 115.

4 Murata (2000), p. 117.

5 Hartmann (1921), p. 35.

6 Leslie/Wassel (1982), pp. 86–87, no.4.

7 Murata (2000), p. 33.

"Exposing the secrets of the true realm" by Ben-Dor Benite.[1]

The difficulties and complexity of translating the Persian text into Chinese is discussed by Murata in the introductory part of her translation of Liu Zhi's *Lawā'iḥ*.[2] The translation is not literal and Liu Zhi adds commentaries for a better understanding of the Chinese reader. Further, he doesn't translate the quatrains, which are an important stylistic and didactic means in the original text of Jāmī.

A constant theme in the text is the divine self-disclosure, which is also mentioned in the title *Displaying the Concealment of the Real Realm,* that means that the "world is God's self-disclosure because all things derive their existence and characteristics from God's conscious act to show himself, or from Being's effusion of reality" [3].

Another important term is *Real* and *Real Being* 真有 zhenyou (Arabic: haqq), which is attributed to God. He also uses Neo-Confucian versions to explain Islamic philosophy.

The numbering of the *Lawā'iḥ* is varying in the manuscripts; while the Persian manuscript of the English translation used by Whinfield had 30 parts/flashes, Liu Zhi's Chinese text was divided into 36 chapters. Probably he had a more extensive original Persian manuscript.

Liu Zhi 刘智 (ca. 1662–1732) was one of the most productive Chinese Muslim writer, who translated and composed many Islamic books. Liu Zhi (Zi: Jielian 介廉, Hao: Yizhai 一斋) came from a distinguished Muslim scholar family in Nanjing. His father Liu Sanjie 刘三杰 was a teacher, and wrote some Islamic literature. He was well versed in Confucianism, and taught his son from childhood on Islam and Confucianism. At the age of 15, Liu Zhi decided for a scholarly career; so for 8 years he learned the Confucian classics, then for 6 years the Islamic literature, then 3 years he concentrated on Buddhism and one year on Taoism. Moreover he studied 137 western European books, which has been translated by the Christian Jesuits into Chinese. By reading these "western" books, he came into contact with Christian ideas, which certainly influenced his translation and writing activities.

At the age of 33, he finally started his mission to translate and write Islamic literature. He travelled around in search of Islamic original books in Arabic and Persian, and came into contact with his scholarly colleagues, with whom he exchanged information. Altogether he composed more than 100 manuscripts, but only a part of them were published during his lifetime.

Some of his most famous books are the *Tianfang dianli* 天方典礼 "Law and ritual of Islam" (published 1710), the *Tianfang xingli* 天方性理 "Philosophy of Islam" (published 1704) and the *Tianfang zhisheng*

1 Ben-Dor Benite (2005), p. 250.

2 Murata (2000), pp. 113–127.

3 Murata (2000), p. 118.

shilu 天方至圣实录 "Veritable records of the most wise/sagely of Islam (Biography of the Prophet)" , finished in 1724, but published finally in 1785.

When explaining the Islamic metaphysics, ritual, and history, Liu Zhi uses the Confucian terminology, and he tries to harmonize "Muslim religious practice with the Confucian principle of ritual (li), thus demonstrating that Islam is built upon the same central pillar of civilization as Confucian culture is" [1]. And by that he wants to ease and encourage his readers that it is possible to believe in Islam, and be a good and loyal Confucianist as well.

At the end of his books Liu Zhi included bibliographies of the Arabic and Persian source books he used, by transliterating the Arabic and Persian titles.

However, it is quite difficult to decipher and identify the original names. Donald Leslie and Mohamed Wassel[2] did this painstaking work and published their result in 1982. The authors found out that Liu Zhi used for his *Tianfang dianli* and *Tianfang xingli* a total of 66 different titles of books in Arabic and Persian. After their research they came to the following result and conclusion[3]:

-More texts are in Persian than in Arabic.

-The Arabic scriptures are standard Sunni Hanafite texts of law and ritual.

-Many Persian works are Sufi texts, especially from Kubrāwiyya and Naqshbandi Sufism. Few are Shi'a texts.

-There is a link with Central Asian Muslim sources, then Persian sources, and only finally with the original Arabic sources.

The last sentence indicates the way the Islamic books and literature came to China, from Arabia and particularly Iranian lands, via Central Asia into Western and finally Central China. From the bibliographies of Liu Zhi it is evident that the Sufi influence on the classical Chinese Muslim literature during 17th–19th century was quite dominant. However the original texts were adapted to the Chinese Confucian world and quite a lot of Neo-Confucian terminology was used to explain Islamic ideas. For Liu Zhi there was no great difference between Islamic and Confucian teachings, as he mentions in his foreword of the *Tianfang xingli* 天方性理 "Philosophy of Islam/Nature and Principle in Islam" , after explaining how he got around to engage in translating and writing books on Islam:

"…I purchased the books of a hundred scholars and read them. I also extended this attitude to the books of Daoism and Buddhism. Having dwelt in seclusion in a mountain forest for ten years, I

1 Frankel (2011), p. xx.

2 Leslie/Wassel (1982), *Arabic and Persian sources used by Liu Chih*.

3 Leslie/Wassel (1982), p. 104.

suddenly came to understand that the Islamic classics have by and large the same purport as Confucius and Mencius…" , and after many doubts and discussions with his scholarly friends he recognized, "The classics are the Islamic classics, but the principle is the principle under heaven" [1].

Therefore it was no contradiction for Liu Zhi to use the original Chinese Confucian terminology to explain the Islamic teachings and to reveal the secrets of Sufi thoughts.

Résumée

Sufism entered China already during *Mongol-Yuan* times ($13/14^{th}$ cent.), and from the 16th century onwards (*Ming* dynasty) Chinese Muslim scholars began to translate Arabic and Persian literature into Chinese. Also Sufi texts and their mystical ideas found their way into the Chinese Islamic literature — the Han Kitāb. Among these Sufi books the most important were the *Mirsad of Rāzī,* the *Maqsad of Nasafi,* the *Ashi'at al-lama'āt* and the *Lawa'ih of Jāmī.* The study of the Han Kitāb scriptures reveals how the scholars transferred these difficult Islamic texts into Chinese, thereby using Taoist and Confucian terminology, which was also necessary for the acceptance and a better understanding in the Chinese society.

The study of Sufism in Chinese Islam is not an easy task, because the knowledge of Chinese, Arabic and/or Persian is necessary to do profound research.

Further it is essential to be well versed in Islam and Sufism. One of these few scholars is Sachiko Murata, who translated the sophisticated Islamic texts of Liu Zhi, in cooperation with her husband William Chittick, professor of Islamic philosophy and Tu Weiming, professor of Chinese philosophy. They translated and interpreted Liu Zhi's *Tianfang xingli* (Nature and principles in Islam) with its complicated diagrams.

The translation of Persian and Arabic texts into Chinese by Hui Muslims during *Qing* times must be seen critically, as many scholars had only little knowledge of Arabic and Persian, and were not able to understand Islamic books. Therefore some Chinese Islamic texts are not literal translations, but rather a compilation and explanation of the original manuscript. So it is necessary to have the Persian original, when reading the Chinese text, and in this way it is possible to compare the translation work. This was done by Murata, who found out that the above mentioned four Sufi texts were exact translations into Chinese.

The translation of these Persian works illustrates the importance of Sufi texts on Chinese Islam.

1 Murata/Chittick (2009), p. 94.

Muslims, who did not know the Persian language, could also read these books and become familiar with mystical thoughts. Further studies on Han Kitāb literature can bring more information about the impact and status of Sufism on Chinese Islam.

Literature-Bibliography

Algar, Hamid (1982)(transl.) *The Path of God's Bondsmen from Origin to Return (Mersād al-'ebād men al-mabdā' elā'l-ma'ād).* A Sufi Compendium by Najm al-Dīn Rāzī, known as Dāya. Translated from the Persian, with introduction and annotation by Hamid Algar. New York.

Ben-Dor Benite, Zvi (2005) *The Dao of Muhammad: A cultural history of Muslims in late imperial China.* Cambridge (Massachusetts), London: Harvard University Press.

Chen, Dasheng (1991) "Persians Settlements in Southeastern China during the T'ang, Sung, and Yuan Dynasties", in: *Encyclopaedia Iranica* Vol. 5, S. 443–446.

Chinese Encyclopaedia of Islam (1994)《中国伊斯兰教百科全书》,Chengdu.

Frankel, James D. (2011) *Rectifying God's name: Liu Zhi's Confucian translation of monotheism and Islamic law.* Honolulu: University of Hawaii Press.

Hartmann, Martin (1921) *Zur Geschichte des Islam in China.* Leipzig: Verlag Wilhelm Heims.

Jin, Yijiu (1984) 金宜久 "The system of menhuan in China: An influence of Sufism on Chinese Muslims" , in: *Ming Studies,* 1984(19), pp. 34–45.

Leslie, Donald Daniel & Wassel, Mohamed (1982) "Arabic and Persian sources used by Liu Chih" , in: *Central Asiatic Journal,* 1982(Vol. 26, No. 1/2), pp. 78–104.

Lipman, Jonathan N. (1999) "Sufism in the Chinese Courts: Islam and Qing law in the eighteenth and nineteenth centuries" , in: *Islamic Mysticism contested. Thirteen Centuries of Controversies and Polemics.* Leiden: Brill.

Mu, Bai (1985) "She Yunshan", in: *Zhongguo Musilin* 4(1985), pp. 18–19.

Murata, Sachiko (2000) *Chinese Gleams of Sufi Light: Wang Tai-yü's Great Learning of the Pure and Real and Liu Chih's Displaying the Concealment of the Real Realm.* New York: State University of New York Press.

Murata, Sachiko & Chittick, William C. & Tu Weiming (2009) *The Sage Learning of Liu Zhi: Islamic Thought in Confucian Terms.* Cambridge (Massachusetts) & London: Harvard University Press.

Schimmel, Annemarie (2000) *Sufismus: Einführung in die islamische Mystik.* München: Beck.

Stöcker-Parnian, Barbara (2003) *Jingtang Jiaoyu-die Bücherhallen Erziehung: Entstehung und Entwicklung der islamischen Erziehung in den chinesischen Hui-Gemeinden vom 17.–19. Jahrhundert.* Frankfurt: Peter Lang.

Stöcker-Parnian, Barbara (2013) "Calligraphy in Chinese Mosques: At the intersection of Arabic and Chinese Calligraphy", in: *Calligraphy and Architecture in the Muslim World*, Ed. by M. Gharipour & Irvin C. Schick. Edinburgh: University Press, pp. 139–158.

www.iranicaonline.org/articles/daya-najm-al-din.

www.iranicaonline.org/articles/jami (Paul Losensky).

Zhongguo huizu dacidian 中国回族大词典 Jiangsu guji chubanshe 江苏古籍出版社, Yinchuan 银川 1992.

西敏·达内希瓦尔晚年作品中的神秘主义思想研究*

对外经济贸易大学　姜楠

摘要：西敏·达内希瓦尔（Simin Daneshvar，1921—2012）是伊朗最著名的现代女性作家之一。其晚年作品《彷徨岛》《彷徨的赶驼人》和《彷徨山》对伊朗的现代遭遇及知识分子的斗争历程进行了反思。在作者整个创作生涯中，这几部作品具有较强的文学性和思想性。特别值得注意的是，在这几部小说中作者完成了由早年的左翼思想，向晚年以神秘主义为代表的伊朗传统宗教文化思想的回归。本研究基于小说的故事情节及人物对话，通过文本细读方式，就其中蕴含的神秘主义思想及其特点进行分析总结，对作者的重大思想转折进行细致研究。

关键词：西敏·达内希瓦尔　伊朗知识分子　神秘主义

西敏·达内希瓦尔（Simin Daneshvar，1921—2012）是伊朗现代历史上第一位出版波斯语小说的女性作家，第一位翻译出版外国文学作品的女性翻译家，是现代伊朗女性文学的奠基人，也是伊朗现代文坛最著名的小说家之一。她与帕尔温·埃特萨米（Parvin E'tesami，1907—1941）、福露格·法罗赫扎德（Forough Farrokhzad，1935—1967）和西敏·贝赫巴哈尼（Simin Behbahani，1927—2014）是伊朗现代女性文学领域中最具代表性的四位女性作家，而她是其中唯一一位小说家，被誉为"伊朗小说王后"。其多部小说在伊朗文坛，乃至世界文坛享有盛誉，主要作品有短篇小说集《熄灭的火焰》（1948）、《天堂般的城市》（1961）、《我该向谁问好》（1980）和《向迁徙的鸟询问》（1997），长篇小说《萨巫颂》（1969）及系列长篇《彷徨岛》（2001）、《彷徨的赶驼人》（2001）和《彷徨山》（尚未出版）。其中，"彷徨系列"三部作品对伊朗的现代遭遇及知识分子的斗争历程

* 本文为基金项目的阶段性成果。项目名称：对外经济贸易大学中央高校基本科研业务费专项资金项目"伊朗现代女性文学研究"，项目编号：14QD24。

进行反思，在作者整个创作生涯中具有较强的思想性，其中蕴含的神秘主义思想也体现了作者晚年对伊斯兰教传统的回归，对研究作者整体思想变化轨迹具有重要意义。另外，值得关注的是，西敏·达内希瓦尔是伊朗现代著名政治活动家、文学家、思想家贾拉勒·阿勒·艾哈迈德（Jalal al-Ahmad，1923—1969）的妻子，她的这一特殊身份，结合她对伊朗现代知识分子困境的反思，更增加了其作品的思想深度和代表性。

一、晚年作品简介

《彷徨岛》《彷徨的赶驼人》和《彷徨山》是西敏·达内希瓦尔的晚年力作，其中最后一部《彷徨山》虽已成稿，但尚未出版。伊朗末代王朝巴列维王朝的第二任国王穆罕默德·礼萨·巴列维（1919—1980）在一次讲话中将伊朗形容为“稳定的岛”，作者有感于此，反其道而行之，将小说取名“彷徨岛”，既表达了对国王的嘲讽，又准确地反映出伊朗当时的社会和思想状态。“彷徨岛”，确有此地，在卡维尔荒漠里。根据记载，它的周围是盐湖，白天温度高的时候，人们无法步行上岛，而当夜幕降临时，盐湖结冰，人可以骑着骆驼穿过湖面到岛上去。当地赶骆驼的人叫“彷徨的赶驼人”，盐湖对面的山叫“彷徨山”。[1]从三部小说的取名上看，“岛”给人以不稳定的感觉，而“山”虽也冠以彷徨之名，但给人以稳定坚实之感，“赶驼人”作为过渡，则将人们带出彷徨，引向安全之地。三个篇名表现了作者欲带领读者从彷徨中走出，走向思想真知的寓意。

从前两部的内容来看，小说以20世纪50年代到两伊战争初期为时代背景，以主人公哈斯提（女）、穆拉德和萨利姆三者之间的感情纠葛为故事主线，回溯了伊朗现代知识分子群体在历史转折中情感和思想的彷徨、探寻与坚持。

20世纪50年代的伊朗正处于巴列维王朝统治中后期，第二任国王穆罕默德·礼萨·巴列维努力推动着伊朗的现代化进程。由石油贸易获得的丰厚利润帮助伊朗在现代化道路上取得了一定成绩，但是对西方势力的一再退让，也让巴列维王朝逐渐成为西方统治的傀儡。《彷徨岛》正是从这一时期起笔，由民族主义知识分子，时任伊朗首相的摩萨台领导的“石油国有化”运动展开叙述，引入女主人公哈斯提的身世背景——她的父亲就是在支持摩萨台的运动中去世的。作为在巴列维王朝推行的世俗化改革中成长起来的一代，哈斯提享受到了现代化改革带来的一定益处。她就读于伊朗最高学府，获得了良好教育；她独立自主、从容自信，敢于向男主人公穆拉德表达自己的真情实感；面对国家危难，她积极参与政治运动，曾因参与反对国王腐败统治的静坐示威而被捕入狱。在她身上，我们看到的是一个受西方女性主义解放思想影响的现代伊朗女性形象。然而对于整个伊朗社会而言，仅

1 ［伊朗］阿里·达赫巴什主编，《在彷徨岛的岸上——西敏·达内希瓦尔祝寿文集》（波斯文），德黑兰：伊朗语言出版社，2004年，第525页。

仅凭借政府法令和独裁手段，西化及世俗化改革并不能够在一夜间抹掉伊朗所有的宗教文化传统，反而将伊朗社会和人民推向了思想矛盾的困境。一号男主人公穆拉德代表了兴起于20世纪四五十年代的伊朗左翼运动势力，而第二男主人公萨利姆则代表了具有进步思想的宗教阶层。单从主人公的名字上分析，穆拉德（مراد）的波斯语字面意为“希望”，萨利姆（سلیم）则源于伊斯兰（اسلام）一词，具有很强的宗教色彩，而哈斯提（هستی）恰与存在（هست）一词相关。三人的感情纠葛就好比站在传统与现代边缘的伊朗，在左翼思想及宗教思想之间经历彷徨与选择。

这两部小说从历史时间跨度和思想性方面来说，都是作者经毕生思考和探寻的思想结晶，也代表了一部分伊朗现代知识分子在反思中寻得的精神出路。而最重要的是，西敏·达内希瓦尔在小说中表现出较早年左翼思想的重大转变，她以代表伊朗传统宗教及文化力量的神秘主义思想为根，尝试为人们提供自我救赎之路，在反思、彷徨、绝望之时给人们带来了希望，充分体现出作者将小我之爱推及对祖国和人民，以至于对全人类的大爱。

二、神秘主义思想分析

《彷徨岛》是整个“彷徨系列”作品的基础篇，交代了故事中每个人物的基本情况及特点，记录了三位主人公情感纠葛的来龙去脉，间接表现出在巴列维王朝统治末期，青年知识分子群体中普遍存在的思想矛盾。

就神秘主义思想而言，北京大学王一丹教授在《伊朗现代文学中的社会主义思潮》一文中重点介绍过《彷徨岛》及其作者对左翼运动的反思。她认为，西敏·达内希瓦尔在《彷徨岛》中已经表现出一定程度的对伊斯兰文化传统的回归倾向。例如该文章中指出，萨利姆深受波斯神秘主义文学的浸染，认为神秘主义是伊斯兰传统文化的精髓，是穆斯林精神的源泉，人类只有通过体验神秘主义所追求的美好境界来净化心灵和提升道德，才能最终摆脱一切物质的和精神的奴役，获得心灵自由和彻底解放。该文章还指出，小说作者在萨利姆身上表现出一种“革命的马赫迪主义”，即主张采用一种信仰的革命来消灭黑暗势力，迎接救世主马赫迪的降临，开创平等正义的新时代。[1] 王教授的评论是非常准确到位的，对作者的伊斯兰传统文化的回归倾向也予以点明。但是，《彷徨岛》在三部小说之中的分工实际上更偏重于记录和反思，即展现主人公在左翼及传统思想之间的矛盾心理；而出现高潮情节、真正表现作者的神秘主义思想回归并阐发作者的系统思想体系的情节则始于第二部作品《彷徨的赶驼人》，这部作品更加明确地展现了作者的神秘主义思想倾向。

1.“认主合一”的思想仪式

伊斯兰教苏非神秘主义，最早诞生于阿拉伯，却在伊朗发扬光大。直到今天，苏非神秘主义

1　王一丹著，《伊朗现代文学中的社会主义思潮》，载于《东方文学研究集刊（1）》，湖南文艺出版社，2003年，第256页。

思想仍在伊朗文化艺术领域产生着重要影响。苏非神秘主义所追求的对真主的认知，是凭借个人灵魂的闪光所获得的一种神秘直觉，而不是通过理智和宗教知识而得来的对真主的认识。[1]简单地说，苏非神秘主义追求的是修炼者通过神秘体验完成对心灵的修炼。神秘主义对文学也有着极为深远的影响，伊朗历史上著名的神秘主义文学大师有莫拉维、安萨里、阿塔尔等。可以说，神秘主义是伊朗伊斯兰教知识分子的思想之根。我们在本文中研究的作家西敏·达内希瓦尔，正是在其晚年对其民族和自己的精神之根进行着追寻。

作者在《彷徨的赶驼人》的开篇即营造起彷徨迷茫之感，他在开篇这样形容生活：生活就是一系列的“为什么”，而答案或者仍是“为什么”，或者是一个简短的答案，却并不一定正确。[2]哈斯提的情感游走于穆拉德和萨利姆之间，既无法跟随自己的内心大胆追寻所爱，又放不下被爱的幸福感觉和后者能够带给她的优厚生活。她在这充满着“为什么”的生活中不断地寻找着“答案”。也正如萨利姆所说，“在这个世界上，有谁是愿意或不愿意地将自己赤裸的灵魂展现给他们的呢？每个人都戴着面具、面纱，就连我自己都看不清自己本来的灵魂。我不知道”(26)。然而，不期而遇的经历往往带来人生的转折。哈斯提阴差阳错地被捕，突如其来的监狱生活成为她走出彷徨的人生转折点，特别是随后被流放“彷徨岛”的经历成为女主人公寻找“答案”的思想仪式。

哈斯提被捕后，被关在一个没有时钟的监狱中，犯人或许只能靠吃饭的时间来大致判断一下时辰。作者将这个房间形容成一个“历史的屋子，没有剧本，演员也没有读过剧本”(53)。这是一个与外界隔绝时间和交往的历史原点，就好像生活之于每个人的神秘感，不知从何而来，也不知向哪儿去。这种境遇迫使主人公向内自省，对曾经困扰过她的诸如爱情、民族命运、知识分子斗争等许多问题进行自我剖析。对于爱情，哈斯提发现自己已然成为一个具有强烈现代意识的女性知识分子，而萨利姆对于女性道德的衡量仍然停留在“戴头巾”和“不希望妻子外出工作”的层面上，这样的思想矛盾让两人无法走到一起。对于知识分子的斗争，哈斯提批评了知识分子那些所谓的奋斗，“所有的教授却没有告诉我们解决之道。你们自己了解所有徒劳的斗争。你们否定每一种主义，你们说在第三世界的国家中有一千种力量正在实践着。你们与这所有的力量争吵，却没有带来任何希望”(65)。对于由此而来的失败，特别是声势浩大的左翼运动的失败，哈斯提对萨利姆的观点表示赞同，即伊朗是有其宗教之根的，“人民党(حزب توده)？不行；而应该是人民群众(توده مردم)，有信仰的人民”(72)。作者尖锐地指出了左翼运动失败的根源，即忽略了宗教对伊朗根深蒂固的影响，没有激发起穆斯林民众的力量。这种批评为作者在下文中进一步发掘伊斯兰教的精神力量作了铺垫。

1 周燮藩等著，《苏非之道：伊斯兰教神秘主义研究》，中国社会科学出版社，2012年，第32页。

2 [伊朗]西敏·达内希瓦尔著，《彷徨的赶驼人》(波斯文)，德黑兰：花剌子模出版社，2006年，第1页。下文中引用该小说原文，均以( )表示引用页码，若无特殊说明，即出自此书。

作者将主人公的自省进一步向前推进，直至将她逼向生命尽头，以感受真主的伟大，完成“认主”的仪式。苏非学者安萨里认为“信主独一”的正统方式是：“任何人看待这个世界，因为他是真主的作品；爱这个世界，因为他是真主的作品；了解这个世界，因为他是真主的作品。”[1]当哈斯提和穆拉德被流放到彷徨岛上，被死亡之象围绕的时候，哈斯提却发现了真主的神迹：“穆拉德，快看！荆棘的尖是绿色的。春天也造访过这里，这绿色是真主的语言，也是希望的迹象。”(94)她把彷徨岛上的乌龟、蟑螂、蛇都当成魔鬼，而在荆棘旁她发现还有绿色植物在发芽生长，带给绝境中的人以希望，这希望便是真主的力量。哈斯提眼中的世界便是安萨里所说的“真主的作品”，充满了神圣的生命奇迹。此时的穆拉德并不接受哈斯提的观点，他仍旧认为人应该靠自己的努力来获得新生。但是哈斯提说，在这样一个岛上，还需要什么斗争，“此时我感到真主与我很近，他通过这点点绿色降示给我”(94)。在这段情节中，彷徨岛恰似当时的伊朗，乌龟、蟑螂、蛇等魔鬼就好比人们要战胜的国王独裁统治、外国入侵等恶势力，代表左翼思想的穆拉德无法用斗争去战胜他们因而陷入绝境，他应该看到并相信真主的力量。

当两位主人公临近死亡的时候，穆拉德恳求真主：“真主，如果你真的存在的话，请救救我的哈斯提(ای خدا اگر واقعاً هستی، هستی مرا نجات بده.)。”(97)而当哈斯提睁开眼睛的时候，穆拉德再次重复：“所以，你（真主）是存在的(پس تو هستی)。”(97)这两句话中都出现了真主“存在”与“哈斯提”的字面重复，显然作者选取哈斯提这个名字是寓意深刻的。两人在彷徨岛上的对话也颇具深意，当穆拉德说“我们已经完全迷路了”时，哈斯提紧接着说：“不，穆拉德，我们没有迷路，我们刚刚真正地找到了自己。清风带给我们凉爽。”(98)显然，这又暗含了作者对现实社会中左翼运动的思考和反思，即当左翼运动“迷路”的时候，他们应该寻求“真主”的力量。认主后的哈斯提感受着真主无所不在的存在，“真主在那里。那不可见的，不可认的真主。真主用所有的语言对你诉说，甚至是彷徨的赶驼人的驼铃、山峦的静默、彷徨的山，亦或是星星的眨眼”(105)。此时的哈斯提自觉已经被真主的神力所包围，周遭的一切都是真主的显现。

神秘主义修行通常分为四个阶段进行，即涤欲、洁志、澈悟和神人交融。[2]由此而言，监狱生活中的“囚禁”和“内省”可被视为女主人公哈斯提的涤欲与洁志阶段，而彷徨岛流放中的“认主”则是一次宗教意义上的澈悟与神人交融。“没有时间”的监狱和“濒临死亡”的彷徨岛经历都具有明显的神秘主义特征，主人公通过“向内求”的灵修方式完成了灵魂的“返本还原”，这或许正是作者为女主人公取名为哈斯提的用意。苏非神秘主义的修炼说到底是为了炼心，也如佛家所说，“心即佛，佛即心”。[3]极度的饥饿和干渴在哈斯提和穆拉德的认主道路上是一次苏非式的“涤罪、净化和空”的心灵旅程，哈斯提把在监狱中的反思和内省称为“心灵的清洁”(خانه تکانی ذهنی)，认主之后，她

1 周燮藩等著，《苏非之道：伊斯兰教神秘主义研究》，第2页。
2 周燮藩等著，《苏非之道：伊斯兰教神秘主义研究》，第2页。
3 李琛著，《阿拉伯现代文学与神秘主义》，社会科学文献出版社，2000年，第12页。

则把自己称为“真主的孩子”。苏非修行者认为“爱是磨难”，经受磨难是真主宽容的征兆。哈拉智也曾宣称：“苦难就是主。”[1]监狱及流放生活是主人公经历的“爱”的磨难，也显示出真主的宽容。

最终，真主派来了“赶驼人”把他们带出了彷徨岛。这里的赶驼人就像神秘主义学说中的“导师”，引领修行者走出思想的彷徨。

2.“神爱”思想分析

巴士拉的女先贤拉比阿·阿黛微叶（717—801）创立了“神秘的爱”的理念。她认为真主是永恒的美，达到美的道路是忘我的无限的爱，她的学说奠定了苏非神秘主义“爱”的理论基础。[2]彷徨岛的经历既是女主人公“认主”的仪式，也是一次对真主之“神爱”的领悟过程。

苏非派大诗人莫拉维曾说过，苏非神秘主义就是当灾难降临时在心中去找到快乐。[3]哈斯提濒临死亡之时看到的“绿色的荆棘尖”，以及她想在这荒凉的岛屿上种满各种各样的鲜花、树木，让水变得清澈凉爽，让这个荒凉死寂的岛屿变成人们的伊甸园的想法，都是对“爱”的领悟。只有心中充满爱的人才能在这样的境况下想到伊甸园，在幻想的伊甸园中，达到了爱者、爱与被爱的完美和谐。作者让死亡的现实与爱的幻想形成鲜明的对比，呈现出一种美学张力——现实越发残酷，真主的爱的力量就越发显得博大而美好。这种对“神爱”思想的领悟在之后的故事情节中将得到进一步强化。

在哈斯提走出彷徨岛，回到现实生活中之后，作者塑造了一个“神奇的鹦鹉”形象，以启示的方式向哈斯提传授着爱的哲学。鹦鹉第一次降示时带来的信息就是“爱”（محبت），爱是全人类共同的出口，完满的原因（محبت، مخرج مشترک و عامل تمامیت میان همهٔ آدمهاست.）（132）。这句话给神奇的启示定下了爱的基调，是作者为人类实现自我救赎找到的终极出路。作者从个体出发，告诫人们要乐观地生活，因为“生活就是一首歌，用爱来吟唱的歌。生命也是一场游戏，要高兴地游戏”（132）。对待生命和死亡，作者表现出超然洒脱的一面，并对生命给予崇高的赞颂：虽然“生命是一驾马车，将人从生运向死，但是死亡并不是终点，生命是永恒的”（132）。随后，作者将这种对个体生命和生活的爱推向极致。鹦鹉第三次降示时说：“生活就是爱，从生活中寻找希望。生活也是战斗，把握好它。从现实更近一步，去寻找真理。夜晚，庆祝黎明的到来，也以同样的方式庆祝死亡和不朽。愚昧庆祝智慧，灾难庆祝快乐。创立世界统治的人类的救赎之路便是爱。没有宗教的阻碍，没有阶级，没有教派，没有任何的压迫。”（251）作者对待善恶、兴衰的辩证思想在这句话中得以体现。至此，西敏·达内希瓦尔将神秘主义的“爱”发展到了一种超越宗教、种族、国界的极致的“大爱”。安萨里认为“爱”的最高境界是一种神性的爱，那是最高尚和最神圣的爱。[4]西敏对

1 周燮藩等著，《苏非之道：伊斯兰教神秘主义研究》，第103页。
2 周燮藩等著，《苏非之道：伊斯兰教神秘主义研究》，第99页。
3 周燮藩等著，《苏非之道：伊斯兰教神秘主义研究》，第20页。
4 周燮藩等著，《苏非之道：伊斯兰教神秘主义研究》，第105页。

爱的诠释是一种是由小我出发，走向全人类的大爱，由对生活的热爱出发，发展至对存在本身的热爱。作者在鹦鹉的第四次降示中告诉读者，"爱"将引领人类走向一个完满的世界。"在你之后的数代人之时，世界上所有的民族都将停火。真主会唤醒人们心中的人性。那时，地球将变成一个整体，人间将到达完满。真主留给我们的共同财富将是，人与人的、人与真主的合一。爱，万物指引之光，将取得胜利。"（305）西敏·达内希瓦尔在《彷徨的赶驼人》中集中阐释了她对"爱"的理解，表现出明显的苏非神秘主义"神爱"观念。

西敏·达内希瓦尔的关于爱的哲学并非在其晚年作品中才出现，在她的其他作品中，我们也能够感受到作者对"爱"这个主题的弘扬。例如，其早期的诸多短篇小说作品中表现的两性之爱，是爱的基础阶段；在中期作品《萨巫颂》中，爱的哲学初见形成。这时的爱体现为一种"爱的教育"，男主人公尤素福对儿子说："爱不是错，亲爱的宝贝，爱让人的心亮堂，而仇恨和憎恶让人的心黑暗。如果从现在开始，你的心与慈爱亲近，当你长大之后，你就会习惯热爱这个世界上真善美的事物。人的心就如同一座长满花蕾的小花园，如果用慈爱给花蕾浇水，就会绽放。如果输入的都是憎恨，花蕾就会枯萎。人应该懂得，憎恶和仇恨不是针对真善美，而是针对丑陋、丢脸、不公正。这样的憎恨才是热爱尊严和道义的标志。"[1]此处的"爱"仍是一种基于世俗生活的情感，而且结合小说所讲述的历史，这种爱具有较强的民族主义色彩。直至作者晚年对毕生经历进行反思之时，才最终确立了她的"神爱"观念。我们从鹦鹉的启示中看到，这种爱是一种站在神的高度发出的，超越世俗的爱。正如巴士拉的女先贤拉比阿·阿黛微叶倡导的那样，真主是永恒的美，达到美的道路是忘我的无限的爱，西敏在《彷徨的赶驼人》中也有类似的表达："当爱情在心灵的荒漠中驻扎，那个人必将倾其所有。"（82）

然而，与苏非主义遁世的爱所不同的是，西敏赋予了这种"爱"以积极的意义，即由男女两性之爱出发，达到爱生活、爱民族、爱国家，以及爱整个人类的崇高境界，体现出西敏晚年思想的广博和深刻。

三、作者晚年神秘主义思想的形成

对于一位女性作家而言，那与生俱来的母性光辉让她们在对"爱"的诠释上更胜一筹。美国的伊朗裔伊朗文学研究学者法勒扎内·米兰妮（Farzaneh Milani）认为："从传统的社会意义来讲，爱是伊朗女性最主要的关注领域。正是在对爱的关注中，女性对人类情感以及心理实体的观点才得以释放。"[2]同时期的伊朗现代女诗人福露格·法罗赫扎德用诗句诠释了对爱情的执着，而西敏·达内希瓦尔则将这种两性间的爱升华到了更高的精神层面。然而，只有心中充满爱的人，

---

1 ［伊朗］西敏·达内希瓦尔著，穆宏燕译，《萨巫颂》，重庆出版社，2012年，第30页。

2 Farzaneh Milani, "Love and Sexuality in the Poetry of Forugh Farrokhzad: A Reconsideration", in *Iranian Studies*, 1982, vol. 15, No. 1/4, p. 118.

才会去爱这个世界。西敏的养女蕾拉在回忆母亲时写道:“如果鸟儿在你的窗棂上筑巢,你就会不再关上窗户;你会告诉花园的园丁,在你不在家的时候再去折断那些树枝;你总是在工人干活之前就把工钱付给他们;你总是把眼泪隐藏起来;你总是在谈笑中掩盖自己的病痛,从不显露出来。”[1]西敏·达内希瓦尔就是这样一个人,心中充满了对生命的爱,对万物的爱。

与神爱观相比,更重要的是,西敏从早年的左翼思想倾向到晚年向伊斯兰教的传统思想回归的转变。西敏·达内希瓦尔的创作主要可以分为三个阶段。第一阶段以短篇小说集《死火》《天堂般的城市》为代表作品。作者在这一阶段的创作中,以现实主义手法对伊朗社会中的底层人民和传统女性所面临的悲惨遭遇进行描述,并对造成这种不公待遇的社会制度进行批判。在这两部作品中,刻板的宗教教条也是造成社会不公及两性不平等现实原因之一,体现出作者早期在女性问题上的左翼思想倾向。奠定西敏·达内希瓦尔在伊朗文坛地位的是她的中期代表作品《萨巫颂》(سووشون, 1969年)。《萨巫颂》这部作品表现了一位伊朗女性在战争、饥荒、动乱中从隐忍到觉醒、勇敢的心路历程,旨在帮助每一个伊朗人战胜恐惧,激发人们心中的爱国热情。因此该作品具有强烈的时代价值和民族意义,至今畅销不衰。在这一创作阶段中,作者从女性群体的视角出发,将视野扩大到对整个民族命运的关切上去,展现了一个现代社会知识分子的民族情感。这一阶段,作者对伊斯兰教并未给予积极的评价,在作者笔下,宗教作为女性逃避社会压迫、不公的心灵避难所,具有一定的负面色彩。而在其晚年的三部小说中,我们明显地感受到作者向伊斯兰教思想的回归,包括对真主的赞颂,对人主合一的追寻,以及对神秘主义及其神爱观的弘扬。很显然,作者的思想从对世俗世界的观察、批评、探寻转变为对信仰和内心的归依。作者最终的选择是回归到宗教,特别是回归到代表伊朗传统思想根源的苏非神秘主义。从西敏·达内希瓦尔的整个创作历程上看,这是伊朗近现代知识分子对传统文化的离异与回归的一种思想轨迹。

在伊朗凯伽王朝末期,随着知识分子对西方文化的了解和引进,伊朗开始了现代化进程。其后的巴列维王朝更是以全盘西化为目的,打压宗教势力,随之而来的,是传统与现代、宗教与世俗的长期的思想和政治斗争。从立宪运动开始,知识分子群体尝试用西方模式、左翼思想及各种现代主义拯救民族于危亡之中。“他们不仅经历了自身的发展演变——占主导的思想意识形态‘从世俗到宗教’,而且与西方的关系经历了‘从理想化到妖魔化再到理性回归’、与国家的关系经历了‘从效忠走向背叛’的过程。”[2]历史告诉我们,不管采取什么主义和政策,必须要结合本国的国情,并充分发挥人民的力量。最终,霍梅尼领导的伊斯兰革命推翻了巴列维王朝。西敏的这种思想转变包含着对各种主义、各种阵营的失望,但更重要的是,作者对从伊朗民族传统思想根源和文化中获得解决现代问题的力量充满信心。苏非神秘主义在伊朗的产生和发展有着悠久的历

1 [伊朗]阿里·达赫巴什主编,《在彷徨岛的岸上——西敏·达内希瓦尔祝寿文集》(波斯文),第54页。

2 李晗著,《伊朗现代化进程中的知识分子研究(1905—2005)》,南开大学博士学位论文,2014年5月,引言,第1页。

史，如同琐罗亚斯德教在前伊斯兰时期影响伊朗一样，苏非神秘主义是伊朗进入伊斯兰时期后的主要思想源泉。苏非信徒们旨在通过禁欲的生活方式来追求精神的洗礼，以达到与真主的心灵合一。苏非神秘主义研究学者周燮藩曾说过："在某种意义上也可以说，不懂苏非主义，就不懂伊斯兰教。"[1]在历经现实社会各种纷争之后，西敏·达内希瓦尔最终选择了苏非神秘主义的心灵归依和对大爱的追求作为人类实现终极自我救赎的途径。

作者晚年的思想变化也不得不让我们想起其丈夫，伊朗现代文学家、社会活动家、左翼知识分子的代表贾拉勒·阿勒·艾哈迈德的思想轨迹。尽管西敏始终努力地保持着文学创作上的独立性，并坚称"不想成为贾拉勒的又一个模仿者"，但在其作品的思想性，特别是思想变化的轨迹上却无不体现出贾拉勒的思想色彩。北京大学波斯语专业硕士研究生李江在其硕士毕业论文中将贾拉勒的思想历程分为了三个阶段：左翼思想阶段、批判"西化病"阶段、反思与回归伊斯兰传统阶段。贾拉勒在第三阶段中，开始意识到知识分子远离本土文化和传统的弊端，他的"一个重要成就是为现代知识分子和神职人员牵线搭桥"[2]。贾拉勒在去世前非常明显地表现出对伊斯兰教的思想回归，这一点或许是影响他妻子的重要因素之一。我们不禁猜想，作为一位妻子，西敏晚年所表现出的神秘主义思想是对其丈夫思想的一种延续。贾拉勒去世时，西敏只有43岁，在余下的40多年中，西敏·达内希瓦尔一直孤独地生活着，据说她家中保留着贾拉勒去世时的摆设，40多年没有变动。除了正常的教学工作外，她也不太社交，这种孤独的生活状态或许更容易引发作家向自己内心的叩问。对贾拉勒的思念，对生命的反思，以及孤独的灵修式的生活逐渐地将她引向了宗教这一心灵的归宿。

四、结语

西敏·达内希瓦尔晚年还受到了萨特存在主义、解构主义等思想的影响，其晚年作品中表现出了多元思想倾向，但对伊斯兰神秘主义思想的回归是其主要倾向。遗憾的是，西敏去世时，其第三部小说《彷徨山》尚未出版。作者曾在一次访谈中说，她在前面的作品中提出了很多问题，如人类的纷争、东西方冲突等，而其彷徨系列作品的第三部《彷徨山》将给我们提供所有问题的答案。这也给读者留下了无限的想象空间。虽然我们不知道《彷徨山》会带给我们怎样的信息，但从《彷徨的赶驼人》末尾所透露的信息来看，彰显"爱"的宽容博大应该就是西敏要向我们展示的救赎之路的重要内涵。

1 周燮藩著，《苏非之道：伊斯兰教神秘主义》，载于《中国社会科学院院报》，2003年3月，第3页。

2 李晗著，《伊朗现代化进程中的知识分子研究（1905—2005）》，2014年5月，第145页。

诗情与玄理的合奏

——贾米《勒瓦一合》中的苏非思想与四行诗

上海外国语大学东方语学院　刘慧

摘要：努尔丁·阿卜杜·拉赫曼·贾米是中世纪波斯文学辉煌时期的大诗人、学者，也是纳格什班迪耶教团的苏非长老。《勒瓦一合》是贾米所著关于苏非主义义理与功修的重要作品，通篇以散文加四行诗（鲁拜）的形式成文。本文通过对《勒瓦一合》中的苏非思想、诗歌的作用、特点和文学技巧等方面的分析，解读贾米作品中宗教思想与诗歌文学艺术的交融与共鸣。贾米在充分理解与掌握伊本·阿拉比学说的基础上对其进行概括、介绍，并用自己简洁的语言和生动的比喻将该艰深的学说从精英阶层推广到普通民众，这是《勒瓦一合》最主要的价值。

关键词：贾米　存在单一论　《勒瓦一合》　四行诗　文学技巧

努尔丁·阿卜杜·拉赫曼·贾米（نورالدين عبدالرحمن جامى, 1414—1492）是中世纪波斯文学辉煌时期的大诗人、学者，也是纳格什班迪耶教团的苏非长老。他一生创作硕果累累，约有45—50部作品。主要作品有散文《春园》、三部《诗集》、叙事诗《七宝座》、神秘主义作品《人类的馨香》（606位伊斯兰苏非长老传）、《勒瓦一合》、《光辉的射线》等，几乎所有作品的内容都与苏非神秘主义思想相关。他的作品以散文、诗歌的形式，涵盖了文学、古兰经学、圣训学、伊斯兰法学、语言学、数学、神秘主义哲学、苏非修炼原则等领域，被称为"封印诗人"和"最后一位伟大的古典诗人"。

《勒瓦一合》是贾米所著关于苏非义理与功修的重要作品，约成书于1465年，共77页，通篇以散文加四行诗（鲁拜）的形式成文。贾米用优美流畅的波斯语清晰阐述了伊本·阿拉比学说最核心的观点"存在单一论"以及修道者在精神功修中的重要问题。此书中的四行诗是典型的苏非说理诗，是散文的辅助部分，亦是散文中的点睛之笔。本文就书中所阐述的"存在单一论"思想以及诗歌的思想内容、语言风格和文学技巧等角度对《勒瓦一合》的写作方式进行分析，探讨贾米如何运用诗歌这种感性文学形式来诠释深奥晦涩的苏非思想。

一、贾米的思想基石

贾米出生于一个宗教学者家庭，本名是努尔丁·阿卜杜·拉赫曼。“贾米”是他为自己选择的笔名，根据他在诗歌中的自述，选择“贾米”有三个原因。首先因为他出生在贾姆附近的村庄，其次该名来自他所崇拜的阿赫麦德·贾米（Aḥmad Jāmī），一位被称为伊斯兰长老的早期苏非，最后，“贾米”在波斯语的发音中意为“酒杯”，这在波斯诗歌中通常被用来比喻人主合一之所，是一个带有苏非象征意义的词语。显然，名字的选择表明了贾米的宗教倾向。

贾米的苏非思想有两个基石：纳格什班迪耶教团和伊本·阿拉比学说。纳格什班迪耶教团强调清醒和尊崇伊斯兰法沙里亚，贾米自身并不提倡弃世苦修，他希望通过苏非的功修来补充自己的学识而不是由其彻底代替学识。因此，贾米的苏非理念绝大部分是理论性质的，他专注于文本与术语，而不是入迷功修，于是，贾米花了10至15年来参透伊本·阿拉比学说的举动也就不难理解。伊本·阿拉比（1165—1240）是著名的苏非哲学家，他将苏非神秘主义学说系统化和理论化，归结为“存在的单一”（waḥdat-i-wujūd, وحدت وجود）。伊本·阿拉比学说对蒙古入侵后的伊斯兰苏非主义和什叶派神秘主义产生了深刻的影响，波斯的许多神秘主义诗人都继承阿拉比的思想，尤其是阿塔尔、鲁米和贾米。贾米毕生致力于研究、注释和宣传伊本·阿拉比的学说，可谓伊本·阿拉比思想最优秀的诠释者。伊本·阿拉比学说相当晦涩深奥，困扰了贾米很长时间，并使其一度对“存在的单一”的核心概念产生怀疑。根据贾米的学生拉里（Lari, عبدالغفور لاری）的记录，贾米曾说：“如果这扇门为我打开，我将会用一种人们能轻松理解的方式来阐述这个团体（伊本·阿拉比学派）。”贾米共花了10至15年的时间来参透其中的难点。最终，贾米用贯穿一生的著述和辩护实现了自己的承诺，为人们打开了理解该学说的“大门”。1465年，《勒瓦一合》作为贾米最重要的关于伊本·阿拉比学说的作品面世。

二、《勒瓦一合》的版本与译本

《勒瓦一合》约成书于公元1465年，共77页，篇幅较短。通篇以散文加四行诗的形式成文，从体裁上看，属于诗文集。从历史记录来看，《勒瓦一合》成书后，应该被大量复制并流传到中亚地区、土耳其、印度的宫廷里，贾米自己曾将该书献给哈马丹王，从而也流传到波斯境内。该书何时进入中国并无资料证明，但在17世纪末18世纪初已经被中国著名的穆斯林学者刘智翻译成汉语。

由于《勒瓦一合》在穆斯林世界的广泛流传，现存有不少手稿，部分收录在艾哈迈德·马扎维（Aḥmad Mazavī）编写的《波斯语手稿目录》中（1.2，12879—12929号）。这些手稿由于数量众多且其中细微差异和错误不少，被判断为多数由抄写员抄录，而非贾米本人抄写。在伊朗以外的其他国家也收藏有版本各异的《勒瓦一合》手稿。俄罗斯圣彼得堡收藏有写于公元1570/1571年的手稿，手稿中绘有波斯细密画插图。英国各地图书馆里至少有6部《勒瓦一合》的手稿[1]，其中三部属于17世纪初，一部属于19世纪后期，另两部年代不详。至于流传到中国的手稿，孙智伟在《回族经堂教育中的“波斯四书”及其译本》一文中提到他亲眼所见的一份《勒瓦一合》波斯语抄本，“系用民间自制的纸张抄写，以青布做封套，仅剩书脊部分。全书共67面，其中正文共63面。文中内容完整，包括前言、祷辞、引语、三十六章‘拉一哈’、附言。每一个‘拉一哈’均以红字体标出。同时，在页边分段处，并用花纹图案将لايح及章节数目装饰起来。有边文注释，以波斯语为主，有时使用阿拉伯语或者汉语小经文字。阅读起来比较方便”。[2]

从20世纪开始，《勒瓦一合》被大量印刷，目前有5个主要的印刷版本：

1. 1906年在伦敦出版的，由温费尔德（E. H. Whinfield）和加兹温尼（Ghazvini）根据古老的手稿照片翻译的《勒瓦一合——苏非主义论文（1906）》（“LAWA’ IH-A Treatise on Sufism 1906”）。这个版本包括了温费尔德所作的“序”、英语译文和古抄本照片。

2.《贾米的勒瓦一合》（لوایح جامی），石刻版，1936年在印度的勒克瑙出版，共29页。

3.《勒瓦一合：神秘主义与苏非》（لوایح در عرفان و تصوف），由穆罕默德·侯赛因·塔斯比赫（Moḥammad Ḥusain Tasbīḥī）校对，1963年在德黑兰出版。此版本包括两部分内容：正文和词汇表。正文只有33个章。

4.《勒瓦一合：神秘主义理念的阐述》（لوایح در بیان معارف و معانی عرفانی），1890年首印于伊斯坦布尔，2002年在德黑兰印刷。这个版本包括了三个部分：《勒瓦一合》全文、“存在单一论”的四行诗介绍以及贾米的另一部作品。

5.《勒瓦一合》（لوایح），该版本的全文由法国杨·理查德（Yann Richard）教授修订于1982年，是最新的修订本，1994年在德黑兰出版。本书对《勒瓦一合》的分析以杨·理查德教授的版本为参考。杨·理查德教授在修订最新的《勒瓦一合》文本时，以“阿亚苏非耶版本”[3]为准，这个版本的问题在于某些地方缺失一行或几行，遇到这个问题则以德黑兰国家图书馆的版本为准，并在页边注明。该书在德黑兰国家图书馆版本号为2012，在两卷本《贾米全集》的第二卷末，收录在第680—693页中，文本的尺寸为15厘米 × 23厘米，每一页有27行。

在贾米的苏非神秘主义作品中，《勒瓦一合》的译本最多。主要的译本除了上文提到的温费尔德和加兹温尼的英译本外，还有杨·理查德的法语译本——*les Jaillissements de Luniere*, 2000

---

1 英国各地图书馆的收藏情况来自北京大学波斯语教师沈一鸣博士的实地调查。

2 孙智伟：《回族经堂教育中的“波斯四书”及其译本》，《中国穆斯林》，2015年第1期，第67页。

3 Ayasufiyeh版本，4207.5号，伊斯兰历阴历877年8月22日，巴格达抄本《全集》，德黑兰大学图书馆藏有微缩胶卷，号码为96。

年村田幸子在纽约出版了《苏非之光在汉文中的折射》(*Chinese Gleams of Sufi Light*),该书收录了由威廉姆·希提克用英语翻译的《勒瓦一合》。最有价值的是,该书还将刘智用古典汉语翻译的《真境昭微》也译成英语,并将两者的译文按章节编排在一起。目前发现的《勒瓦一合》中译本只有刘智的《真境昭微》。比较温费尔德和希提克的两个英语译本,会发现温费尔德的翻译里用了希腊哲学术语,这应该是由于他认为伊本·阿拉比学说主要受希腊哲学中新柏拉图主义的影响,他在"序言"中着重讲述了这个观点。希提克采用的则是伊斯兰教苏非神秘主义的术语,所以风格与原文更为吻合。

三、《勒瓦一合》中的苏非思想

《勒瓦一合》是贾米作品名的中文音译,波斯语为لوایح(Lawāyīḥ),是لایحه(Lāyiḥe,勒一合)的复数形式,意为"显露"和"闪耀",贾米以此文综述苏非哲学家伊本·阿拉比的宇宙论、本体论与认识论等形而上学的苏非哲学思想以及苏非认主、近主的功修。在该书的引言中,贾米明确点出了《勒瓦一合》的主题:

> 这篇名叫《勒瓦一合》的论文,用合适的词汇与优美的隐喻,阐述神学和神学大师们的隐秘内心与灵魂,以及他们的体验与发现。[1]

显然,这是揭示苏非神秘主义真谛的一部作品。整本《勒瓦一合》讲述了两大主题:功修中的"认主独一"(tawḥīd,توحید)和理论中的"认主独一"。正文共有36章,以"闪光"(لایحه)为每一章题,前12章讲述的是"修道体道之功",即功修,后24章内容是"明真理隐著之义",即义理。

功修部分阐述的是体认真主和复命归真的途径,围绕一个主题:如何通过一心爱真主来达到获得真理、与主合一的状态?贾米提出了从"专心于主""究主本质""克己自省""断绝外念""泯灭自我"到"守心归一"的途径。所谓"专心于主",指真主唯一,修道者必须坚持一心。由于真主只赋予人一心,修道者不应使心因杂务而分散,应该将心聚集于真主,要认识到真主无所不在,必须时刻将内心专注于追寻真主。这是心从"分离"到"聚合"的过程,而寻求聚合的理论基础是:宇宙万物均是瞬间即逝的表象,只有真主是单一的存在,那么就不要依赖表象,心应脱离万物,缚于真主。"究主本质"是因为只有真主是绝对之美,外在事物的美来自真主全美余光的流溢,修道者不应沉溺于外在的幻影,而应接近真主的本质。了解了"专心于主"和"究主本质"的必要性后,修炼者必须时刻关注自己与真主的联系,做到时刻克己自省,以免虚度时光。如果陷于欲望的羁绊,则不能达到与主的亲近,所以只有断绝外念,摒弃一切违背真主的东西,让内心

1 本文中引用《勒瓦一合》原文的中文译文若无注明出处,均由本文作者翻译。

只显现至慈的真主，达到泯灭自我，才能享受真正的喜悦，与主“合一”。伊本·阿拉比在《麦加的启示》里谈到认识真主需要经过七个阶段，即纯粹的认主独一，从“分离”到“聚合”的阶段；纯粹的合一，“聚合之聚合”的阶段；纯质朴阶段，即对“想象世界”的认知；打开幽玄大门的阶段，即获得开启幽玄宝藏的钥匙；探索幽玄之幽玄，即对真主本质或称对真主本体的名与属性认知的阶段；求证神性的实有，即从宇宙的宏观微观的一切认知神性的实有；求证真主的降临。[1]很明显，贾米在前12章里谈及的苏非功修者在修行体验过程中需要注意的问题正是这七个阶段涉及的问题。

从第13章开始，贾米从不同的角度、不同的层次论述了同一个主题，即伊本·阿拉比的“存在单一论”。“存在单一论”是一种思辨的苏非主义哲学，讲述的是真主与宇宙万物包括人的关系问题。从字面上看“存在的单一”是阿拉伯语“وحدت الوجود”（waḥdat al-wujūd）的汉译，波斯语称“وحدت وجود”（waḥdat-i-wujūd），是一个由وحدت（waḥdat）和وجود（wujūd）两个单词构成的词组。“وحدت”是单一、统一的意思，对应的英语为“oneness”。وجود一词指存在，英语可译为“existence”或“being”，但是在伊本·阿拉比自己的作品和贾米的作品中都没有出现“وحدت وجود”这个组合，这个理论名称应该是后人为概括伊本·阿拉比学派的基本学说所创。“存在单一论”的核心信条是“除真主外，无物存在”，它解答了三个涉及本体论、宇宙生成论和认识论的重要哲学问题：什么是真主的本质？真主是如何造化宇宙万物的？存在于真主与被造物之间的持续关系是怎样的？它的主要观点包括：

1. 就真主的本质而言，真主是“绝对”的存在，是无限的存在，具有唯一性和超越性，这种“存在”是单一的、统一的。宇宙万物，包括一切有形之物和无形之物都是“绝对存在”的产物，皆是虚幻。由于真主和宇宙万物之间是造物主和被造物的关系，所以只有真主是永恒的，被造物都是瞬时的、易逝的。真主超越宇宙万物，宇宙万物不同程度地带有真主的本质与属性。

2. 真主无形，创造世界的原因是愿意被人们发现与认知。真主创造宇宙万物是通过真主的自显和外化，绝对存在经历由隐而显，由一而多，由无形到有形，生成宇宙万物。世界万物，包括人类，都是神圣之名和属性（即共相）的显现，真主的本质存在于万物中，万物的名字与特性只是本质的外在现象。简言之，这是一种“多”统一于“一”，“一”又寓于“多”之中的关系。宇宙是统一本质内聚集起来的现象的综合。被造物是有品级的，只有在被创造之前和复归真主这两个阶段才是统一的。万物尽管表象万千，但其本质早就预定在真主的名与属性中。真主在显现其属性时，不会在同一品级中两次显现同一种属性，因而世界上没有重复的事物。这个观点与古希腊哲学家赫拉克利特的“人不能两次踏进同一条河流”有异曲同工之妙，表明宇宙万物是瞬间变化的。

---

1 摘自王俊荣选译《麦加的启示》。载：王俊荣，《天人合一，物我还真——伊本·阿拉比存在论初探》，宗教文化出版社，2006，第208—209页。

3. 真主与被造物之间的关系与区别是什么？在伊本·阿拉比看来，两者之间的唯一区别是真主是本质性的必然存在，而被造物只是由真主创造的一种偶然的必然存在。除了一些专属属性，如独一的真实存在、永恒性等，几乎所有真主的属性都可以在被造物中找到。真主既是"最初"也是"最终"，"最初"是指所有事物都从他的本原中产生，"最终"是指所有存在物都将泯灭于他，回归作为本原的他。

从《勒瓦一合》第13章开始，贾米阐述了什么是"存在"、"存在"的自显与外化、被造化的宇宙万物的本质等伊斯兰神学问题。

"存在单一论"的核心概念是"存在"。什么是"存在"？贾米在第13、14章里用了波斯语的هستی（hastī）和阿拉伯语的وجود（wujūd）两个同义词来表示"存在"。وجود和هستی有两层意思，一层指各种事物或现象的存在，是虚幻的，另一层在伊斯兰哲学里被用来特指"真主的实有"，在苏非哲学中被视为"存在中的必然"。真主的实有是唯一的、恒守不变的，任何时候都无增减、强弱之变，也是其他万物发生、存在的依仗。宇宙万物由真主造化，带有真主的本质（ذات, ḏāt）和品性（صفت, ṣifat），因而也具有真主所赋予的神性。从这个角度讲，虽然事物的本质与属性是两个不同的概念，但是它们又是统一的存在，不可分割。伊本·阿拉比学说中，真主可以分成三个层次，最高层次是非限定的绝对存在，《勒瓦一合》中称之为"مطلق هستی"（hastī-e-maṭlaq）；第二个层次是"一"的状态，这是一种对多数的否定和排他，贾米称之为"احدیت"（aḥadīyyat，单一）；第三个层次是包含了各种品性和名目的"一"，贾米称之为"واحدیت"（wāḥidīyyat，统一）。这三个层次在《勒瓦一合》第17章中都有明确表述。

"神圣的自我显现"是《勒瓦一合》后半部分的主题，这是伊本·阿拉比学说中关于宇宙生成的"显化论"，在"真主创世说"的基础上，将宇宙的生成视为真主多层显化的结果。贾米用波斯语的تعین（ta'ayyun）一词来定义真主的显现，该词由意为"实体"的名词عین（'ain）派生而来，本意是成为实体或处于成为实体的状态中。[1]真主的本体是隐匿的、浑然无差别的，万物都是他的显化，显化是一个真主本体由隐而显、从绝对单一到宇宙多样的创造过程，在万物未被显化之前，真主的本质无名无属性，那么一个被规定的世界是如何从浑然无差别的真有中产生的？贾米详细叙述了两个显现过程和六个存在等级。第一显现是真有内在的自显过程，孕育了万物的名目、属性和踪迹。这是真主以其自我显现自我，是神圣之名和属性在神圣知识中的显现，这个显现过程被苏非称为"最神圣的流溢"（فیض اقدس, fīḍ-e-aqdas）[2]。这一显现规定了宇宙万物的先天本质或理念，而这些本质或理念，正是后来天地万物的原型，被称为"稳定的原型"（اعیان ثابته, 'ayān-e-ṯābite），这些事物只是"可能物"（ممکن, mumkan）。

---

1 Sachiko Murata: *Chinese Gleams of Sufi Light*, New York: State University of New York Press, 2000, p. 120.

2 《智慧的珍宝》中，伊本·阿拉比亦称第一显现为最神圣的显现或最神圣的流溢。

第二显现是“存在本质的自我显现”[1]，又称“神圣流溢”（فيض مقدس，fīḍ-e-muqadas），是真有的本质在真光的不断照射下，由隐运动到显，从而外化出宇宙万物，即“从实有事物的形象和属性中‘获得色彩’的显现过程”[2]。这样，第一显现产生的“可能物”成了现实存在者。

真有的显化是有等级的，从隐到首显，再到以真主的知识为起始的现象的显现，然后是外在实体、诸现象的显现，最终世界万物的名目出现。贾米在第24章里仔细解释了真主显化的六个等级。它们是：第一等级，无限、无识别的等级，脱离一切束缚与限制；第二等级，首显，是真主实有的第一个显现过程，包括一切主动与被动的可能显现；第三等级，即神的等级，所有主动的、授予迹象的显现过程的集合统一；第四等级是神的等级的差异化，是它们的名字和表象的等级；第五等级是造化的可能物的等级，是所有被动显现过程的统一；第六等级是造化的可能物的分化，是宇宙的等级。简言之，第一等级中真主是一个绝对的单一体，没有显现，从第二级到第六级则是真主实有自我显化的过程。

由上可见，“显化论”中真主与宇宙万物之间的关联是这样的：真有唯一，宇宙是真有的外在，而真有是宇宙的内在，真有的显现是宇宙，真有的隐是真主。在显现之前，宇宙乃真有，显现之后，真有乃宇宙。真主是宇宙万物的本原，万物统一于本质中。贾米还使用了几组对应概念进一步解释真主与被造物之间的关系，如用“被描述者”（موصوف，mūṣūf）和“描述者”（اوصاف，awṣāf）来说明显化的等级是真主本质的描述；用“无限”（مطلق，matlaq）和“有限”（مقيد，muqīd）来说明真主的显现是无限的，万物的存在是有限的；用“需求”（محتاج，muḥtāj）和“富足”（مستغنی，mustaghanī）来说明真主对被造物无所求，而被造物对真主有所求，需求是单方的，仅仅是有限者需要无限者。

在前12章，贾米阐述了如何认知真主的功修规则，在后面的理论部分也从形而上学的角度诠释如何去认主识主，因此可以说《勒瓦一合》是对伊本·阿拉比核心学说的完整简洁的概括。

四、《勒瓦一合》中的四行诗

《勒瓦一合》的每一章基本使用先散文后诗歌的行文方式，诗文并存，这在当时波斯文学中是很流行的做法。散文部分也常用韵律，在波斯文学中被称为散文诗。

贾米在《勒瓦一合》“前言”中介绍自己只是一个“译者”“讲述者”，这样的自我定位决定了散文部分是纯粹的伊本·阿拉比学说的“传译”。但是诗歌部分却是贾米作为“最后一位伟大的古典诗人”的诗歌成就的综合展现。

在波斯文学中，诗歌是苏非长老们把深奥的苏非哲理向广大信徒进行深入浅出地讲解的最常用的工具。叙事诗（مثنوی）用故事来宣扬思想，抒情诗（غزل）吟出心中对真主的狂热爱恋，四行

1 ［波斯］贾米，《勒瓦一合》（波斯文），德黑兰阿萨提出版社，1994年，第107页。

2 ［波斯］贾米，《勒瓦一合》（波斯文），第107页。

诗（رباعی）或抒情或说理，篇幅短小，常抒发瞬间的情感感悟，说理时则多用格言警句的方式表达思想，亦用平易朴实的语言将艰深的哲理娓娓道来。

四行诗是伊朗人创造的特殊诗歌形式，四行两对句，一般第一、二、四行协尾韵，第三行可协韵可不协韵，诗人需要有很高的才能，才足以把丰富充实的内容以如此短小的形式表达出来。“只要我们有10首鲁拜在手上，就可以据以判断这些鲁拜的作者在重要哲学问题上的态度，可以得知作者的思想方法。”[1]

《勒瓦一合》中的四行诗采用说理与抒情两种方式，内容包括对真主的赞美、向真主的祷告（主要出现在“前言”里）、苏非思想和对真主的渴望与热爱，其中对苏非哲学简洁直白的诠释占了绝大多数。这类四行诗也属苏非说理诗的一种，亦可算是“宗教诗歌”的一种，即诗人借用诗歌的形式来表达他对宗教教义的体悟。这些诗句是对散文内容的概括或者注解，风格平和自然，但是诗歌的形式与语言令生涩的理论变得生动易懂。比如在第6章，该部分阐述的内容是：人由于肉身涉世、受私欲之染而变浊，不了解宇宙万物都只是真主的全美显现之处，但人身中源自真主的本性，却聪慧之至，能“体真理而见象”。因此修道者应该摆脱私欲，将自己消失于自己的思想中，靠近本质，就能达于通向真主之路。如此深奥的玄理，贾米用一首简单的诗歌清晰生动地表现了出来：

گر در دل تو گل گذرد گل باشی
ور بلبل بیقرار، بلبل باشی
تو جزوی و حق کل است ، اگر روزی چند
اندیشه ی کل پیشه کنی کل باشی

译文：

若你心你思皆为花，你便是花，若你心如夜莺因爱不安，你便是夜莺。

你是局部而主是全部，一旦你沉思于全部，你便是全部。

还有一种是在说理的同时用抒情的语句表达对真主的赞美与爱恋，如第11章中：

کای بلبل جان مست زیاد تو مرا
وی پایه ی غم پست زیاد تو مرا
لذات جهان را همه در پا فکند
ذوقی که دهد دست زیاد تو مرا

1 ［波斯］海亚姆，张鸿年译，《鲁拜集》，湖南文艺出版社，2001年，第122页。

译文：

啊！我生命的夜莺因想你而沉醉，我的悲伤因想你而消失。

因念你而起的愉悦，令俗世之乐不再重要。

贾米在《勒瓦一合》的四行诗里展现了他高超的文学技巧，使其并不因内容上的说理和文学性的匮乏而失去艺术审美价值。他重视文学技巧的运用，曾经如此描述技巧的作用：旋律优美的语言，如同美丽的女人，她的不可抗拒的诱惑来自她的装饰，韵律是她的长袍，韵脚是她的裙子，重复词是她的脚环；想象是她额头的令人销魂的痣，她的脸颊因比喻而发亮；同根词的使用，将她的两辫编织在一起，隐喻则是悬挂在她眉毛上的锁；感谢同韵词，令她口吐珍珠；而"模糊"就像一个调情的眼色。

隐喻和象征是苏非诗人和学者用来讲道抒情的常用手法，贾米在《勒瓦一合》的诗歌部分继承了这种文学传统。基于苏非神爱论，修道者与真主之间的关系通常会被比喻为爱者与被爱者、追求者和被追求者的关系，贾米在第21章里阐述这种关系时说："真主既是爱人，又是被爱者，既是追求者，又是被追求者，在统一聚合的状态中，他是被追求者和被爱者，在分化和多样的等级，他是追求者和爱人。"[1]贾米的观点比起仅把真主比作被爱者更加深刻。"海洋"和"镜子"是苏非最经典的隐喻，贾米在第27章中用海洋与波浪来比喻真主永恒的存在本质被实有的外在迹象所遮蔽，海洋被比作真主的本体，他是唯一且统一的，波浪只是它的外在显示，贾米用这样一首诗来解释：

بحری است وجود جاودان موج زنان

زان بحر ندیده غیر موج اهل جهان

از باطن بحر موج بین گشته عیان

بر ظاهر بحرو بحر در موج نهان

译文：

波浪翻滚的海洋是永恒的存在，世间俗人只看到海洋中的波浪。

看看这些来自海洋深处的浪花，那大海就隐藏在翻滚的浪花中。

"镜子"则在苏非神秘主义中有特殊的哲学意义。苏非神秘主义认为宇宙是真主之镜，而人的心灵是宇宙之镜，苏非派的修行便是打磨镜子，滤净心性，让镜子映照出真主完美的容颜。贾米在全文多处使用"心灵之镜"的比喻，如第28章中咏道：

1 ［波斯］贾米，《勒瓦一合》（波斯文），第80页。

گویند دل آینه آیین عجب است

در وی رخ شاهدان خود بین عجب است

در آینه روی شاهدان نیست عجب

خود شاهد و خود آینه ای ، این عجب است

译文：

他们说如镜之心是美妙的，镜中一睹情人的面容是美妙的。

无人会诧异于镜中的容颜，情人与镜子合一是美妙的。

贾米还用葡萄酒中的泡沫比喻真主遍及显现的各个等级及由此产生的万物。真主在等级和实体中，就如同这些等级与实体。诗句如下：

هستی که ظهور می کند در همه شیء

خواهی که بری به حال وی با همه پی

رو بر سر می حباب را بین که چسان

می وی بود اندر وی و وی در می می

译文：

真主在所有的事物中显现，若你想从中找到他的踪迹。

去看看葡萄酒上的泡沫吧，酒在他中是他，他在酒里是酒。

贾米在《勒瓦一合》的多处四行诗中还巧妙地使用了双关的修辞方法，如第10章中所写：

توحید به عرف صوفی ای صاحب سیر

تخلیص دل از توجه او ست به غیر

رمزی ز نهایات مقامات طیور

گفتم به تو گر فهم کنی منطق طیر

译文：

旅行者啊！苏非所言的认主独一，是心灵摆脱外物的羁绊。

百鸟终极之位的奥秘，我告诉你，若你知晓百鸟的语言。

“百鸟的语言”来自《古兰经27.16》:“素来曼继承达五德;他说:‘众人啊!我们曾学会百鸟的语言,我们曾获得万物的享受,这确是明显的恩惠。’”贾米诗中的引用让人想起阿塔尔的《百鸟朝凤》,也隐喻贾米自己就像其中一只鸟一样说话,在最后的融入真主的旅行中。

用不同语言交替写成诗句也是贾米常用的创作方式,他通常会在自己创作的波斯语的诗歌中加入阿拉伯语。贾米年少时曾跟随一些著名学者学习阿拉伯语言文学、阿拉伯语语法,这令他对阿拉伯语的掌控力远超同时期的很多学者,也使得他能够在自己的波斯诗歌中融入阿拉伯语,并可以将阿拉伯语的作品翻译成波斯语。贾米还在波斯语散文及诗句中使用阿拉伯语的谚语、《圣经》、《古兰经》经文,结合伊本·阿拉比及其他著名苏非学者使用的神秘主义术语,这是苏非神秘主义与伊斯兰教正统信仰相结合的有力实证。

总体上讲,《勒瓦一合》中的散文部分是形而上的苏非玄理的解释,略显枯燥乏味,术语晦涩难懂。四行诗部分则是散文部分的概括,它们不是此书的主角,只是锦上添花的装饰,但是贾米以优美的韵律、音乐般的节奏、精湛的语言,大量的比喻、隐喻和双关,让形而上的玄理以感性的方式走入人心。没有海亚姆的深邃,没有哈菲兹的深情,以一种谆谆教诲的独特风格唤起读者的情感体验,这正是贾米诗歌魅力之所在。

五、结语

《勒瓦一合》作为一部讲述形而上学的宗教思想与哲学的作品,是伊本·阿拉比“存在单一论”关于认主独一、宇宙造化和归真合一的思想的完整概括和介绍。事实上,与贾米同时期的学者关于伊本·阿拉比学说的作品多以对伊本·阿拉比著作的注释为主,这是因为伊本·阿拉比的作品内容深奥,晦涩难懂。贾米自己也做过对《智慧的珍宝》的注释,但《勒瓦一合》属于原创作品,它是贾米在充分理解与掌握伊本·阿拉比学说的基础上对其进行的概括、介绍,贾米用自己简洁的语言和生动的比喻将该学说从精英阶层推广到了普通民众,这是《勒瓦一合》最重要的价值。贾米在该书“前言”中自我定位为“真理秘密”的讲述者和译者,负责讲述、传译苏非大师们的经验成果。“翻译”一词本身是指将一种语言信息转变成另一种语言信息,而在这里,贾米的“译者”概念并不是指把阿拉伯语翻译成波斯语,而是具有将神秘主义的信息翻译给普通大众这样一个内涵。贾米的自我定位说明他的目标读者群是那些很难读懂苏非大师的神秘主义语言的普通民众,并由此决定了《勒瓦一合》的表述方式。相对于波斯语、阿拉伯语混杂的充满了神秘主义术语的散文部分,贾米用当时被民众广泛接受的诗歌形式,用平实的语言和优美的韵律,使艰深的理论变得浅显易懂。也正因为如此,明末清初时期,中国一批穆斯林学者开展著名的伊斯兰教经典翻译活动,当涉及伊本·阿拉比学说的经典作品时,他们选择了贾米的《勒瓦一合》和《光辉的射线》。可见,贾米的诗情与思想的合奏对中国穆斯林学者产生了深刻的影响。

چین در نگاه عارفان و شاعران پارسی گوی

دکتر محمدکاظم کهدویی

استاد گروه ادبیات فارسی

دانشگاه یزد

چکیده:

سرزمین چین، در گذشته های دور، همسایهٔ کشور ایران بوده و تاجران و بازرگانان نیز بین دو سرزمین در رفت و آمد بودند؛ چنانکه اولین سفیر کشور چین در روزگار ساسانیان، و حدود هزار و پانصد سال پیش از این به ایر ان آمد.

عارفان و شاعران پارسی‌گوی، از گذشته‌های دور، در شعر خود، **چین** را از نظر دور نداشته‌اند و می توان اذعان کرد که در دیوان کمتر شاعری دیده می شود که حداقل یک یا چند بار در آن نام **چین** به کار نرفته باشد.

این صاحبان سخن، سرزمین **چین** را **نماد دوری و بعد مسافت و زیبارویان**، و... می دانستند و عارفان و شاعران، همواره در اشعار خود به این نکته اشاره داشتند. بُعد مسافت و مشکل سفر برای رسیدن به سرزمین چین، و دانش آموختن از اهل علم و دانش آن سرزمین، در نظر شاعران ایرانی بوده، و بی گمان، این سخن رسول گرامی اسلام را در نظر داشتند که:« کسب علم و دانش کنید، اگرچه در **چین** باشد»

در این مقاله سعی بر این است تا بخشی از اشارات شاعران و عارفان ایرانی، به **چین** و ویژگیهای آن نموده شود و برای علاقه مندان به چنین موضوعی می تواند مفید باشد.

واژه های کلیدی: چین، ایران، بتخانه، ختن، صین.

مقدمه:

از آنچه در خصوص مردم **چین** می‌توان گفت، نکتهٔ مهم این است که در طول تاریخ، ملتی شادتر از ملت **چین** نبوده، و با اینکه این ملت کهنسال پیوسته با مشکلات و سختیها و خشونتهای طبیعت، دست و پنجه نرم کرده؛ هیچگاه نشاط و شادمانی خود را حتی اگر به اندازه یک لبخند کوچک باشد، فراموش نکرده است. وقتی با آنها و در کنار آنها زندگی کنی در می‌یابی که آن مردم تا چه اندازه آرام و خونگرم و بانشاط و پرتلاش و در کار خود جدی هستند.

ادبیات و شعر نیز در سرزمین **چین** سابقه‌ای بس طولانی دارد و بیش از آن که این کشور را سرزمین شعر بدانیم، سرزمین حکمت، فلسفه، خرد و اندیشه نیز بوده‌است. زبان مردم **چین** هم با تمام دشواری، مثل

زبان فارسی رنگ و روی شعر دارد.

چین در گذشته های دور، هم مرز و همسایهٔ کشور ایران بوده است و شاعران ایران، از آن روزگاران، در شعر خود، **چین** را از نظر دور نداشته اند و می توان اذعان کرد که در دیوان کمتر شاعری دیده می شود که حداقل یک یا چند بار در آن نام **چین** به کار نرفته باشد.

راه و جادهٔ ابریشم که حاصل رفت و آمد سیاحان و بازرگانان ایرانی و چینی و سغدی بود، بزرگترین خط دوستی و ارتباط دو کشور ایران و **چین** به حساب می آمد. به جا ماندن محصولاتی از دو کشور در طول دوران روابط دوستی، نشانگر این مطلب است.

گفته می شود که حدود بیست نوع حیوانی و گیاهی، از ایران به **چین** رفته که هنوز هم مشهور است. حیوانی چون شیر که به **چین** برده و ببر از آنجا آورده شده است، و محصولاتی چون انار و انگور و اسفناج و ... نیز از ایران بدانجا رفته و امروزه شهر شیان، که در مرکز **چین** قرار دارد و محل آغاز سفر نخستین سفیر **چین** به ایران در روزگار ساسانیان بوده، یکی از مرکز تولید انار آن کشور است.

جدا از این محصولات و روابط تجاری، در هر دوره و روزگاری، عارفان و شاعران پارسی‌گوی، با آگاهی از سرزمین و مردم **چین**، آن کشور را **مرکز زیبارویان**، **سرزمین مشک** و **جایگاه گلها و گیاهان رنگارنگ و معطّر**، **پارچه‌های حریر و پرنیان و ظروف و اشیاء و ابزار گرانبهای چینی** دانسته و در اشعار خود بارها این نکته را یادآور شده‌اند. از طرفی، مشکلات سفر، و دور و دراز بودن راه سرزمین **چین** هم از نظر شاعران مسلمان ایرانی به دور نمانده است و حدیث نَبَوی از رسول گرامی اسلام، حضرت محمد، صَلی‌اللهُ عَلَیهِ وَآلِهِ، که « أُطلِبوُا العِلمَ وَلَو بِالصِّین» (کسب علم و دانش کنید، اگرچه در **چین** باشد) هم اشاره به همین دوری راه دارد که اهل دانش و خرد و عرفان بدان نظر داشته اند.

لفظ **چین** در عربی(**صین**) و به سیاق (**چین‌اِستان**) فارسی پهلوی، **صین** اِستان آمده است.

فارسی در چین به روایت ابن بطوطه:

ابن‌بطوطه[1]، جهانگرد معروف سدهٔ سیزدهم میلادی/ هشتم هجری . (۷۰۳ – ۷۷۹ هـ.)که سفرهای دور و درازی به کشورها و شهرهای مختلف داشته است، درباره سفرش در قرن سیزدهم میلادی، که از ایران گذشته و به **چین** و شهر الخنسا(هانگژو)[2] رفته، با اشاره به حضور خود در این کشور چنین می‌گوید: «وقتی به این شهر وارد شدم، امیرالامرای چین، مرا به خانه‌اش دعوت کرد و مهمانی ترتیب داد و برخی معتمدین و بزرگان شهر را به این مهمانی فرا خواند. در مدت سه روزی که در منزل این امیر مهمان بودم، امیر الخنسا، آشپزهای مسلمان را به خدمت گرفت و در مدت حضورم در خانهٔ وی غذاهای متنوعی طبخ شد.

وی چنین ادامه می دهد: زمانی که قصد ترک منزل امیر الخنسا را داشتم، وی فرزندش را با گروه ما روانهٔ خلیج‌فارس کرد. در این سفر مطربان و موسیقادانانی امیرزاده را در سفر همراهی کردند. در کشتی ما جشن و سوری برپا شد و شعر و آوازهایی از سوی همراهان امیرزاده به چینی، فارسی و عربی خوانده شد. امیرزاده از شنیدن آوازهای فارسی به اشتیاق آمده بود. آنها شعری به فارسی می‌خواندند، امیرزاده درخواست تکرار آن شعر را کرد و آنها نیز درخواست وی را چندین بار اجابت کردند.

زمانی که همراهان موسیقدان، شعر فارسی مورد درخواست امیرزاده را تکرار کردند، بنده نیز آن را آموختم. شعر مضمون عجیبی داشت:

---

۱. ابن بَطوطه(ابن بتوته) محمدبن عبدالله بن محمد، در شهر طَنجه (تنگه) سال ۷۰۳ ق/۱۳۰۴ م. در مغرب(مراکش) به دنیا آمد. سال ۷۲۵ ه.ق. به سوی مکه عزیمت کرد و مصر، شام، حجاز، عراق، ایران، یمن، بحرین، ترکستان، میانرودان(بین النهرین) و بخشی از هند، **چین**، جاوه(اندونزی)، شرق اروپا و شرق آفریقا را پیمود و سرانجام به مغرب برگشت. سفر او ۲۷ سال به درازا کشید (۱۳۲۵-۱۳۵۲م.) و در مراکش سال ۷۷۹ ه/۱۳۷۷م. درگذشت. ابن بطوطه تقریباً معاصر با مارکو پولو بود؛ ولی بیش از سه برابر مارکوپولو راه پیمود. ابن بطوطه را می‌توان یکی از بزرگترین سیّاحان تاریخ بشری محسوب کرد.

۲. ابن بطوطه، به شهر **هانگژو** رفته و آن را مدینه **الخنساء** نامیده، و بزرگترین شهر آن زمان معرفی کرده است، به طوری که عبور از آن سه روز پیاده به طول می‌انجامید. وی به پکن هم رفته، آنجا را شهری بسیار تمیز معرفی می‌کند.

«تا دل به محنت دادی در بحر فکر افتادی/ چون در نماز ایستادی گویی به محراب اندری»
(سفرنامه ابن بطوطه، ص ۲۰۷)

البته بخشی از این اشعار فارسی که همراهان امیرزاده می‌خواندند، یا به سبب عدم تسلط ابن بطوطه به زبان فارسی، دچار بدفهمی شده و یا خوانندگان به زبان محلی حفظ کرده و می خوانده‌اند، به هرحال بیت تحریف شدۀ غزلیات سعدی چنین است:

«تا دل به مهرت داده‌ام در بحر فکر افتاده‌ام   چون در نماز استاده‌ام گویی به محراب اندری»
(کلیات سعدی شیرازی، بخش بدایع)

بیتی است از غزل زیر که در آن به زیبا رویان **چین** و ختن و **صورتگران دیبای چینی** که علاوه بر هنر آنان، به **پارچه های حریرِ چینی** و **نقاشی** آنان هم اشاره کرده است:

«آخر نگاهی بازکن وقتی که بر ما بگذری   یا کِبر مَنعَت می‌کند کز دوستان یاد آوری
هرگز نبود اندر خُتَن بر صورتی چندین فِتَن   هرگز نباشد درچَمن سروی بدین خوش‌مَنظری
صورتگر دیبای **چین** گو صورت رویش ببین   یا صورتی برکش چنین یا توبه کن صورتگری
ز ابروی زنگارین کمان گر پرده برداری عیان   تا قوس باشد در جهان دیگر نبیند مشتری
بالای سروِ بوستان رویی ندارد دلستان   خورشید با رویی چنان مویی ندارد عنبری
تا نقش می‌بندد فلک کس را نبودست این نمک   ماهی ندانم یا ملک فرزند آدم یا پری
تا دل به مِهرت داده‌ام در بَحر فکر افتاده‌ام   چون در نماز اِستاده‌ام گویی به مَحرابَم دری
دیگر نمی‌دانم طریق از دست رفتم چون غریق   آنَک دهانت چون عَقیق از بسکه خونم می‌خوری
گر رفته باشم زین جهان باز آیدم رفته روان   گر همچنین دامن کشان بالای خاکم بگذری
از نعلش آتش می‌جَهد نعلم در آتش می‌نهد   گردیگری جان می‌دهد سعدی تو جان می‌پروری
هر کس که دعوی می‌کند کو با تو انسی می‌کند   در عهد موسی می‌کند آواز گاو سامِری»
(غزلیات، غزل ۵۴۲)

عطار و چین:

از جمله کتاب هایی که در ادبیات فارسی، در سدۀ ششم و اوایل هفتم، به زبان رمز سروده شده، «منطق الطیر» است. فریدالدین عطار نیشابوری(ف. ۶۱۷ ه.ق.) ، در این کتاب رمزآلود خود، راه های رسیدن به محبوب و مطلوب و طی مراحل سلوک را به زبان رمز بیان کرده است. در بارۀ اهمیت این کتاب و شرح نماد های آن مثل سیمرغ، هد هد ، بلبل ، و ... که نمادهای عام هستند، در کتابهایی چند، توضیح داده شده است؛ اما در اینجا به ذکر «**چین**» که به زیبایی در این کتاب آمده، اشاره می شود:

ابتدای کار سیمرغ ای عجب   جلوه‌گر بگذشت بر **چین** نیم شب
در میان **چین** فتاد از وی پری   لاجرم پر شور شد هر کشوری
هر کسی نقشی از آن پر برگرفت   هرکه دید آن نقش کاری درگرفت
آن پراکنون در نگارستان **چین**ست   أُطلِبوا العِلمَ وَلَو بِالصِّین ازین ست
گر نگشتی نقش پر او عیان   این همه غوغا نبودی در جهان
این همه آثار صنع از فر اوست   جمله انمودار نقش پر اوست

در این ابیات آمده است: روزگاری بسیار دور، نیم شبی« سیمرغ » از کشور **چین** می گذشت که پَری از پَرهای او به آن سرزمین افتاد. آن پر چنان زیبا بود که هر که آن را دید، نقشی از آن به خاطر سپرد. آن پَر را در نگارستانی نگاه داشتند. زیبایی در زیبایی، شکوه و عظمت در جایگاه آن؛ یعنی نگارستان؛ از این بیت چهارم، معنی نمادین دیگری مستفاد می شود و آن **دوری راه** از ایران و سرزمین مسلمانان است.

باری به نظر می رسد در اینجا، **چین** نماد **سرزمین زیبایی‌ها** باشد و چینیان نیز نماد **نقاشان ماهر**، که نقشهای آنان در سراسر دنیا پخش شده است.

نگارخانه چین، در سخن حکیم سنایی نیز آمده است:

تا ببینی به چشم عقل و یقین   در دو خط صد **نگارخانه چین**

(سنایی، حدیقه، ص.۶۰۹)

باغ وجود از بهار عدل تو چونانک		رشک فزاید **نگارخانهٔ چین** را

(انوری، دیوان، ۱۳٦٤، ص١٤)

چین سرزمین تصویرگران و نقاشان:

مردم **چین** در فرهنگ و تمدن ایرانی به **تصویرگری** و **نقّاشی** مشهور هستند و **نقش چین و صورت چین** همیشه ضرب المثل بوده است؛ چنانکه مولانا جلال الدین محمد **مولوی** نیز در این باره حکایتی را آورده و در داستان مِرا کردن **چینیان** با رومیان، «**چین** » را نماد ظاهر می داند:

گر مثالی خواهی از علم نهان		قصه گو از رومیان و **چینیان**
چینیان گفتند ما نقاش تر!		رومیان گفتند ما را کرّ و فرّ
گفت سلطان: امتحان خواهم در این		کز شماها کیست در دعوی گزین؟
چینیان گفتند: یک خانه به ما		ز آن یکی **چینی** ستد، رومی دگر
چینیان صد رنگ از شه خواستند		پس خزینه باز کرد آن ار جمند
رومیان گفتند: نه نقش و نه رنگ		نیست درخورکار را جز دفع زنگ!
در فرو بستند و صیقل می زدند		همچو گردون ساده و صافی شدند
چینیان چون از عمل فارغ شدند		از پی شادی دهل‌ها می زدند
شه در آمد، دید آن جا نقش ها		می ربود آن عقل را و فهم را
بعد از آن آمد به سوی رومیان		پرده را بالا کشیدند از میان
عکس آن تصویر و آن کردارها		زد بر این صافی شده دیوارها
هر چه آن جا دید، این جا به نمود		دیده را از دیده خانه می ربود!

(مثنوی، دفتر اول، ص ١٥٤-١٥٥)

قصهٔ **چینیان** و رومیان، قصهٔ علم و دین است. داستان تقابل دانش است با حکمت. درنگاه اول هردو از یک جنس‌اند! هردو به دنبال کشف حقیقتند؛ اما با این تفاوت عظیم که علم، تو را به جستجو در بیرون از خود فرا می خواند، در حالی که دین به جستجوی درون! دانش می‌گوید: چیزی کم است! اما دین می‌گوید: هیچ نقصانی در کار نیست! همه چیز پیشاپیش به تو عطا شده، فقط کافی است تا کتاب وجودی خودت را ورق به ورق بخوانی! علم به تو راه را نشان می دهد.

البته می‌توان گفت که این معنی از **چین** را مولوی خود اختراع کرده و مأخذ داستان که «احیاء العلوم» غزالی طوسی است، **چین** را **نمادِ اهلِ دل** می داند.(مآخذ قصص وتمثیلات مثنوی، بدیع الزمان فروزانفر، چاپ دوم، ص ٣٤-٣٣)

استاد زرین‌کوب ادعا می کند که این داستان در نزد نظامی گنجوی، نیز مسبوق به سابقه است و وی (نظامی) در اسکندر نامه، **چین** را به عنوان **مطلع شمس** و **مشرق نور**، مَظهر طریقهٔ اهل صیقل می داند.

(نردبان شکسته، عبدالحسین زرین کوب ص١٩٥)

حافظ و چین:

حافظ شیرازی(شاعر و عارف سدهٔ هشتم هجری)، نقشها و صورتهای **چینی** را در نهایت زیبایی و ظرافت می بیند و **صورت چینی** را نماد زیبایی گرفته است. شعر حافظ هنگامي كه به طرز معمولي هم خوانده مي‌شود، گوش‌نواز است. در شعر وی این یک صبغهٔ كلّي است و كثرت ظرافت‌ها و ريزه كاري‌هاي لفظي از قبيل جناس‌ها و مراعات‌نظیرها و ایهام و تضادها، فراوان به چشم می خورد، شاید كمتر بتوان غزلي يافت كه در آن چند مورد از این ظرافت‌ها و ریزه‌کاري‌ها و ترسیم‌ها و صنایع لفظي وجود نداشته باشد؛ بویژه اینکه گاهی با نام **چین** نیز همراه کرده است:

صورتگر چین:

هرکو نکند فهمی زین کِلکِ خیال انگیز		نقشش به حرام ار خود **صورتگرِ چین** باشد.

(دیوان حافظ، ص. ۱۰۳)

در اینجا صـورتگری و نقاشـی **چینیان** را در اوج می داند به حدی که از همه نیکوتر اسـت و برتر آن نیست؛ بنابراین می گوید اگر کسـی از قلم خیال انگیز خداوند جهان، درک و فهمی نکند، حتی اگر صـورتگر چین هم باشد، نقش او بیهوده و بی فایده است.

اگر باور نمي داري رو از **صورتگر چين** پُرس　که ماني نسخه ميخواهد ز نوك كِلك مشكينم

(همان، غزل ۳٤۲)

در همین معنی است که باز هم به **صورت چین** اشاره دارد:

بر جمال تو چنان **صورت چین** حیران شد　که حدیثش همه جا بر در ودیوار بِماند

(همان، غزل ۱۷۸)

هر صورتی که نقش کنم در ضمیر خویش　نقش خیال صورت **نقاش چین** بود

(شاه نعمت الله ولی، دیوان اشعار)

***

سیرتِ او روانِ **صورت چین**　سَطوَت او ستون خیمهٔ دین

سنایی در اینجا می گوید که سـیرت و درون(ضـمیر) و اخلاق ممدوح او به اندازه‌ای خوب اسـت که به نقش **تصویر چینی** جان می دهد، یا سیرت او، جانِ **نقش چین** است. (سنایی، حدیقه، ص. ۵۲۰)

و گاه نیز به **زیبارویان چینی** اشاره دارد که دل می ربایند و دین می برند:

بتِ چینی عدوی دین و دلهاست　خداوندا دل و دینم نگهدار

(دیوان، حافظ، ص. ۱۲۶)

اشارهٔ حافظ به **بتخانهٔ چین**، هم معانی گوناگونی دارد: گاهی **بتخانه**، عالم لاهوت است که وحدت کل است و مظهر ذات اَحَدیّت، و باطن عارف کامل، که در آن معارف الهیه بسیار باشد.

وگر باور نمی داری، رو از **بتخانهٔ چین** پرس　که مانی نسخه می خواهد ز نوک کلک مشکینم

(همان، ص.۱۹۷)

چین زلف:

دل حافظ شد اندر **چین** زلفت　بِلَیلٍ مُظلمٍ وَاللهُ هادی

(دل حافظ در **چین** زلف تو رفت، در شب تاریکی که فقط خداوند راهنماست.)

(دیوان حافظ، ص. ۲۵۵)

جگر چون نافه‌ام خون گشت و کم زینم نمي‌بايد　جزاي آنكه با **زلفت** سخن از **چين** خطا گفتم

(همان، ص.۱۸۷)

شـاه نعمت الله ولی(۷۳۰، ۷۳۱–۸۳۲، ۸۳۴)، هم زلف مشـکین و **چین** را بیان کرده و هم رنگ و هم بوی خوش که از نافهٔ ختن به دست می آید، در نظر داشته است:

هنـدوی زلف او بـه عیّـاری　**چین** گرفتـه ره خطا بسته

جای خود کرده در سراچهٔ چشم　پرده بـر دیده از هوا بسته

و یا:

گر به **چین** سنبل زلفت صبا بویی برد　نافهٔ مشک **ختن** گیرد به هر سویی برد

(دیوان اشعار، غزل ٦۳٦)

صبا: (اصطلاح عرفانی) عبارتست از: آن که که میان عاشق و معشوق میانجی است و خبری می‌آورد و بوی عاشق را به معشوق می‌رساند، و همچنین صبا به معنای نسیم‌های رحمانی که از مشرق روحانیّات می‌وزد و بر انجام کارهای خیر برمی‌انگیزد. (رسالهٔ میر سید علی همدانی در شرح مرادات حافظ، به نقل از سایت عرفان و حکمت در پرتو قرآن و عترت)

کفر زلفش که رونق دین است　مهتر هند و سرور **چین** است

دل مـا مـي بـرد به عیّاري　کـار طـرّار دائماً ایـن است

(دیوان اشعار، غزل ۳۲۹)

در بیت زیر بین نافه و **چین** و بت و مشکین ایهام تناسب برقرار است. ضمن اینکه از نافه، هم بوی خوش

آن را اراده کرده و هم رنگ سیاه آن را، و به زلف هم نظر داشته که همچون مشک، که از نافهٔ آهوی **ختن** می گیرند و هم سیاه است و هم خوشبو. و بت هم معنای زیبارو، و نیز بت در بتخانه را می دهد.

آن نافهٔ مراد که می خواستم ز غیب　　در **چین زلف** آن بت مشگین کلاله بود

(دیوان حافظ، ص. ۷۹)

تا دل هرزه گرد من رفت به **چین زلف** او　　زان سفر دراز خود عزم وطن نمی کند

(همان، ص. ۹۱)

دو چشم شوخ تو برهم زده ختا و ختن　　به **چین** زلف تو ما **چین** و هند داده خراج

(همان، ص ۴۵)

در بیت اول بین **چین** و زلف و خطا و نافه و جگر، و در بیت دوم بین هرزه گرد و زلف و **چین** و سفر دراز و وطن، ایهام تناسب برقرار است، و در بیت سوم نیز بین **ختا** و **ختن** و زلف و **چین** و هند. در مصرع دوم هم به **چین** و هند اشاره کرده و هم به **ماچین**، و هم اشاره به اینکه ما، چین(**ماچین**) و هند را خراج داده‌ایم.

نیشکر چین:

حافظ شیرازی، قلم خود را به **نیشکر چینی** تشبیه می کند که از آن شکر می بارد و منظور از آن، شیرینی و عذوبت کلام وی است.

کِلکِ حافظ شکرین میوه نباتیست به **چین**　　که در این باغ نبینی ثمری بهتر از این

(همان، غزل ۴۰۴)

نظامی و چین:

به عقیدهٔ نظامی گنجوی(۵۳۵ – ۶۰۱ ه. ق.)، **نقاشی چینی** در نهایت زیبایی است، وقتی که می خواهد قصر خُوَرنَق را از نظر زیبایی و تصویرگری توصیف کند. این کاخ با شکوه را به **نقاشی چینی** تشبیه می کند. برای این منظور در هفت پیکر چنین گفته است:

چون خُوَرنَق به فرّ بهرامی　　روضه‌ای شد بدان دلارامی

کآسمان قبلهٔ زمین خواندش　　وآفرینش **نگار چین** خواندش

(هفت پیکر ، بیت ۷۵۹)

در جای دیگری حتی قدرت قلم خود را نیز به قدرت قلم چینیان در سحر آمیز بودن تشبیه کرده است.

جبرئیلم نه چینی قلمم　　بر صحیفهٔ چنین کشد رقمم

(هفت پیکر ، بیت ۲۲۴)

بتان چینی(زیبارویان):

در منظومهٔ خسرو و شیرین نیز از **بتان** (زیبارویان) و شیرین سخنان **چینی** سخن می گوید که شیرین، همسرِ **خسرو**، با آنان به سخن می پردازد:

چو بَرزد بامدادان خازن چین　　بـه درج گوهرین بَر قفل زرین

برون آمد ز درج آن **نقش چینی**　　شدن را کرده با خود نقش بینی

بتان چین به خدمت سر نهادند　　بسان سرو بر پای ایستادند

چو شیرین دید روی مهربانان　　به چربی گفت با **شیرین زبانان**

که بسم‌الله به صحرا می‌خرامم　　مگر بسمل شود مرغی به دامم

بتان از سر سراغُج باز کردند　　دگرگون خدمتش را ساز کردند

به کردار گُله‌داران چون نوش　　قبا بستند بِکران قَصب پوش

(نظامی، خسرو و شیرین، بخش ۲۴)

یغماناز چینی:

نظامی، **دختر خاقان چین** را در داستان هفت پیکر، **یغماناز** می نامد که فتنهٔ لعبتان **چین** و طراز است :

دخت خاقان به نام یغماناز　　فتنهٔ لعبتان **چین** و طراز

در داستان هفت پیکر، در روز شنبه، بهرام شاه به سوي گنبد سیاه و بانوي هندي خود روانه می شود تا شب آنجا نشاط و شادي و عود سوزي و عطرسازي کند. هنگامي که شب فرا می رسد، شاه از بانوي کشمیريِ خود افسانه اي طلب می کند و آن آهوي تُرک چشم هندوزاد، در حالیکه از شرم نگاه به زمین دوخته، داستان خود را آغاز می کند و از **زیبایان چینی** سخن می گوید:

گفت شهریست در ولایت **چین** — شهری آراسته چو خلد برین
مردمانی همه به صورت ماه — همه چون ماه در پَرَندِ سیاه
نام آن شهر، شهر مدهوشان — تعزیت خانهٔ سیه پوشان
هر که زان شهر باده نوش کند — آن سوادش سیاهپوش کند

(هفت پیکر، ص. ۷۳)

(در ولایت **چین** شهریست چون خُلد برین. نام آن شهر، «شهر مدهوشان» است با مردمانی به صورت ماه، در قبا و جامهٔ سیاه. هر که در آن شهر وارد شود، همچون آنها سیاهپوش مي گردد).

در داستان بانوی حصاری، که روز سه شنبه برای بهرام نقل می شود، نظامی، بیان می دارد که:

آن دختر خوب روی، چون دستِ خواستگاران دراز دید، دستور داد تا بر فراز کوهی بلند، حصاری محکم بنا کردند و در راه آن طلسم های خطرناک از پیکره های آهنین نهادند و در دست هر پیکر شمشیری بود که به یک دم سر از تن رهگذران بی خبر جدا می کرد و دروازهٔ آن قلعه را نیز چنان ساخته بودند که چون درِ آسمان پنهان و بی نشان بود. پس دختر در آن حصار پناه گرفت تا از دست خواستگاران مدعی در امان باشد، و بدین سان «بانوی حصاری» لقب گرفت؛ شاعر، آن دختر زیبارو را پری پیکری وصف می کند که همچون **نقاش کارخانهٔ چین** است؛ سپس آن دختر تصویر خود را روی پارچهٔ حریر ترسیم می کند و بر درِ قلعه می آویزد:

آن پری پیکرِ حِصار نشین — بود **نقاش کارخانه چین**
چون قلم را به نقش پیوستی — آب را چون صدف گره بستی
از سواد قلم چو طرّهٔ حور — سایه را نقش بر زدی بر نور
خامه برداشت پای تا سرِخویش — بر پرندی نگاشت پیکر خویش
بر سرِ صورت پرندسرشت — به خطی هر چه خوبتر بنوشت
کزجهان هرکه را هوای من است — باچنین قلعه‌ای که جای من است
گو چو پروانه در نظارهٔ نور — پای در نه سخن مگوی از دور
هر که را این نگار می باید — نه یکی جان هزار می باید

نظامی گنجوی در هفت‌پیکر می گوید: بهرام گور وقتی بر تخت شاهی می نشست، **لباس چینی** برتن می کرد و زیوروآلات رومی به کار می برد:

چینی‌ای در برش چو سینهٔ باز — رومی‌ای بر سرش چو سیم طراز

(نظامی، هفت پیکر ، ۱۳۷۳، ص۴۷)

نظامی در داستان خیر و شر که در داستان «نشستن بهرام روز شنبه پنجشنبه در گنبد صندلی و افسانه گفتن دختر پادشاه اقلیم ششم» آمده است، آنجا نیز از **ماهروی چینی** سخن می گوید و اتفاقاً به ظاهر چشمهای تنگ چینیان نیز اشاره می کند؛ و این خود حکایتی است که نظامی در شهر گنجه، در ایران آن روزگار(سدهٔ ششم) چگونه شکل و هیأت زنان چینی را دیده و ترسیم کرده است؟ در آنجا بانویی است قصه گوی و شاداب:

آمد از گنبد کبود برون — شد به گنبد سرای صندل گون
می نگویم ز دست **لُعبت چین** — آب کوثر ز دست حورالعین
شاه از آن تنگ چشم چین پرورد — خواست کز خاطرش فشانَد گرد
بانوی چین ز چهره چین بگشاد — وز رطب جوی انگبین بگشاد

(همان، ص. ۱۳۲)

خورشهای چینی:

خورشـــهای متداول و معمول **چین** که ســـابقهٔ تدارک آن به **چین** کشـــد(دهخدا): نظامی در اســـکندرنامه، از

خورشها و شیرینیهای چینی هم یاد کرده است:

گذشت از خورشهاي **چيني** سرشت — که رضوان ندید آنچنان در بهشت
ز شکّر بسي پخته حلواي نغز — به بادام شیرینش آکنده مغز

سعدی، در کتاب «گلستان» **نقاشان چینی** را برترینهای روزگاران گذشته می داند؛ از این رو معتقد است که حتی در زمان پادشاهان اساطیری نیز این برتری وجود داشته است؛ در همین معنی است که در باب هشتم می فرماید:

فریدون گفت **نقاشان چین** را — که پیرامون خرگاهش بدوزند:
بدان را نیک دار ای مرد هشیار — که نیکان خود بزرگ و نیکرو زند

(گلستان ، باب ۸ ، حکایت ۱۱۱)

(فریدون از نقاشان چینی می خواهد در اطراف خیمهٔ او این شعر را بنویسند که ای مرد هوشیار! با بدان نیکی کن؛ زیرا انسانهای نیکو، خودشان بزرگ و نیکبخت هستند.)

نقاشی چینی:

در توصیف بهار، ناصر خسرو، زیباییهای جهان را مثل **نقاشی چینی** دانسته است:

گر ارتَنگ خواهی به بستان گذر کن — که پر نقش **چین** شد میان و کنارش

(دیوان، قصیده ۱۳۲)

همچنین زیبایی های سخن خود و هنر شاعری خود را به نقش و **نقاشی چینی** تشبیه می‌کند.

دفتر ز بس نگار و ز نقش سخن — برتر ز **چین** و روم و سپاهان کنم

(قصیدهٔ ۱۷۱)

چین، نماد ظاهر، صورت ، ماده، و در مقابل آن معنی و روح قرار دارد که عموماً در لفظ رومی به کار گرفته است:

خاقانی ضمن نکوهش حاسدان خود، آن ها را اهل صورت می داند و خود را اهل معنی معرفی می کند.

من همی در هندِ معنی راست همچون آدمم — وین خران در **چین صورت** کوژ چون مردم گیا

(گزیدهٔ اشعار خاقانی، صفحه ۱۵ بیت ۱۵)

خاقانی در این بیت، مخالفان خود را جاهلانی خوانده که در ظاهر سخن و کلام مانده و از معانی درونی آن بی بهره اند.

ناصر خسرو نیز در همین معنی نمادین«**چین**» را به کار برده است.

سوی **چین** دین، من راه بیاموزم — تورا اگر نکنی روی و جبین پرچین.

مراد ناصر خسرو از ترکیب و تشبیه« **چین دین** » همین زیبایی معنوی است .

(دیوان شعر ناصر خسرو، به نقل از دهخدا)

چین ، نماد صنعت ، هنر و فن

پارچه بافی ولباس ظریف

آیینه سازی چین:

از قضا **آیینهٔ چینی** شکست — خوب شد اسباب خودبینی شکست

(زیب النساء، به نقل از کتاب ادبیات فارسی ۲ مقطع متوسطه)

***

گر سقف سپهر گردد **آيينهٔ چين** — ور تختــه فولاد شود روي زمين
از روزي تو کم نشود دان به يقين — ميدان که چنينست و چنينست و چنين

(ابوسعید ابی‌الخیر)

حریر چین:

ناصر خسرو **حریر چین** را نماد لطافت گرفته است:

وان عارض چون **حریر چینی** گشته است نفام و زرد پر چین

(دیوان، ص۳۷۳)

پرند چینی:

چینی پرند. پرنیان و **حریر** بافته در چین. پارچهٔ ابریشمینی که در **چین** کنند، منسوب به سرزمین **چین** **است.**

مرا شاه ایران فرستد به هند به **چین** آیم از بهر **چینی پرند**

پریزادگان رزم را دلپسند به پولاد پوشیده **چینی پرند**

(شاهنامه، بخش ۳۸، پادشاهی بهرام گور)

دلپسند: در اینجا به معنی مایل، شایق، خواستار، و طالب است.(دهخدا)

دیبای چینی، پارچهٔ ابریشمی که در **چین** بافته باشند:

شنیدم که فرماندهی دادگر قبا داشتی هر دو روی آستر

یکی گفتش ای خسرو نیکروز ز **دیبای چینی** قبایی بدوز

بگفت این قَدَر سِتر و آسایش است وز این بگذری زیب و آرایش است

(بوستان سعدی، باب اول، در عدل و تدبیر و رای)

بفرمود تا پیش او شد دبیر قلم خواست رومی و **چینی حریر**

(شاهنامه، پادشاهی اسکندر)

چینی تاج، **تاج چینی**، تاجی که ساخت **چین** است:

شاهِ رومی قبایِ **چینی تاج** جزیَتَش داده **چین** و روم خراج

سپرِ چینی، سپرِ ساخت چین:

همان خود و شمشیر و برگستوان **سپرهای چینی** و تیر و کمان

کلاه چینی:

کلاه ساخت **چین**، یا دارندهٔ کلاه ساخت **چین**، یا معمول در **چین**:

که رومی کمر شاهِ **چینی کلاه** نشست از برِ گاه روزی پگاه

عطرو مشک:

چون مشک **چین** توداری، زآهوی **چین** تو مپرس آهو به **چین** به است که سنبل چرا کند

(خاقانی به نقل از دهخدا)

سنایی نیز در حدیقة الحقیقه، به **آهوی چین** و نافهٔ آن اشاره دارد که بوی خوش نافهٔ **آهوی چین**، به خوبی خُلق ممدوح او نیست.

کانچه دارد ز خُلق او اطراف آهوی چین ندارد اندر ناف

(سنایی، حدیقه، ص. ۶۰۸)

کاسهٔ چینی:

کاسهٔ چینی، سفالینه‌ای که از خاک مخصوص، اول در **چین** می ساختند:

سعدی شیرازی، در کتاب«گلستان» به **کاسه سازی چینیان** اشاره کرده و گفته است:

...گوگرد پارسی خواهم بردن به **چین**، که شنیده‌ام قیمتی عظیم دارد و از آنجا **کاسهٔ چینی** به روم.

(گلستان، باب سوم، در قناعت)

خاک مشرق شنیده ام که کنند به چهل سال **کاسهٔ چینی**

صد به روزی کنند در مردشت لاجرم قیمتش همی بینی

در اینجا به ارزش و اهمیت **کاسه های چینی** اشاره کرده که برای ساختن آن بسیار زحمت می کشند و به همین سبب ارزشمند است؛ اما در مرودشت، نزدیک شیراز، فراوان کاسه می سازند(روزی صد کاسه)، اما ارزان

است و بی کیفیت و کم بها. (همان، باب هشتم در آداب صحبت)

دینار چینی:
زر مسکوک **چین**. دیناری که به **چین** سکّه کنند:
ز **دینار چینی** ز بهر نثار   بیاورد فغفور **چین** صد هزار

*یک نکته مهم این است که در ادبیات فارسی مرز **چین** و ترکستان مشخص نیست و گاهی به جای ترکستان نیز **چین** به کار رفته است.
مرز **چین** و **ماچین** و **ترکستان** در کتب جغرافیایی و در ادب فارسی مرزی است نه چندان روشن، بعضی گفه اند که **چین** در ادب فارسی ناحیهٔ ترکستان است و **ماچین** همان سرزمین های کشور **چین** و این نکته اند از شعر سوزنی سمرقندی قابل استنباط است که گفت:
خاک خراسان وخاک مملکت **چین**   همچو دو پله است آب جیحون شاهین
یعنی مرز خراسان و **چین** را رود جیحون تعیین کرده است .
(تعلیقات اسرار نامه۱۳۸۶ ، ص۳۷۶)

چین، نماد دوری راه:
چین، به عنوان نماد دوری راه است و بسیاری از شاعران و عارفان ایرانی و ...، از این مطلب در شعر خود استفاده کرده اند؛ مخصوصاً همراه با این روایت معروف پیامبر بزرگوار اسلام، که می فرماید: أُطلِبواُ العِلمَ وَلَو بِالصِّین.
ناصرخسرو (۳۹۴ – ۴۸۱ هـ.) نام **چین** را به فراوانی در شعر خود آورده که معمولاً دوری راه از محل زندگانی، و ایران را منظور داشته است و بیش از ده بار این معنی در دیوان ناصرخسرو به کار رفته، و تقریباً می شود ادعا کرد که بیشتر معانی نمادین این کلمه را تشکیل می دهد:
بشتاب و بجوی راه این باغ   گرنیست مگر به **چین** و ماچین
تو بر مراد او به چه می تازی   گاهی به **چین** و گاه به قسطنطین
(دیوان ناصر خسرو، بیت ۲۲۵۷)
در بیت زیر نیز اشاره دارد به حدیث و سخنی از پیامبر بزرگ اسلام(ع) که: « أُطلِبوُ العِلمَ وَلَو بِالصِّین»
(دانش بجویید حتی اگرچه در **چین** باشد)
بفرمود جستن به **چین**، علم دین را   محمد، شدم به مثل تا در **چین**
(دیوان ناصرخسرو، بیت ۲۲۵۷)
روزی تو اگر به **چین** باشد   اسب کسب تو زیر زین باشد
می گوید که اگر رزق و روزی تو در **چین** هم باشد، وقتی سهم و قسمت تو باشد، به تو خواهد رسید.
(سنایی، حدیقه، ص.۱۰۶)
بِشم واشم ازین عالم به در شم   بشم از **چین** و **ماچین** دورتر شم
بشم از حاجیان حج بپرسم   که این دوری بسه یا دورتر شم
(رباعیات، بابا طاهر عُریان)
حافظ شیرازی نیز به **دوری چین** از ایران اشاره کرده و اینکه آوازهٔ شهرتش تا آنجا نیز رفته است:
حافظ حدیث سِحر فریب خوشَت رسید   تا حدَّ مصر و **چین** و به اطراف روم و ری
سعدی نیز در گلستان، **چین** را در معنای نمادین **دوری راه** یافته است.
گر گدا پیشروِ لشکر اسلام بُوَد   کافر از بیم تَوَقُّع برود تا درِ **چین**
(گلستان، باب دوم، حکایت ۳۶)
عطار نیز در «منطق الطیر» در همین معنی گوید:
هست عَلَم آن مردِ پاکِ راستگوی   گر به **چین** باید شدن، آن را بجوی

(منطق‌الطیر، بیت۳۵۳۱)

اشارهٔ عطار به حدیث نبوی است که:«أطلِبوُاالعِلمَ ولو بِالصّین».

حاصل بحث:

از آنچه گفته شد، این نتیجه به دست می آید که با وجود دوری سرزمین **چین**، اما هم نام آن سرزمین در سخن بزرگان دین آمده، و هم روابط تجاری بین ایران و **چین** در طول روزگاران گذشته، یادگارهایی به جا گذاشته است، و هم اینکه شاعران و عارفان ایرانی و پارسی زبان، از نام **چین**، درمعانی و موارد مختلف نام برده اند. **زیبایی** و **نکورویی**، **مشک ختن**، **نگارخانهٔ چین**، **بتخانه‌ها**، **تصویرگری** و **نقاشی** و... از مواردی است که در سخن آنان وجود دارد؛ البته آنچه ذکر شد، فقط نگاهی گذرا به این موضوع بود و پرداختن به همه موارد، بسیار بیش از اینهاست و در کتابی قطور می تواند جای بگیرد.

فهرست منابع و مأخذ:

۱. ابن بطوطه جلد اول،ترجمه محمد علی موحد،بنگاه ترجمه و نشر کتاب،تهران،۱۳۵۹

۲. انوری،اوحد الدین،دیوان،انتشارات علمی و فرهنگی،چاپ سوم،تهران ۱۳۶۴

۳. دهخدا،لغت نامه

۴. زرین کوب،عبدالحسین،نردبان شکسته،انتشارات سخن،چاپ اول ۱۳۸۲

۵. حافظ شیرازی،دیوان غزلیات خواجه،تصحیح و مقدمه انجوی شیرازی،انتشارات جاویدان،چاپ پنجم ۱۳۶۳

۶. سجادی،ضیاءالدین،گزیده اشعار خاقانی،شرکت سهامی کتابهای جیبی،چاپ چهارم ۱۳۷۰

۷. سعدی شیرازی،مصلح الدین،بوستان،تصحیح و توضیح غلامحسین یوسفی،انتشارات خوارزمی،۱۳۶۸

۸ سعدی شیرازی، گلستان،به کوشش خلیل خطیب رهبر،انتشارات صفی علیشاه،چاپ ششم ۱۳۷۰

۹ سعدی شیرازی،کلیات سعدی با استفاده از تصحیح محمد علی فروغی،نشر محمد چاپ میعاد،تهران

۱۰. سنایی غزوی،مجدودبن آدم،حدیقه،تصحیح مدرس رضوی،چاپ سوم،دانشگاه تهران،۱۳۶۸

۱۱. شمیسا،سیروس،بیان،انتشارات فردوس،چاپ دوم،تهران،۱۳۷۱

۱۳. عطار نیشابوری،فریدالدین،اسرار نامه،مقدمه،تصحیح و تعلیقات،محمدرضا شفیعی کدکنی،تهران،سخن،۱۳۸۶

۱۴ عطار نیشابوری،.منطق الطیر،تصحیح،مقدمه و تعلیقات،شفیعی کدکنی،انتشارات سخن ۱۳۸۳

۱۵. فروزانفر،بدیع الزمان،مآخذ قصص و تمثیلات مثنوی،بدیع الزمان چاپ دوم،امیر کبیر،۱۳۶۵

۱۶. مولوی،جلال الدین محمد،مثنوی،تصحیح عبدالکریم سروش،انتشارات علمی و فرهنگی،چاپ ششم،تهران، ۱۳۸۰

۱۷. ناصر خسرو،دیوان اشعار،به اهتمام سید نصر الله تقوی و ... انتشارات معین،تهران،۱۳۸۰

۱۸. نظامی گنجوی،الیاس،هفت پیکر،تصحیح برات زنجانی،انتشارات دانشگاه تهران،۱۳۷۳

波斯诗人和神秘主义者眼中的中国

伊朗亚兹德大学　穆罕默德·卡扎姆·卡赫杜伊
上海外国语大学　张谦　译

摘要：中国在遥远的古代是伊朗的邻邦，两国之间穿行着无数商旅商队。从中国派出的首个使节大约在一千五百年前的萨珊时代抵达伊朗*。从古时起，波斯诗人在自己的诗作中，就从没有忽略掉中国。可以说，在很多诗人的诗集中，都会出现至少一次或几次“中国”这个词。作者通常把中国当作和遥远、美人、美酒等相关的意象，神秘主义作家、诗人在自己的诗作中往往也是这样提及中国的，伊朗诗人脑海中对中国的印象是“去往中国的路途遥远、旅途艰难”，“去那片土地求学求知”。毫无疑问，这一印象源于伊斯兰教先知的教导：“去求知吧，即使远在中国。”本文试图阐明一部分伊朗诗人和神秘主义作家笔下的中国这一意象及其特征，这一内容对于对中国感兴趣的读者，稍有裨益。

关键词：中国　伊朗　寺院　和田　岁尼

提到中国人便不得不说的是，在历史的进程中没有比他们更为乐观的民族了。尽管这个古老的国家一直在同各种天灾人祸作斗争，但中国人一直没有舍弃自己的快乐与乐观，即便只是一个小小的微笑。同他们一起生活你就能体会到，他们是如何平静、热情、开心、努力、认真地度过每一天的。

中国的文学与诗歌有着极为悠久的历史，因此中国也被称为诗的国度、智慧的国度、哲学的国度与思想的国度。汉字尽管复杂，但也如波斯语一般充满诗意。

古时中国曾与伊朗接壤，伊朗诗人从那时起就将中国视为一个遥远的地方，必须承认，极少有诗人在自己的诗集里会不提到“中国”这个名字。

---

* 首个使节应该在安息时代。——译者注

丝绸之路加强了伊朗、中国和粟特地区旅人商人的往来交流，是两国间最大的友谊之路、交流之路。两国交流期间存留下来的物品印证了这一点。

据记载，大约有二十种至今依然有名的动植物是经由伊朗传入中国的。例如传入中国的狮子，以及从中国传出的老虎，其他物种如石榴、葡萄、菠菜等，都是由伊朗传入的。当时中国的中心——如今的西安，中国第一位使节开始西行之路的地方，已经成为中国的一大石榴生产基地。

除了物品交流和商贸关系，不同历史时期的波斯诗人和神秘主义者通过自己对中国和中国人民的了解，认为中国是美人的故乡、麝香的产地、长满各色花草的芳香之地、有着珍贵瓷器的地方，并在诗中多次提及。同时，前往中国的路途的遥远与艰苦也是由诗人们记载的。正如圣训中记录的穆罕默德之言：要追求知识，即使它远在中国。

中国在阿拉伯语中被称为“岁尼”(ṣīn)，在巴列维语中被称为“齐纳斯坦”(čīnistān)、“岁纳斯坦”(al-ṣīnistān)。

一、伊本·白图泰笔下的波斯语在中国

伊本·白图泰[1]是14世纪(伊历803—889年)著名的旅行家，毕生游历过很多国家和城市。他在14世纪曾途经伊朗抵达中国杭州旅行。他这样写道：“当我到达中国的时候，地方的统治者邀请我去他家里做客并安排了宴会，同时邀请了城中长者一起参加。在做客的三天时间里，杭州的地方长官特意安排了清真菜肴，菜品丰富。”

他还写道：“当我要离开的时候，地方长官还派遣自己的儿子同我一起前往波斯湾。同行的还有随行的诗人与歌者。我们在船上举办了庆祝仪式，用汉语、波斯语、阿拉伯语吟唱了随行诗人和歌者的作品。长官之子强烈希望欣赏波斯语诗歌，他们便用波斯语吟唱了一首，并在其要求下反复吟唱。”

这首被反复吟唱的诗歌，笔者对此也有所研究，其内容让人很意外：

感受苦难会让你想到大海，只要祈祷就如面对壁龛。(伊本·白图泰游记，第750页)

当然，由于伊本·白图泰并不精通波斯语，这些吟唱的诗歌会有理解上的错误；也或许是因为吟唱诗人自身的方言口音，萨迪抒情诗集上的原句是这样的：

1 穆罕默德·伊本·阿布杜拉·伊本·穆罕默德·伊本·白图泰，于太阴历703年(公元1304年)出生在摩洛哥丹吉尔。伊斯兰阴历725年，他出发去麦加朝圣，先后游历了埃及、黎凡特、伊拉克、伊朗、也门、巴林、中亚地区、两河流域，还有印度、中国、印度尼西亚、东欧和东非的部分地区，最终回到丹吉尔。他的旅行持续了27年之久(公元1325—1352年)，于公元1377年在丹吉尔逝世。伊本·白图泰约同马可·波罗生活在同一时代，旅途行程却是他的三倍。伊本·白图泰可以被视为人类历史上最伟大的旅行者之一。

你的爱让我置身大海,我每每祈祷就像面对壁龛。(萨迪·设拉子诗集,巴达耶篇)

其原诗描写了来自中国和田的美人和中国的锦缎编织师,除了突出其编织技艺外,还提到中国精美的绸缎以及上面的图案:

请睁大眼睛看一看我们,或是不再想不起朋友;
这样的面貌引起从未有过的骚乱,草地上从未有过这样的松柏;
她的美貌像是由中国锦缎编织师刻画,或是向雕塑家祈求而来;
眉毛像是挂在天际的帘幕,彩虹出现在天上而不被世人看到;
松柏之上的花园没有情人,太阳之下没有如此美貌如此黑发;
直到天空也无心浮现景象,没有鱼儿没有人儿没有鸟;
你的爱让我置身大海,开始祈祷就像是面对壁龛;
溺水时不知该如何放手,你的玛瑙般的嘴巴足够将我的血吸食;
若是离开了这个世界我还会精神回归,大摇大摆地踏过我尸骨掩埋的土地;
他人躲避火光而我脚踏火焰,若是牺牲萨迪会为你训育生命;
争吵的人们会同你亲近,摩西的时代,异教徒都会唱赞歌。
(萨迪全集,抒情诗,第443页)

二、阿塔尔与中国

在伊历6世纪到7世纪初(公元12至13世纪)波斯文学作品中,《百鸟朝凤》极具神秘主义色彩。作者内沙布里·阿塔尔(公元1145—1230年)在这部充满隐喻的作品中讲述了如何潜心修行,达到至善。至于本书的重要性以及书中使用的凤凰、夜莺、戴胜鸟等意象,很多书中都有详细阐述,而我所要引用的则是其中提及中国的句子:

凤凰故事的开端多么神奇,到达中国已经是深夜里;
一根羽毛飘落在中国的土地,每个国家都沸腾了;
每个看到这根羽毛的人都情不自禁,开始把羽毛的图案细细描绘;
那根羽毛被收藏进了中国画馆,中国人试图从中学习知识;
若不是它的羽毛掉落人间,世界不会充斥如此的喧嚣;
这所有的记忆都来自它的美丽,来自它羽毛上的美丽图案。
(阿塔尔,《百鸟朝凤》,第47页)

这段诗文的大致含义是：很久很久以前，在一个夜晚，“凤凰”途经中国，无意间掉落一根羽毛。这根羽毛如此美丽，以至于人们纷纷作画留念。羽毛也被收藏在一间绘画陈列室里。第四联诗象征含义被广泛使用，比喻中国与伊朗和伊斯兰世界相距遥远。

在这里，中国象征着美的聚集之处，中国人则精通绘画艺术，其作品享誉全球。

萨纳伊也提及过中国的画馆：

只有智慧和虔诚的目光，才能欣赏中国的百家绘画馆。（萨纳伊，真理之园，第609页）

即使是春天的花园也羡慕中国的绘画馆。（安瓦里，诗集，1364年版，第14页）

三、中国——雕塑家与画家的国度

在波斯文化中，中国人以其擅长雕刻和绘画艺术著称。关于中国的雕塑与绘画一直有相关的谚语。莫拉维在自己的作品中对此也有所提及，在中国人与罗马人的故事里，中国成为一种象征：

全人类的知识若要举例，需要讲一讲中国与罗马的故事；
中国人说自己更工绘画，罗马人称自己技术更伟大；
国王下令：我要考一考你们，看谁能够从争斗中胜出。
中国人说给我们一座房子，一间给我们一间给他们；
中国人向国王要了上百种颜料，于是（国王）打开了珍贵的库房；
罗马人说不需要图案与颜料，所需的不过是打磨；
关上门开始抛光，就像天空一样平整；
中国人首先完成，愉快地敲起了锣鼓；
国王来看那些画作，被其内涵与智慧所吸引；
随后前去罗马人的领地，从中间将帘幕掀起；
那些图画那些事物，全部被映在了光滑的墙面；
中国人画里的所有这里都有，全部从房间里偷了去！
（玛斯纳维，第一卷，第154—155页）

中国人与罗马人的故事也是宗教与科学的故事。故事是充满智慧的，乍一看上去两者本质上并无区别，两者都在探寻真理。但二者最大的区别是：科学是探寻自身之外的存在，而宗教则是引导人们如何探索自己内心。科学告诉我们：事物不过尔尔。而宗教却告诉我们：万物皆完美！所有事物都已经赋予你，只需要一页一页翻读手上的书籍！科学则会为你指明道路。

当然也可以认为,"中国"的这一层含义是莫拉维自己创造出来的。故事的出处,安萨里·图西《科学复兴》[1]里认为,中国人是注重内心的表率。(《故事出处与玛斯纳维典故》,弗鲁兹法尔,第二版,第33—34页)

扎林库伯[2]认为,这个故事在内扎米作品中有例可援,在《亚历山大故事》[3]一书中,中国被看作是太阳升起的地方、东方之光,也是注重外在的代表。(《破损的梯子》,扎林库伯,第195页)

四、哈菲兹与中国

哈菲兹·设拉子(公元14世纪诗人、神学家)把中国人描述为美丽的、精致的人,中国人的面孔也是美丽的化身。哈菲兹作品朗诵起来朗朗上口,这是他的诗风的一大特色,此外,他的语言有着大量的幽默表达以及精准词汇,包括谐音词、双关语、对比等。我们很难在哈菲兹的抒情诗里找到没有这些精准用词的诗句,尤其是在诗中提到"中国"时。

1. 中国的雕塑家

> 无法体会真主的神来之笔,纵使是中国画师作品也令其无动于衷。(哈菲兹诗集,第193页)

在这里,中国的雕塑家与绘画师们是技术最为精湛的,无人可比;因此我们常说如果一个人不能够理解和欣赏真主充满想象的创造力,好比对中国画师的作品无动于衷。

> 如若不信可去询问中国的雕塑师,他们(是否)需要真主之笔绘出的蓝图。(哈菲兹诗集,第342页)

其含义同上。而提到中国面孔的诗句则有:

> 你中国人般的美丽面孔让人为之惊惶,其故事与传说天下闻名。(哈菲兹诗集,第178页)
>
> 每每在心中用想象作画,脑中浮现的皆是中国画家的面庞。(Shah Nimatullah Wali,诗集,第28首颂诗)
>
> 他的品格是中国面孔的灵魂,他的威严撑起了宗教巨幕。(萨纳伊,真境花园,第520页)

---

1 غزالی طوسی، احیاء العلوم

2 زرین کوب

3 اسکندرنامه

萨纳伊在这里说到，他可敬的品格和内在美德能够赋予中国画师的画作以生命，或者说，他的品德就是中国画作之灵魂。

哈菲兹还说到，中国的美人们会偷走人的心，带走人的宗教信仰：

中国的画像可以蔓延到宗教和人的内心深处，而真主守护着我们的内心和信仰。（哈菲兹诗集，第126页）

哈菲兹提到的中国寺庙也有多重含义：有时，寺庙是神学的世界，是统一的整体，是神学内在的外化，具有极大的宗教教育意义。

你若是不相信便去中国寺庙问问看，摩尼教徒想要我黑色猫头鹰的嘴巴。（哈菲兹诗集，第197页）

2. 中国与头发

哈菲兹的心沉溺于中国的黑发，黑夜里真主是唯一的指引。（哈菲兹诗集，第255页）
情人如麝香血流而美丽，有黑色的头发批判中国乃罪过。（哈菲兹诗集，第187页）

Shah Nimatullah Wali（公元14—15世纪）也提到了黑发和中国，描绘了和田麝香的颜色和气味：

一个印度人头发很黑，迷失了前往中国的道路；
在眼眶里找到了自己，眼睛一闭一切都消失在眼前。

或者：

如果把情人的鬈发带去中国，和田的麝香将四处洋溢。（诗集，第636首抒情诗）

清风（神秘主义专有词汇）的含义包括：情人间的媒介，将情人的消息带给另一方；也指宽恕的微风，从东方吹来，激励人们一心向善。（米尔・萨义德・阿里・哈马丹在描述哈菲兹的意图时借用了古兰经的智慧，引用了神学里的内容。）

头发是宗教繁盛的标志，亵渎神明者是印度的马夫和中国的仆人[1]；

1 马夫刷鬃毛，仆人梳头。——译者注

用诡计骗去我们的心，骗术一直都是如此。（诗集，第329首抒情诗）

以下的对句在麝香香囊与中国、画像与麝香间使用了一个恰到好处的双关语。对于麝香香囊，不仅喜欢它的香气，也喜欢它的黑色；还将头发比喻为麝香，被包裹在来自和田的麝香香囊中，不仅是黑色更是香气四溢。画像与美貌含义相同，画像陈列于画廊中。

向真主祈求希望的香囊，它就在中国画像黑色的鬈发之中。（哈菲兹诗集，第79页）

我游荡的内心追寻中国的美发，旅途遥远然绝不返乡。（哈菲兹诗集，第91页）

和田和契丹的双眼紧闭，为了你那中国人般的美发，我们向中国和印度缴纳税金。（哈菲兹诗集，第45页）

第一句对句中，中国、头发、错误、香囊与情人；第二句对句中，游荡、头发与中国、远游与故乡都组成了双关语。在第三个对句中，契丹与和田、头发、中国与印度也运用了双关手法；其中第二句提到了中国、印度还有马秦（亦指中国），并指出我们（伊朗人）向中国（马秦）和印度缴纳赋税。

3. 中国的甘蔗

哈菲兹把自己的笔比作中国的甘蔗，能够生产蔗糖，从而表现其语言的甜美和伟大。

哈菲兹之笔犹如中国的甘蔗，是隐密的花园里最甜美的果实。（诗集，第404首抒情诗）

五、内扎米和中国

内扎米·甘贾维（公元1141—1209年）在描述胡瓦尔纳格宫殿[1]的美丽之时认为，中国的绘画乃至美之物。他将此雄伟的宫殿比喻为中国的画作。就此，《七美人》中如此写道：

当御膳堂因火星的光彩，变成一座天堂抚慰心灵；

天空称它为大地的拜向，创造把它称作中国图画。（内扎米，《七美人》，第759对句，穆宏燕译）

在他处，内扎米还将自己文笔的力量比喻为中国画笔的玄妙力量。

1 萨珊王朝属国拉赫姆王国统治者诺曼一世为萨珊王朝伊嗣俟一世所建的宫殿。

我的命运不同于我的中国的生花妙笔，运数都被记录在了书页之上。（内扎米，《七美人》，第224对句）

1. 中国形象（美人）

在《霍斯鲁和西琳》诗集中，也提到了中国的美人和中国话的甜美，其中霍斯鲁的妻子西琳这样说道：

早上离开中国之时，珠宝箱上挂着金锁；
匣中掉出一幅中国画像，细细展开亲自鉴赏；
中国美人点头致敬，如松树般直直站立；
西琳看到了她慈善的面庞，用甜言蜜语能说会道地诉说；
大摇大摆地走向沙漠，就像一只被宰杀的鸡；
美人头上没有头巾遮掩，反而突出了她的致意；
行动如戴着头巾般飘逸，身穿麻布外衣。（内扎米，霍斯鲁和西琳，第24部分）

2. 中国的雅格曼纳兹

在《七美人》中，内扎米将一个中国可汗的女儿取名为雅格曼纳兹：

一个可汗的女儿名叫雅格曼纳兹，却是来自中国的诱惑。

在《七美人》故事里，国王巴赫拉姆周六前往居住在黑色宫殿的印度妃子处，一直到晚上都在那里愉快地度过。夜晚来临时，国王听一个克什米尔妇人讲故事，妇人突厥人般的黑色眼睛因为羞涩一直盯着地上，同时开始讲述自己的故事，一个关于中国美人的故事：

在中国土地上的一个小城，妆点得如同天堂一般；
这里的居民人人都面如满月，满月悬于漆黑的夜幕之上；
小城名叫马德胡珊，是戴孝之人的悼念之地；
每一个经过的人都要饮酒，像他们一样身着黑衣。（内扎米，《七美人》，第73页）

周二，她向巴赫拉姆讲述了另一个城堡女孩的故事，内扎米这样描述道：

这个美丽的姑娘有着很多的求娶她的追求者，于是她下令在一座高高的山上建一个坚固的城堡，通往城堡的路上设有钢铁身躯一般的危险路障，每一个巨人手握武器。城堡的大门高大无边直达天际。于是姑娘就在城堡里躲藏起来，从而远离那些求娶者，获得了安宁。故事的名字《城堡女孩》由此而来。诗人将这个美丽的女孩比喻为中国工坊里的画作，这个女孩将自己的形象画在了布上，并将其悬挂在城堡之上：

城堡里姑娘的形象，像是中国工坊里的图画；
笔触描绘出画作，水墨凝聚成形象；
笔下画出仙女般的鬈发，在阳光下乌黑发亮；
从头到脚一气呵成，在丝绸上画上自己的身躯；
在既有的绸布上画上自己的形象，用着最美的笔触细细描绘；
世上任何一个向往我的人，都要面对这样一个城堡；
被准许进入时再开口说话，远离之时请不发一言；
不管我写了些什么，都没有人发现其中的千言。
（内扎米，《七美人》）

内扎米在《七美人》中说，巴赫拉姆在坐上皇位之时，身着中国式衣服，用的是罗马的配件和设备：

身着敞怀的中国服装，头饰罗马的银装。（内扎米，《七美人》，第47页）

内扎米在《巴赫拉姆周六坐于椅子穹顶，阿格拉姆六世的女儿讲述故事》一部分里提到了《好与坏的故事》，其中说到了中国人满月般的面容，还有细窄的眼睛。内扎米在此故事中描述了自己在曾经的伊朗城市占贾（伊历6世纪）遇见中国女子的故事，这里有一个妇女在愉快地讲述故事：

从黑色的穹顶中走出，来到了一个椅子状的宫殿穹顶之下；
没想到美酒出自中国美人之手，多福河水出自天上仙女之手；
国王希望中国人细窄的棕色眼睛，因为自己而圆滚起来；
中国姑娘展开了中国式的笑容，水汪汪的眼睛酿出了蜂蜜。（内扎米，《七美人》，第132页）

3. 中国食物

食谱中常见的中国食物：内扎米在《亚历山大故事》中还提到了中国的食品和甜品。

错过纯正的中国食物，就如天使没有见过天堂的样子；

用充足的感恩来烹制美好的哈尔瓦，用充满智慧的甘甜的巴旦木。
（内扎米，《光荣篇》，第420页）

萨迪在《蔷薇园》一书中认为中国的画匠是有史以来最好的，他甚至认为在神话传说时期都没有比他们更好的画师。书中第八章说道：

法里东想要中国的画师们，为其帐幕配上诗画：
聪明的人们啊要行善，因为好人本身就很伟大、幸运。（蔷薇园，第八章，故事111）

六、中国的画作

纳赛尔·霍斯鲁（伊历394—481年）在描述春天时把春天的美丽比喻为中国的绘画：

若要得到摩尼的画册，去花园吧。那里到处美如中国绘画。（《诗集》，第132首）

同时也把自己语言的优美和诗歌的艺术比作中国的绘画：

作品的构思与描绘，超越了中国和罗马。（《诗集》，第171首）

中国，是外表、美貌和物质的体现，与其相对的是内涵与灵魂，后者通常用罗马这个词汇来进行表述。

例如哈岗尼在斥责嫉妒者时，将他们看作是注重外貌的人，而把自己称为注重内涵之人：

我正是那种印度人认为内心正直的人，而他们却是有中国人脸庞的蠢人。（哈岗尼选集，第15页，第15对句）

哈岗尼在这句对句中，把自己的反对者称作愚人，他们只在乎外表的语言，而心却一无是处。

纳萨尔·霍斯鲁也使用了“中国”的这一层代表意义：

从中国宗教中我找到了路途，你若不做，面庞和前额将布满皱纹[1]。（纳赛尔·霍斯

1 皱纹与中国是同一个词。——译者注

鲁诗集,引自德胡达)

纳赛尔·霍斯鲁使用“中国宗教”来比喻外在的美丽。

七、中国,工业、艺术和技术的标志

1. 中国的镜子生产

无意中砸了中国镜子,打碎傲慢的器具未尝不是好事。(齐布内萨,引自波斯文学第二册,中级阶段,第173页)

若赛帕哈尔的屋顶变成了中国镜子,床塌在地上变成了钢铁;
一天天坚持信仰,如此如此从未消减。(阿布·萨义德·阿布·哈尔,第564首)

2. 中国丝绸

纳赛尔·霍斯鲁将中国丝绸视为精美的标志:

那面庞曾精美若中国丝绸,现已变得灰黄而布满皱纹。(《诗集》,第373页)

3. 中国丝织品

中国丝织品,在中国用细丝绸或普通丝绸织成;在中国制造的丝质绸缎特以中国命名。

伊朗国王派遣我去印度,而我为了丝织品来到了中国;
战神心仪此物,把它穿在钢铁铠甲之外。(《列王纪》,第38部分,巴赫拉姆国王故事,第1730页)

心仪:在此有着想要、追求的含义。(德胡达词典词条)

听说有一位贤明的统治者,有一件里外都是粗布的罩衣;
有个人说,国王啊,您洪福齐天,用中国锦缎制衣又何妨?
他回答道,此袍让我心安,好的面料是讲究穿戴。(萨迪,《果园》,第一章,关于公正、谨慎与选举)
请下令吧,去接近他,想要罗马的笔和中国的丝绸。(《列王纪》,亚历山大国王的故事,第五册,第1408页)

4. 中国的王冠

罗马的国王头戴中国王冠，中国对罗马一本万利。

5. 中国的盾牌

只有他们自己、剑和盔甲，中国盾牌还有弓和箭。

6. 中国的帽子

中国的帽子制造者，或是中国帽子的所有者，或是常在中国的人。

罗马皇帝头戴中国帽子，一日清晨坐于宝座之上。

7. 香料与麝香

你有了中国的麝香就别再求麝，中国的麝香随鬈发愈加飘扬。（引自《德胡达词典》，哈贯尼词条）

萨纳伊在《真境花园》一书中写到了中国麝香和麝香囊，指出麝香囊发出的香味与其值得被称颂的天性不相符：

它所拥有的已飘散四周，中国麝香在香囊中却一干二净。（萨纳伊，真境花园，第608页）

8. 中国瓷器

瓷器，一种用特殊泥土制成的瓷器，由中国人发明。
萨迪在《蔷薇园》一书中提到了中国人的制瓷业：

想把波斯的硫黄带去中国，听说在那里价格很合适，再从那里带回瓷器卖到罗马。（蔷薇园，第三章，关于满足）

听说用东方的泥土，制成的瓷器可以使用四十年。

在马夫达沙特一天制作百件，当然其价格也有所体现。（蔷薇园，第八章，关于说话的艺术）

这里具体描述了瓷器的价值和意义。制作中国瓷器的过程非常辛苦，因此中国瓷器价值很高；在马夫达沙特这个距离设拉子很近的地方生产着多种瓷器（一天一百件），但是价格很便宜，因为质量不好所以价值不高。

9. 中国第纳尔

中国金币。

> 中国第纳尔可以拿来赏赐，中国皇帝带一万个金币来吧。[1]

中国、马秦和中亚地区在古代地理书籍和波斯文学中没有明显的边界划分，有些人认为，波斯文学中的中国是中亚地区的领土，而马秦又是中国的一部分。这一点在苏扎尼·萨马尔甘迪的诗中很值得推敲：

> 呼罗珊和中国的土地，像是乌浒河旁的两个台阶。（阿塔尔，《隐秘之书》，伊历 1386 年，第 376 页）

也就是说，呼罗珊和中国以乌浒河为界。

八、中国，遥远路途的象征

中国代表着路途的遥远，很多伊朗诗人和神秘主义作家都将此意象用在自己的诗句中；特别是伊斯兰伟大先知的箴言：“去追求知识吧，即使它远在中国。”

纳赛尔·霍斯鲁多次在自己的诗作中提到中国，通常使用其远离生活之地、远离伊朗的含义。在纳赛尔·霍斯鲁诗集中，使用此意象超过十次，从而大致奠定了此象征含义的基础。

> 奔跑着去寻找通往这个花园的道路吧，若不是通往那里难道是中国和马秦？
> 你为了他的愿望在追寻些什么，有时去中国有时是君士坦丁。（纳赛尔·霍斯鲁诗集，第 2257 对句）

下面的对句借用了伟大先知的圣训：“去追求知识吧，即使它远在中国。”

---

1 需要注意的是，在波斯文学中，中国和中亚地区的疆域划分不是很清晰，有时会用中国来指代中亚地区。

穆罕默德指示我们去中国学习新知，于是我按照指示去学习，一直到中国。(纳赛尔·霍斯鲁诗集，第2257对句)

若是你的食物在中国，分配给你时就会到你手上。(萨纳伊，真境花园，第106页)

我性情高傲离尘索居
到比秦和马秦更远(的地方)
我问哈吉们何为朝觐
这远离是否足够还是要更远
(巴巴塔哈尔,《四行诗集》，第132首，穆宏燕译)

哈菲兹也提到中国距伊朗路途遥远，而自己声名远扬，甚至传到了中国：

哈菲兹的语言如魔法一般影响他人，甚至传播到了埃及和中国，以及罗马和雷伊的周边地区。

萨迪在《蔷薇园》中也将中国视为遥远的标志。

如果乞丐走在伊斯兰军队前列，异教徒也因惧怕远逃中国。(蔷薇园，第二章，故事三十六)

阿塔尔在《百鸟朝凤》中就此含义说道：

此人博学而正直，应是从中国学习而来。(百鸟朝凤，第219页)

阿塔尔在此处引用了穆罕默德的圣训：“去追求知识吧，即使它远在中国。”

总　结

综上所言，可以得出结论：尽管中国路途遥远，但中国的名字依然出现在了圣贤的话语中；同时历史上中国和伊朗间的贸易关系也留下了深深的印迹，波斯诗人和伊朗神秘主义作家曾屡次提及“中国”二字，赋予其以不同的含义。美丽、美貌、和田麝香、中国画坊、塑像馆、雕塑和绘画等意象都曾反复出现在他们的文字中；当然，这些描述仅仅是冰山一角，与中国相关的诗句比这些要多得多，足够写就一部厚厚的专著。

参考文献

1. 阿布·萨义德·阿布·哈尔,《柔巴依》,伊斯玛仪·巴劳达尔·沙赫鲁迪校注,艺术创新出版社,哈马丹,1376年。
2. 阿塔尔·内沙布里,《百鸟朝凤》,沙斐仪·卡德卡尼修正前言和批注,语言出版社,德黑兰,1383年。
3. 阿塔尔·内沙布里,《隐秘之书》,穆罕默德·雷扎·沙斐仪·卡德卡尼修正前言和批注,语言出版社,德黑兰,1382年。
4. 安瓦里,《诗集》,科技文化出版社,第三版,德黑兰,1364年。
5. 巴巴塔赫尔·阿里扬,《诗集》,瓦希德·达斯特格尔迪手稿,阿米尔·卡比尔出版社,第五次印刷,德黑兰,1342年。
6. 德胡达,《德胡达词典》。
7. 菲尔多西,《王书》,朱尔·默尔校注,语言出版社,第三版,德黑兰,1371年。
8. 弗鲁兹法尔,《玛斯纳维故事溯源和注解》,第二版,阿米尔·卡比尔出版社,1365年。
9. 哈菲兹·设拉子,《宫廷抒情诗集》,安贾维·设拉子修订,永远出版社,第五版,1363年。
10. 莫拉维,《玛斯纳维》,阿布德·卡里姆·希尔瓦什修订,科学文化出版社,第六版,德黑兰,1380年。
11. 纳赛尔·霍斯鲁,《诗集》,Moin出版社,德黑兰,1380年。
12. 内扎米·甘贾维,《光荣篇》,别赫鲁兹·色鲁瓦梯扬,图斯出版社,德黑兰,1368年。
13. 内扎米·甘贾维,《霍斯鲁和西琳》,别赫鲁兹·色鲁瓦梯扬,图斯出版社,德黑兰,1366年。
14. 内扎米·甘贾维,《七美人》,巴拉特·赞贾尼修订,德黑兰大学出版社,1373年。
15. 齐布内萨,波斯文学第二册,中级阶段,伊朗教材出版公司,第十五版,1391年。
16. 萨迪·设拉子,《果园》,古拉姆·侯赛因·尤瑟夫修订,花剌子模出版社,1368年。
17. 萨迪·设拉子,《蔷薇园》,哈利利·哈提卜·拉赫巴尔,萨菲·阿里沙出版社,第六版,1370年。
18. 萨迪·设拉子,《萨迪全集》,穆罕默德·阿里·法鲁依校注,穆罕默德出版社,德黑兰。
19. 萨贾迪,《哈岗尼诗选》,口袋书股份公司,第四版,1370年。
20. 萨纳伊·卡贾维,《真境花园》,马德拉斯·莱贾维修订,第三版,德黑兰大学出版社,1368年。
21. 希尔瓦斯·沙米萨,《语言》,菲尔多西出版社,第二版,德黑兰,1371年。
22. 伊本·白图泰,《伊本·白图泰游记》,穆罕默德·阿里·穆瓦赫德译,第二册,翻译出版社,德黑兰,1359年。
23. 扎林库伯,《破损的梯子》,语言出版社,第一版,1382年。

融会贯通东方神秘主义

——塞佩赫里思想研究*

北京外国语大学　穆宏燕

摘要：本文详细分析了现代伊朗著名神秘主义诗人塞佩赫里的思想，论证了塞佩赫里将伊斯兰教神秘主义、印度教神秘主义、佛教中的悲悯思想与禅宗思想，以及中国道家思想充分融合在了一起，实现了东方不同神秘主义哲学之间的合一。

关键词：塞佩赫里　苏非神秘主义　东方神秘主义　合一

一

苏赫拉布·塞佩赫里是伊朗现代诗坛上的神秘主义诗歌大师，也是一位杰出的画家，是伊朗现代主义画派的开拓者。1928年，塞佩赫里出生于伊朗古城卡尚，在家乡完成初、中级教育后，考入德黑兰大学艺术学院。1953年，以优异成绩毕业于该院美术系，获学士学位。大学毕业后，塞佩赫里曾在政府部门工作。1961年，他辞去公职，专门从事诗歌和绘画创作，同时游历世界各地，到过印度、巴基斯坦、克什米尔、阿富汗、日本、法国、西班牙、荷兰、意大利、奥地利、美国、希腊、埃及等国家和地区。1980年4月21日，塞佩赫里在德黑兰巴黎医院因白血病去世。

塞佩赫里是一位极具天赋的诗人，其第一部诗集《颜色之死》(1951)就引起诗坛的广泛关注。塞佩赫里又是一位性格极其内敛的诗人，从小厌倦喧嚣与嘈杂，他的心灵一直在纷扰的尘世中寻找躲避之处。从第二部诗集《梦中生活》(1953)起，塞佩赫里开始关注以佛教文化为代表的东方文化，最后他找到了“佛陀的花园”，获得了内心的安宁，在静观中获得了一种精神的超脱。塞佩赫里在20世纪60年代伊朗全面西化的浪潮中游历东西方，对东西方文化进行了对比性的考

* 本文首发于《回族研究》2006年第1期。

察和审视，深深迷恋上了东方神秘主义思想，认为在西方工业文明的喧嚣中，唯有东方神秘主义思想才能使人拥有内心的宁静和灵魂的安详，才能使人的精神达到一种永恒的境界。由此，塞佩赫里创作了大量的神秘主义诗歌，表达自己对东方神秘主义的认识和体验。这些诗歌依次收录在以下诗集中：《背井离乡的太阳》(1961)、《悲悯的东方》(1961)、《水的脚步声》(1965)、《行者》(1966)、《绿色空间》(1967)、《我们无为，我们观看》(1977)。这些诗集以深邃的神秘主义思想和纯熟的诗歌语言艺术在伊朗现代诗坛上竖起了一座神秘主义的高峰。塞佩赫里的诗歌被翻译成了英、法、德、阿拉伯、西班牙、土耳其、瑞典、中文等语种，在世界诗坛上具有较大的影响。

塞佩赫里的神秘主义诗歌可以被分为两个时期：前期诗集为《梦中生活》《背井离乡的太阳》《悲悯的东方》，后期诗集为《水的脚步声》《行者》《绿色空间》《我们无为，我们观看》。前期诗歌主要表现了塞佩赫里对东方神秘主义的探索性认识，后期诗歌则主要表现诗人获得人生觉悟后对世间万物的一种圆融观照。

塞佩赫里是一个生活在自己的精神世界中的诗人，20世纪40年代末50年代初伊朗轰轰烈烈的群众政治运动对他的思想并没有太大的触动。当诗人们纷纷用笔去描写自己周遭的现实生活之时，塞佩赫里却走进了自己的内心世界。《梦中生活》是塞佩赫里在思想上走向东方神秘主义的序曲，主要表现了诗人对“自我”的剖析，以及东方神秘主义对诗人的吸引，诗人由此开始了心灵的探索。诗人的心灵探索，首先是对自我存在的审视：“我房间中的水池已浑浊/我听到我血管中血的低吟。/我的生活在深沉的黑暗中流逝。/这黑暗，将我存在的轮廓照亮。”(《消失的瞬间》)[1]“房间”这个意象在塞佩赫里的诗歌中出现得很频繁，它象征了人的自我存在。“水池”则是心灵的象征。在塞佩赫里的诗歌中，“光明”与“黑暗”从来不具有政治象征意义，这里的“黑暗”指尘世，指尘世中人的懵懂与蒙昧。诗人在黑暗中觉醒，在黑暗中审视自我存在的状态：一潭浑浊的水。诗人在喧嚣的尘世中找不到自己的位置，对自我存在感到十分的茫然，频频发出“我在何处”“我来自何处”“我去往何处”的疑问。这时，东方神秘主义之光照亮了诗人的心灵：“我在何处？ /我感到我到了一清醒之地/我在这清醒之光中看到我整个的存在：/我是否是一个错误的迷失的影子？”(《没有回应》)东方神秘主义之光使诗人看清了人的现实存在本身，诗人将现实生活视为一场梦，人的自我存在在其间只是一具没有灵魂的活僵尸：“我从对面观照自己：/是一个充满死亡的坑。/我在自己的尸体上行走。/……忽然，一道光降落在我的尸体上。/我在惶惶然中活了过来：/两个脚印充盈了我的存在。/来自何处？ /去往何处？ /只看到两只脚印。/也许是脚错误地放在了地上。”(《碰撞》)

《梦中生活》诗集中大量的诗歌表现了以佛教文化为代表的东方神秘主义思想对诗人的吸引。《苦涩的梦》写道：“月光之鸟/在啼啭。/云在我房间中哭泣。/眼中懊悔之花绽开。/东方的

1 苏赫拉布·塞佩赫里，《八诗集》，伊朗塔胡里出版社，2000年。本文中的诗句皆出自此书，并由本文作者翻译。

身躯在我窗户之棺木上移动。/西方在垂死挣扎/正在死去。/太阳的橙色植株/在我房间之死水潭中渐渐生长。”这里，诗人用东方破晓、西方沉落象征了自己对东西方文化的认识。“太阳的橙色植株”指阳光——佛家的智慧之光，它照亮了诗人的自我存在，在诗人心中扎根生长。《莲花》一诗更是清楚地表现了佛家思想对诗人的深刻影响：“我越过了我的梦的边界/一朵莲花的暗影/落在这整个的荒原上面。/哪一股无畏的风/把这莲花的种子带到了我梦的国土？/……我自身凡是有死亡的地方/就有一支鲜活的莲花长出。/回廊的顶坍塌了/莲花的茎绕着所有的柱子蜿蜒/哪一股无畏的风/把这莲花的种子带到了我梦的国土？”“莲花”毫无疑问是佛教的象征，可见佛家思想重塑了诗人的世界观，使诗人对现实生活有了全新的认识。《声音中的花园》一诗暗用佛陀悟道后在鹿野苑初转法轮之典故，说明了是佛陀传道的声音，是佛家的智慧惊醒了诗人浑浑噩噩的尘世梦：“我在一花园中获得解脱。/一道无色的轻盈的光在我身上掠过。/是我自己置身于这个花园/还是花园充盈在我周围？/园中的空气从我身上流过/它的枝叶在我身上颤动。/难道这花园/不是一个灵魂的影子/——落在生活的死水潭上片刻？”由此，“佛陀的花园”成为塞佩赫里思想的凝练象征，成为塞佩赫里的标志。

倘若说《梦中生活》中东方神秘主义惊醒了诗人的尘世梦，那么《背井离乡的太阳》则表现了诗人对东方神秘主义的主动探索，是梦醒之后的人生选择。印度古代传说中将帝王的谱系分为太阳族和月亮族，释迦族属太阳族，“背井离乡的太阳”的第一层含义即指释迦牟尼抛弃荣华富贵的王子生活，出家修行；第二层含义则指诗人自己的心灵修行和寻道的过程。这时的诗人还处在“惑”的阶段，其探索充满了曲折反复、茫然无措。《背井离乡的太阳》第一版有一篇序言，该序言体现了塞佩赫里对东方神秘主义思想的认识：“亚洲人获得了一种广阔无垠的合一。亚洲人在这方面已走得很远，他们不具方向感地生活着。而西方世界尚未远离名色(nama-rupa)，他们没走出几步，就又回到幻相(maya)世界。……西方将超自然建立在一种清醒之上，而东方却将之建立在似醒非醒之间，甚至更多的是将之建立在梦幻之中。西方的智慧，是使自然驯服于自己。而东方的智慧，是使人与自然和谐。……西方世界的孤独往往导致痛苦和不安。东方世界的解脱，是一种悲悯。在欧洲的愤怒和焦虑面前，亚洲表现出的是温柔平和。……在哥特艺术中耶稣基督的脸上流露出的是痛苦，而阿旃陀石窟的佛像的双唇始终在微笑。……亚洲获得了一种悲悯的观照，认识到须臾：生命如露水，并付出了广阔而巨大的慈悲。西方世界的训导是：杀戮，吃喝。而东方却高擎：不杀生(ahimsa)。在西方，是给予人们获拯救的佳音。而在东方，解脱是那样的广阔乃至雪也渴求修士的超度。……亚洲人的认识观是从阴影开始的，阐述种种难以言状的奥秘，将‘空’作为一种观照对象，在‘空’上建立起体系，并且将‘非存在’解释为近似于‘空’。赞颂‘空’：‘空’里的安宁是一种难以言说的状态。……”[1]这篇序言体现了塞佩赫里对东

1 转引自卡米亚尔·阿贝迪，《同太阳相处》，伊朗拉瓦亚特出版社，1996年，第141—145页。

西方文化的对比性认识，对了解塞佩赫里的思想状态是十分有价值的，只是，该序言倘若用在后一部诗集《悲悯的东方》中，也许更合适。《背井离乡的太阳》中更多的诗歌是表现诗人的探索，以及探索过程中的茫然无措的。当然，"茫然"是寻道过程的必然阶段，"背井离乡"一词本身就含有"茫然"之意。

当塞佩赫里接触到佛教文化，他一下就被深深吸引住了，由此开始了对东方神秘主义思想的主动探索："在我们之间是彷徨的荒野。/是没有灯的夜晚，是陌生的大地之榻，是对火的遗忘。/在我们之间有'一千零一夜'的寻寻觅觅。"（《同行者》）这样的探索主题在很多诗歌中出现："古老的菩提树铺展在他的生活上方。/大地呼唤着甘霖。/……我没有找到从你走到门口的路。/大地呼唤着甘霖，我呼唤着你。……"（《影子的移动》）释迦牟尼在菩提树下觉悟成佛，故而菩提树作为觉悟的象征出现在塞佩赫里的很多诗歌中。另外，相传释迦牟尼做太子时，一次随父亲净饭王行耕种仪式，释迦牟尼入坐树阴下，进入禅定，而当时随着日光的移动，别的树影皆移，独释迦牟尼所处之树影不移。因此，"影子的移动"象征了诗人尚未得道的茫然。同样的典故还出现在《沙苏撒》一诗中："在树阴中——太阳在愉快的畏惧中观看这菩提树将太阳遮挡。/……菩提树在灯笼的光芒中矗立。/它的叶在沉睡，像一支摇篮曲。/……菩提树的花在我母亲的摇篮曲中开放：/永恒在树枝上。/在一堆泥土旁/在遥远的地方，我独自一人坐下。/树叶在我的感觉上滑动。"这里，诗人用"不移的树阴"象征觉悟，象征心灵的安宁。诗人从小就喜欢安宁独处，诗人认为是佛光在冥冥中的照耀，使他从小到大一直在追寻这安宁之源："……/从童年的摇篮曲，到这太阳的惶惶然，我一直等着你。在绿色笼罩的夜晚，在清晨的河水中，在太阳的大理石光芒中，我呼唤你。/在这焦渴的黑暗中，我呼唤你：沙苏撒！"但诗人苦苦追寻，仍处在茫然中："太阳在窗口燃烧。/窗户充满了树叶。/我随叶一起颤抖。/我没有结合的线索。"

诗人的这种茫然，是寻道过程中的茫然，是渴望一种更深刻的认识而暂时未得的茫然，并非是对所寻之物一无所知的茫然。这在《近者啊》一诗中有清楚的说明："在最隐蔽的花园，我采摘过水果。/而此刻，近枝啊，别再挂念我的指尖。/我手指的急切并非因想采摘而激动，而是渴望认识。"其实，在《背井离乡的太阳》中，诗人对东方神秘主义思想已经有了相当程度的了解，这在该诗集的序言中有清楚的体现，在该诗集的不少诗歌中也有反映，比如对佛教典故的运用，本身就反映了诗人对佛教的了解。

在诗集《悲悯的东方》中，诗人告别了黑暗，告别了茫然，走向了认识上的光明。整本诗集都散发着诗人对东方神秘主义的体验的气息，诗歌名称奇特而神秘，具有浓厚的佛教色彩，充分显示出佛教文化对塞佩赫里的影响。该诗集体现的是塞佩赫里对东方神秘主义执著追寻的结果，也是塞佩赫里从佛教走向道禅的起点，在这部诗集中，"塞佩赫里为自己的思想从炼狱中超脱出来进行着最后的努力。他将自己的整个存在都抛进了悲悯的东方的内部，同时充满了灵魂的安宁”[1]。

“悲悯”是佛家思想的重要元素之一。伊朗学者由于对佛教思想的生疏，往往将悲悯理解为忧伤痛苦[2]，这是错误的。在佛教中，“悲”是“慈爱”之义，“大悲”即是大爱。因此，悲悯不是一种忧伤痛苦的负面情绪，而是对众生的怜惜、怜爱，是一种至善的爱，是用佛眼观众生之感受。在佛眼看来，一切众生皆处在苦难中，佛教苦集灭道四圣谛中第一圣谛便是苦，人受缚于生、老、病、死、忧愁等种种苦难（忧伤痛苦之“悲”恰恰被视为人生的一种苦），所以要布施众生，要普度众生。悲众生，也悲自身，要普度众生出苦海，也要解脱自身于苦难。于是，悟苦之因，悟苦灭之道，最终获得无上解脱涅槃。因此，悲悯是一种觉悟。《悲悯的东方》表现的即是诗人获得初悟的喜悦，诗集中完全没有忧伤痛苦的情绪，也没有了《背井离乡的太阳》中寻道的茫然与焦虑。诗人全身心沉浸在佛家思想中，被其悲悯、宽容、和谐、安宁的人生哲学所折服，并认为这是人与自然和谐相处、赖以生存的根本。

对觉悟的认识和体验是《悲悯的东方》的主旋律。《运动着的》一诗阐释了诗人对佛教思想的认识和理解：“一支无茎的花儿在梦的空间，其甘洌的水是/悲悯。/悲悯的目光。那是眼的清醒，手的无叶。”“无叶”是苏非神秘主义术语，指对物质的摈弃。这里，诗人清楚地说明了悲悯是一种觉悟。诗人用莲花、净水、悲悯的目光，绘出了一幅关于佛教特征的最凝练的图画。《津渡》一诗表现诗人已然获得觉悟：“我从梦之泉回来，湿漉漉的水罐在我手上。/鸟儿在啼啭，莲花正盛开，我打碎了湿漉漉的水罐。/我关上门。/在回廊上坐下来观看你。”诗人从尘世梦中醒来，进入到一个莲花盛开的佛的世界。于是，诗人打碎了旧的自我存在，坐下来静静地品味获得精神觉悟后的安宁。《菩提》一诗则是对觉悟的阐释：“那一刻，门开着/没有叶，没有枝，花园呈现出寂灭。/空间之鸟沉寂，这沉寂，那沉寂。沉寂是一种话语。/……声音的迹象淡去，呼唤的迹象淡去，帘子难道已折叠收起？/……每一河流，都成了海洋/每一存在，都成了觉者。”

获得觉悟的塞佩赫里从长诗《水的脚步声》开始，进入了一个全新的思想境界。前面几部诗集充满了诗人对东方神秘主义的刻意探索与追求，而从《水的脚步声》开始，诗人进入了一个自在达观的境界，进入了禅境，没有了“刻意”。塞佩赫里完成了从“茫然”走向“安宁”的思想历程。长诗《水的脚步声》是塞佩赫里为父亲之死及安慰母亲而作的，表达了诗人对生与死的达观认识。“水”是塞佩赫里诗歌中的常见意象，是思想、心灵、精神的象征，“水的脚步声”即是指诗人的思想之旅。整首长诗即是诗人的思想之流，汩汩奔涌：“我去做世界的客人/我走到悲悯的原野/走到神秘主义的花园/走到知识之灯的回廊/从宗教之阶梯走上去/直到怀疑之巷底/直到‘无求’之凉爽空气中。”整部长诗是诗人在一番心灵探索之后获得的人生觉悟，是诗人“清洗眼

1 卡米亚尔·阿贝迪，《同太阳相处》，伊朗拉瓦亚特出版社，1996年，第162页。
2 霍贾特·艾马德，《到同行者的花园》，伊朗优秀图书宣传中心出版社，1999年，第228页。

睛，以另一种方式看”生活，即诗人用禅眼或曰悟眼去看人对真主的信仰、人的生死、人的日常生活、人所处的周遭世界等一系列人所必须面对的东西。全诗将生活的真谛娓娓道来，从容安详而深刻，是伊朗现代新诗最伟大的作品之一。长诗《行者》是《水的脚步声》的延续，仍是诗人的思想之旅：一旅行者经过了长长的旅行之后，回到伊朗，在朋友家的庭院中，向主人讲述旅途的所见所闻，旅行者的思想也随之沉浸在无边的哲思中。“行者”正是象征了诗人行走在寻道之路上，思想之旅永不停止。全诗内容涉及生死、神爱、合一、寻道等很多方面的问题，还以大量篇幅讲述了犹太、巴比伦、伊朗等古老民族遭受的劫难，叹息古老文明的衰落，并表现了塞佩赫里对印度古老文明的特殊向往。该诗还抨击了现代工业文明对人心灵的戕害，是塞佩赫里屈指可数的关乎现实的诗篇之一。《行者》是塞佩赫里思想之流汪洋恣肆的流淌，内容博大而深刻，堪与《水的脚步声》一起并称塞佩赫里诗歌的双子星。

诗集《绿色空间》是塞佩赫里诗歌的又一座高峰，是对东方神秘主义思想沉思的结晶。《绿色空间》的每一首诗都很优秀，几乎没有平庸之作：一是语言美，文辞达到纯熟的致境；二是意境美；三是思想美，汇集了塞佩赫里思想的精华。“这本书不仅仅是一部诗集，更是一部伟大的思想作品，出自一位东方的思想家。”[1]

“绿色空间”即指大自然。《绿色空间》是生机勃勃的大自然与诗人灵魂的融合，是诗人在经历了《背井离乡的太阳》中的茫然与焦虑不安之后，找到的灵魂的安宁和精神的闲适状态。诗人静静地待在自己独处的角落，在大自然的美丽与静谧中，娓娓地说着自己的心境，流溢着一股浓浓的身心的闲适、安宁与愉悦，实现了一种东方哲学所特有的个人存在与自然存在之间的和谐融合，达到了人与自然的合一，整部诗集充满了禅思、禅意、禅境。

倘若说《悲悯的东方》是在阐释觉悟，那么《绿色空间》则是在呈现觉悟。《单纯颜色》一诗用单纯的颜色象征了一份单纯安宁的生活：“天湛蓝/水湛蓝/我在阳台上，拉娜在水池边。/拉娜在洗衣服。/树叶在飘落。/早晨我母亲说：令人忧郁的时节。/我对她说：生活是一只苹果，应当连皮一起吃。……”全诗表现了一种恬然自安的心境，一种闲适的生活状态。《光、我、花、水》一诗把读者从纷扰的世界带到了一个安宁的空间，在那里，诗人在水边、树旁，伴着飞鸟与月光，在大自然中娓娓而谈：“没有云/没有风/我坐在水池边/鱼儿、光、我、花、水皆在徜徉。/点点滴滴的生活是那样纯净。/我母亲摘着香草/面包、香草、奶酪、澄净的天空、水灵灵的牵牛花。/近在咫尺的超脱：院子的花丛中。”光、花、水代表了大自然，诗人将自己看作大自然序列中的一部分，表现了人与自然的合一，超脱就在身边。紧接着诗人写道：“……我在黑暗中看见道路，我满载着灯笼/我满载着光和沙/我满载着树木/我满载着路、桥、河、浪/我满载着水中树叶的阴影/我的内心是多么孤独。”“光”象征着精神的解脱之路，“沙”象征着尘世生活。这时的诗人找到了路，找到

1 霍贾特·艾马德,《到同行者的花园》，伊朗优秀图书宣传中心出版社，1999年，第315页。

了光，灵魂处在与自然合一的安宁状态。塞佩赫里所持的哲学并不是一种抛弃尘世生活的出世哲学，而是一种精神与尘世的和解，是精神在尘世中适意的人生哲学，是禅的哲学。塞佩赫里诗中的孤独不是一种凄楚落寞的负面感觉，而是一种闲适的独处，充盈着的是一种内心的安宁与愉悦。而伊朗学者由于对道禅哲学中的独处与恬然自安缺乏深刻的理解，往往将这种孤独理解为一种负面的情绪感觉。《到同行者的花园》一书的作者就将该诗最后一段理解为：诗人心中满载着大自然，但所有的这些东西都填不满诗人内心的孤独。[1]这种理解显然是错误的。相反，这种充满安宁与愉悦的孤独是《绿色空间》的主旋律，萦绕在很多诗歌中，《独处》一诗写道："月挂在繁华之上空，/繁华之人在梦中。/在这月光中，我嗅闻独处之砖。/邻居家的园子中亮着灯，/而我的灯熄灭。/……山离我很近：在枫树、沙枣树后边。/看得见荒野。/看不见石头，看不见小花。看得见远处的荫凉，如同水的孤独，如同神的歌。/……月亮挂在孤独的上空。"这里，独处与繁华相对，"邻居家亮着灯的园子"是一种繁华，"我的灯熄灭"是一种孤独与安宁。因而诗人的独处是繁华中的独处，是在喧嚣的尘世生活中获得的内心安宁。《瞬间的绿洲》更是表现这种孤独的经典之作："……人在这里是孤独的/在这孤独中，榆树阴一直流淌到永恒。"《到同行者的花园》一书的作者对这里的"孤独"的理解同样是错误的，他说："……孤独的感觉让诗人一刻也不得安宁。……这种孤独，如诗人所说，直到永恒，直到死亡也不放过他。"[2]我们再来看塞佩赫里自己对孤独的理解，在《蓝色的房间》一书中塞佩赫里说道："东方人从内心走进生活。禅画家与大自然融合和谐，与竹林飞鸟同处，便多画竹林飞鸟。日本人崇尚永恒的孤寂。……孤独在我们看来具有令人心旷神怡的特征，而西方人将空寂视为萧索。"[3]《蓝色的房间》是塞佩赫里在生命的最后时日，在病榻上写的未完之作。该书第三部分《与大师对话》，是塞佩赫里对东西方绘画艺术中的大师及其作品的评述，其中，塞佩赫里对中国绘画和日本绘画的特征作了较为详细的介绍，显示出塞佩赫里对道禅精神具有深刻的理解。因此，塞佩赫里诗中的孤独是一种禅境，而不是一种负面情绪。

《我们无为，我们观看》是塞佩赫里的最后一部诗集，其主旋律是对真主创世、语言产生、原罪、先知使命等一系列原初问题的沉思和观照。伊朗评论界对该诗集褒贬不一，有的认为没有比前几部诗集更具思想的光辉，有的却认为反映了塞佩赫里更深刻的思想。笔者认为，该诗集反映了塞佩赫里在获得了心灵的觉悟、精神的解脱和自由之后的一种思想升华。因为塞佩赫里在前几部诗集中思考的都是个体问题，表达的是对个体精神自由的探索，以及对这种个体精神自由状态的一种展示。而在《我们无为，我们观看》中，塞佩赫里思考的焦点更多的是"人类"。"无为"并非无所作为，而是一种精神的完全解脱与自由，无为状态下有着洞悉一切的悟眼。《我们无为，

1　霍贾特·艾马德，《到同行者的花园》，伊朗优秀图书宣传中心出版社，1999年，第331页。

2　霍贾特·艾马德，《到同行者的花园》，伊朗优秀图书宣传中心出版社，1999年，第382页。

3　苏赫拉布·塞佩赫里，《蓝色的房间》，伊朗内高赫出版社，2003年，第89—90页。

我们观看》则是塞佩赫里站在觉悟的高峰，回过头去观看人类的历史。因此，从塞佩赫里自身的思想历程来说，《我们无为，我们观看》体现了塞佩赫里思想的一个新高度。但是，前几部诗集因吸收了印度哲学和远东哲学中的思想精华，并将之与伊朗的宗教文化传统——苏非神秘主义融合在了一起，故而具有一种前人所不具有的光彩和深度。而在《我们无为，我们观看》中，基本上没有了印度哲学和远东哲学的色彩，诗人是从伊斯兰教传统哲学的角度去审视与思考的。而对原初问题，伊朗古代的先贤们已进行了大量且深刻的探索、思考和阐释，因此，从哲学思想史的发展来看，《我们无为，我们观看》没有比前人更加具有光彩的思想。《这里曾有鸟儿》《古老的夜章》《这里永远是梯赫》《直到尽头都置身现场》等诗歌是诗集《我们无为，我们观看》中的优秀篇章。

二

我们在前文中着重分析了塞佩赫里对佛家思想的探索和觉悟。但是，我们不要忘记，塞佩赫里不是一位中国诗人，也不是一位日本诗人，而是一位伊朗诗人，其血管中流淌着的是伊朗自身的宗教文化传统之血液。苏非神秘主义是伊朗宗教文化的核心，犹如儒道释之于中国文化。波斯古典文学十分灿烂辉煌，而苏非神秘主义文学是波斯古典文学的重要组成部分，拥有很多的大师和经典作品，比如萨纳依（1080—1140）的《真理之园》，阿塔尔（1145—1221）的《百鸟朝凤》，鲁米（1207—1273）的《玛斯纳维》《夏姆士集》，内扎米（1141—1209）的《奥秘宝库》，贾米（1414—1492）的《黄金之链》《献给艾赫拉尔的赠礼》《信士的念珠》，等等。因此，可以说中世纪的波斯文学在相当大的程度上成为阐释和传播苏非神秘主义宗教哲学的载体，由此形成了文学、宗教、哲学的高度融合，这是伊朗传统文化的一个十分显著的特征。在20世纪，虽说苏非神秘主义思想还在伊朗文化中发挥着潜移默化的重要作用，但苏非神秘主义文学流派在新文学中已经衰微。在塞佩赫里出现之前，只有伊朗尼（1925—1973）的诗歌较为集中地表现了苏非神秘主义思想，但伊朗尼的诗歌并不被伊朗诗界认可，没有形成太大影响。而塞佩赫里的神秘主义诗歌不仅获得了极大的成功，而且其著名诗人与杰出画家的双重身份，使他的诗歌在现代诗坛上影响深远。因此，可以说是塞佩赫里在伊朗现代诗坛上重新扛起了苏非神秘主义诗歌这面传统旗帜。塞佩赫里十分迷恋苏非神秘主义思想，他将鲁米（又称莫拉维）视为东方最伟大的诗人和神秘主义者，且酷爱读鲁米的苏非神秘主义抒情诗集《夏姆士集》。塞佩赫里在临终前的病床上还向其妹妹帕丽都赫特·塞佩赫里讲述历史上著名的苏非长老们的故事，还叮嘱其妹妹要认真读苏非神秘主义的经典著作。毫无疑问，苏非神秘主义是塞佩赫里的思想之根。

塞佩赫里有很多诗歌直接表现了苏非神秘主义思想。读过鲁米的《玛斯纳维》的读者，会一眼看出塞佩赫里的《鱼儿的口信》一诗与鲁米诗歌的关联。《玛斯纳维》第四卷2202至2244联讲述了一条鱼儿逃离水潭爬到大海获得拯救的故事。塞佩赫里的《鱼儿的口信》则以鱼儿的缺水和盼水表达了自己的精神渴望：“……你如果在花园的悸动中看见了真主，请鼓起勇气/就说鱼儿们的水池中没有水。/风去拜访梧桐。我去拜访真主。”该诗最后两句，是塞佩赫里诗歌中的经典诗句，体现了塞佩赫里对苏非神秘主义的精神皈依。塞佩赫里的《地址》一诗是充分反映其苏非神秘主义思想的经典之作。诗中询问“友人的家在何处?”的骑士（“友人”是苏非术语，指真主）是一位寻道者，回答骑士的行人是苏非导师，他用一连串的自然景物（白杨、花园、孤独之花、喷泉、流动的空气、孩童、光之巢）象征了苏非神秘主义修行的七个阶段：追求、神爱、神智、无求、认主独一、震惊、寂灭，[1]通过道乘——爬上高高的松树，最后“从光之巢中抓获雏鸟”——从寂灭到永存，实现“人主合一”。《拜见的声音》也是反映塞佩赫里的苏非神秘主义思想的经典之作，表达的是诗人对苏非神秘主义玄理的参悟，是诗人灵魂拜见真主的声音。该诗歌写的是：清晨时分，诗人提着篮子去广场买水果，这买水果的过程即象征了诗人参悟苏非玄理的过程。最后，诗人带着空篮子回了家，母亲问为何什么水果也没买，诗人回答：“无边无际的水果怎能在这篮子中装下！”这体现了诗人深深震撼于苏非玄理的博大精深。《观看章》也是一篇经典之作，诗中多处运用《古兰经》和《圣训》中的典故，是对人类初始的沉思，是对先知使命的沉思，可以说是诗集《我们无为，我们观看》的序曲。

苏非神秘主义作为伊朗宗教文化传统的核心，对伊朗知识分子的思想和人生观的影响是潜移默化且根深蒂固的。伊朗的知识分子或多或少地都具有苏非神秘主义思想，在伊朗现代诗人们的作品中，苏非神秘主义思想也或隐或显地有所反映。塞佩赫里与其他诗人的不同之处在于：苏非神秘主义对于其他诗人来说更多地表现为一种文化背景或一种文化底蕴，而对于塞佩赫里来说则是贯穿于其思想意识整体的人生观。塞佩赫里的诗歌毫无疑问是对传统文化的继承和发展，但在其继承和发展中，更多的亦是对传统文化精髓的坚守。塞佩赫里对伊朗新诗的贡献正是在于：在那个伊朗社会全面西化、传统日益消亡的时代，他顽强地维系着伊朗本民族的传统文化命脉。因此，可以说塞佩赫里的诗歌实际上肩负起了一项重大的使命——传承伊朗民族的传统文化，使中世纪伊朗的苏非神秘主义文学传统在20世纪的伊朗得以延续。

三

塞佩赫里诗歌思想的最伟大之处还在于：他实现了东方神秘主义哲学的融会贯通。塞佩赫里不仅有很多诗歌直接反映了苏非神秘主义思想，而且他还用对苏非神秘主义的理解去体验和阐释佛家思想。比如《消失的瞬间》一诗表现的是塞佩赫里对佛家思想的探索体验，而其间融合的是苏非神秘主义在“心见”真主的瞬间的迷狂体验：“门开了/他带着灯笼飘进来。/他有一种获得解脱之美/我的眼睛看向他之路：/那是我生活中的无形的梦幻。/一股香气在我的眼中低吟。/我的血脉停止了跳动。/……时间在我身上不再流逝。/我陷入一种赤裸裸的激情。”“人主

1 霍贾特·艾马德，《到同行者的花园》，伊朗优秀图书宣传中心出版社，1999年，第369页。

合一”论是苏非神秘主义思想的核心，而人与真主的合一有多个层次，其中瞬间的合一是指苏非修行者在深度的冥想或精神的迷狂状态中“心见”真主。诗人在寻道过程中，心里虽有瞬间的亮堂，但其实并未真正获得觉悟：“他把他的灯笼挂在空中。/用光芒追寻我。/照遍了我房间的旮旯角落/也没照到我。”瞬间之后，一股风吞没了灯笼的火焰，“他”消失了。该诗所表现的“瞬间”的激情，以及“瞬间”之后的落寞，与古典苏非神秘主义诗歌如出一辙。这样的例子在塞佩赫里的诗歌中并不鲜见，伊朗学者也看到了这一点，认为“塞佩赫里在对佛教的神秘体验中，混合着莫拉维的神秘主义的精神气息，尽管并没有在任何地方公开提及（莫拉维）”[1]。

塞佩赫里不仅通过苏非神秘主义去体会他所接触到的新的东方神秘主义，而且反过来，也用他所接触到的新的东方神秘主义来诠释苏非神秘主义。尽管苏非神秘主义在形成和发展的过程中受到过印度教和佛教中的神秘主义的影响，但历来苏非神秘主义者在阐释苏非神秘主义时，皆用源自《古兰经》《圣训》和伊斯兰教本身的文化传统，而塞佩赫里则将东方其他民族的神秘主义思想纳入了自己对苏非神秘主义的阐释体系。尽管塞佩赫里的诗歌较多地表现出了佛家思想和道禅思想的色彩，但是我们必须清楚地认识到，佛家思想和道禅思想对于塞佩赫里来说只是其苏非神秘主义文化根基的一种补充，是对苏非神秘主义文化的拓展性阐释。

我们来看《非》一诗：“刮风了，打开门，送来了真主的悲悯。/扫净屋子，挥舞花儿，信使来了，信使来了，带来了‘非’之佳音。……”“非”指著名的清真言：万物非主，唯有真主。这是伊斯兰教认主独一的标志，也是苏非神秘主义中“存在单一论”的理论基石。“扫净屋子”是苏非神秘主义隐语，指滤净人的心性，“挥舞花儿”则是用佛教“拈花微笑”之典。佛教传说，灵山会上，如来拈花，迦叶微笑，师徒会心，灵犀一点，由此开始了禅宗心法。这段诗人先用佛教的“悲悯”诠释了真主之爱，接着用禅宗的心法诠释了苏非神秘主义的滤净心性、觉悟真主之道。我们再看另一首经典之作《我的激情啊》：“我是乐器，我是一段歌，拿起我，弹奏我，在我的弦上用拨子弹奏‘非’，/弹奏寂灭之道。”全诗一开始就说明了诗人演奏的是“非”之曲，讲的是苏非神秘主义的寂灭之道。然后诗人写道：“《古兰经》在我头顶，《新约》是我的枕，《旧约》是我的床，/《阿维斯塔》是我的外衣，我梦见：一尊佛在莲花中。……”这段表现出诗人“六经注我”的思想和气度。对于塞佩赫里来说，《古兰经》是根本，苏非神秘主义是根本，其他的宗教神秘主义皆为这根本所用。

塞佩赫里还将印度教“梵我同一”的思想糅合进了苏非神秘主义“人主同一”的思想。“人主同一”是苏非神秘主义“人主合一”思想的分支，其特征是“我即真主”。伊朗古代苏非圣徒哈拉智（858—922）就在迷狂中声称“我即真主”，当时因被视为异端而被处死。“人主同一”的思想虽未成为苏非神秘主义的主流思想，但仍被后人所继承，比如阿塔尔的《百鸟朝凤》讲述的就是“人

1 霍贾特・艾马德，《到同行者的花园》，伊朗优秀图书宣传中心出版社，1999年，第225页。

主同一”的思想。该书讲一群鸟儿去寻找鸟王凤凰，经过重重艰难险阻后，只有三十只鸟儿抵达目的地，但那里并没有什么凤凰，这时，这三十只鸟儿觉悟到它们自己就是凤凰。[1]“人主同一”与“人主合一”是对同一个问题的不同解释。真主用泥土造阿丹（即《圣经·旧约》中的亚当），将自己的精神吹进阿丹体内，阿丹由此获得灵魂而具有了生命。因此，人的灵魂（精神）来自真主。“人主同一”论由此认为人的灵魂（精神）与真主是同一的，而“人主合一”论由此认为人应当寻求个体灵魂（精神）与真主的重新合一。“人主同一”的思想在《充满奥秘的水波》一诗中体现得很充分：“……你是最孤独的‘我’。/你是最亲近的‘我’。/你是最易抵达的‘我’。/清晨的‘我’啊，是一扇开向茫然失措的世界的窗！”这里，你即是“我”，主与“我”同一。而“我”被诗人打上引号，具有了另一层含义。在印度哲学“梵我同一”论中，“我”即指人的灵魂（精神），“梵”是宇宙的本原，是最高实在。“我”源自“梵”，“梵”与“我”在本质上是同一不二的。[2]因此，在梵语中，“我”除了作人称代词之外，还指人的灵魂（精神），同时也指“梵”。[3]在这里，塞佩赫里显然是运用了印度哲学中“我”的概念，用“梵我同一”诠释了“人主同一”。《拜位》一诗同样如此：“空空中有风。/黑暗中有星。/存在中有歌。/嘴唇上有祈祷。/有‘我’，而那是‘你’：/祈祷和拜位。”该诗阐述了作为灵魂（精神）的“我”无处不在，而这“我”即是“你”，即是梵，即是真主。而《膜拜》一诗将人与真主看作是同位的，是“我们”，在原初“我们”不论做什么都在一起，未曾分离，但后来：“……我们离开了山巅：/我来到地面，我成为奴仆。/你走到上方，你成为真主。”该诗虽然也反映了“人主同一”的思想，但“我”这个单词在诗中没有被诗人加上引号，从上下文来体会，也没有“灵魂（精神）”和“真主”的含义，因此，该诗中的“我”与上引两首诗中的“我”是有区别的。

塞佩赫里最具创造性的贡献是：他将东方道禅思想中的人与自然合一的思想充分糅合进了苏非神秘主义的“存在单一论”中，并由此推论出人与自然合一即是人与真主合一。“存在单一论”是苏非神秘主义的重要理论，由著名的大苏非伊本·拉比阿（1165—1240）提出。简单地说，“存在单一论”认为：真主是唯一的绝对实在，真主具有本质和无数种属性，自然万物都是真主各种不同属性的幻化和显现，它们源自真主，终将复归于真主。因而，属性与本质之间、现象世界与真主之间互为表里，实为同一。该理论源自著名的清真言：万物非主，唯有真主。

由于“存在单一论”将自然万物看作是真主的各种不同属性的幻化和显现，表面上似乎认为万物皆有灵，故而目前国内学术界认为“存在的单一论”具有泛神论的特征，[4]笔者认为这种观点是错误的。“存在单一论”与泛神论的确有表面上的相似之处，但在根本实质上二者是背道而驰

1 “人主同一”这一术语和观点是元文琪先生研究苏非神秘主义的心得，曾与笔者交流，笔者深以为然，故用之。

2 任继愈主编，《宗教大词典》，“梵我同一说”词条，上海辞书出版社，1998年，第229页。

3 郭良鋆著，《佛陀和原始佛教思想》，中国社会科学出版社，1997年，第183页。

4 金宜久主编，《伊斯兰教辞典》，“存在单一论”词条，上海辞书出版社，1997年，第156页；金宜久著，《伊斯兰教的苏非神秘主义》，中国社会科学出版社，1995年，第60页。

的。泛神论是将自然万物都看作神灵，自然万物对于泛神论来说皆是实在，而不是幻在；而“存在单一论”是将自然万物看作真主各种不同属性的显现，是一种幻在，只有真主是唯一的实在，是完全彻底的一神论。

“人主合一”的思想是苏非神秘主义的核心，即人通过一定方式的修行，滤净自身的心性，修炼成纯洁的“完人”，在“寂灭”中和真主“合一”，在“合一”中获得“永存”。在传统的苏非神秘主义中，从未出现过将“人主合一”演变为人与自然合一，但是，塞佩赫里却作出了这样的推论：自然万物是真主各种不同属性的显现，而属性与本质之间、现象世界与真主之间互为表里，实为同一，那么，人与自然的合一即是“人主合一”。

这种思想在塞佩赫里的早期诗歌中就有所反映，不少诗歌中都表现出“佛（真主）无处不在；佛（真主）就在身边；佛（真主）就在心中”的思想。比如，《菩提》一诗最后两句：“每一河流，都成了海洋/每一存在，都成了觉者。”即是反映了塞佩赫里的上述思想。这里，“觉者（佛）”若替换为“真主”，就是典型的“存在单一论”。我们再看《帕德玛》一诗：“门开着，观看的眼睁着，更善观看的眼，真主可是在每一……？/隐匿的，已显现。/‘他’在那里，在那里。”“帕德玛”是梵语“莲花”之意，题为“莲花”，全诗讲的却是“存在单一论”：真主在每一存在中显现。其实，这里“真主”一词也完全可以替换为“佛”。这两首诗可以互为对照。

这种思想在塞佩赫里的后期长诗《水的脚步声》和诗集《绿色空间》中表现得更加鲜明，成为塞佩赫里哲学思想的精华：“真主就在这附近/在夜来香缝隙里，在高耸的苍松脚下/在水的觉悟上，在草的法则上。/我是穆斯林/我的格布勒是一朵红玫瑰/我的礼拜地是泉水，我的拜印是光/原野是我的拜毯/我用窗户的颤动进行小净/在我的礼拜中，月在运动，光谱在运动/石头在我的礼拜的背后分明可见/我礼拜的所有微粒都成结晶/我在这样的时刻做礼拜/即风儿在柏树塔尖上将宣礼吟咏/我紧跟小草‘赞念真主伟大’之时/紧跟波浪‘挺直身躯’之时做礼拜。/我的克尔白在水边/我的克尔白在槐树下/我的克尔白好似风，穿过一座座花园，走过一座座城市/我的玄石是小花园中的光明。”这是《水的脚步声》中十分经典的一段，诗人在此明确说明了自己是穆斯林，信仰的根基是伊斯兰教。“格布勒”是穆斯林朝拜麦加天房的方向，“克尔白”即是麦加天房，“玄石”是天房中的方型黑色圣石。这些穆斯林朝拜的圣物，在塞佩赫里看来，即是大自然中的玫瑰、苍松、槐树、柏树、小草、花园、水、光，等等。这是典型的“存在单一论”思想：真主无处不在，大自然的一草一木皆是真主的显现，当你获得对真主的觉悟之后，就会发现，大自然的每一粒尘埃都揭示了真主的存在。但是，传统的“存在单一论”并没有推论出礼拜自然万物即是礼拜真主的结论，伊斯兰教历来严禁朝拜伊斯兰圣物之外的拜物。而塞佩赫里却作出了这样的推论，因此，单看这一段容易使人误认为塞佩赫里陷入了拜物教或泛神论之中，但实际上没有任何伊朗人如此认为。这是因为从整首诗歌来看，塞佩赫里并非是将自然万物作为神灵来膜拜，而是将自己完全消融在了自然万物中：“任何地方我都存在，也将会存在/天空是我的/窗户、思想、空气、爱情、大地都属于我。”在这里，天地万物都属于我，我存在于天地万物之中，人是自然的一部分，人与自然是一体的，而不是外在于自然的一个另类存在。人与自然是一体，真主与自然是一体，那么人与真主即是一体。长诗《水的脚步声》以及诗集《绿色空间》将人与自然的融合诠释得十分完美，其间从头到尾流淌着的是身心的闲适、安宁与愉悦，显示出诗人实现了远东道禅哲学所特有的个人存在与自然存在之间的和谐融合，达到了人与自然的合一。伊斯兰文化虽然也属东方文化，但与远东的道禅文化差别很大。在大部分伊朗诗人的笔下，“自然”始终是外在于人的一种存在，只有在塞佩赫里的诗歌中，我们看到了人与自然的合一。“《绿色空间》是精神与自然的融合，二者达到不可分的程度。我们的沃勒夫（苏非神秘主义者）们对于这个问题当然也有所认识，但是在他们的诗歌中，精神与自然的融合往往以神爱告终。”[1]这里虽然评的是《绿色空间》，但塞佩赫里的人与自然合一的思想无疑始于《悲悯的东方》，成熟于《水的脚步声》，从容于《绿色空间》。既然自然与我合一，而自然又是真主各种不同属性的显现，那么人与自然合一，即是人主合一。正是这种“合一”的思想，使塞佩赫里的思想脱离了泛神论的嫌疑，显示出一元的特性，因为在泛神论中人与自然万物是分离的，是多元的。由此，塞佩赫里用新的视角对苏非神秘主义的存在单一论进行了诠释。《伊朗新诗编年分析史》评价塞佩赫里的《水的脚步声》“是现代史中唯一一首跻身于波斯文学史中最伟大的苏非神秘主义诗歌之列的尘世的苏非神秘主义诗歌。”[2]这里说的“尘世的苏非神秘主义”，笔者的理解即是“人与自然合一”思想与“人主合一”思想的合一，只是伊朗学者没能将之详细分析出来。其实，塞佩赫里的这种思想在《绿色空间》中也有明显体现，只是《水的脚步声》是其最突出的体现。若我们说塞佩赫里“是伊朗现代史上，乃至伊朗伊斯兰史上唯一一位尘世的苏非神秘主义诗人”，当不为过。

其实，“人与自然合一”中的“自然”，并非纯粹的物质的自然，而是人的主观心象中的自然。脱离了人的主观情感和主观意识的自然是毫无意义的，只是一堆有机物和无机物的组合。有了人的主观活动，自然才是有意义、有生命的。同样地，宇宙间的绝对精神（神、上帝、真主、梵、道、自然规律等称谓）虽是一种绝对存在，但脱离了人的主观认知也是没有实际意义的。因此，当人完全沉浸在主观意识中，在人与自然的合一中体悟到人与绝对精神的合一是可以做到的。

由以上诸方面，我们可以看到，塞佩赫里将伊斯兰文化中的“人主合一”、印度文化中的“梵我同一”、中国道禅文化中的“人与自然合一”充分融合在了一起，将伊斯兰教神秘主义、印度教神秘主义、佛教中的悲悯思想与禅宗思想，以及中国的道家思想充分融会贯通。因此，如果说塞佩赫里实现了东方神秘主义哲学的合一，当不为过。正如伊朗评论家所说：“塞佩赫里在诗歌领域是一位完全意义的诗人，但同时又可以说他是一位东方思想家。”[3]

1 霍贾特·艾马德，《到同行者的花园》，伊朗优秀图书宣传中心出版社，1999年，第312—313页。
2 夏姆士·兰格鲁迪，《伊朗新诗编年分析史》，伊朗玛尔卡兹出版社，1999年，第三卷，第196页。
3 霍贾特·艾马德，《到同行者的花园》，伊朗优秀图书宣传中心出版社，1999年，第306—307页。

贾米在中国:《勒瓦一合》和《阿施阿特·拉玛阿特》两部汉译本的介绍和比较研究

北京大学外国语学院　沈一鸣

摘要: 努尔丁·阿卜杜·拉赫曼·贾米是15世纪波斯神秘主义哲学家和文学家。他一生作品颇丰,并一直在伊斯兰世界广为流传。其中《勒瓦一合》和《阿施阿特·拉玛阿特》两篇波斯神秘主义哲学散文最晚于17世纪被带入中国中原地区,并被当地穆斯林广泛研习。在17世纪末18世纪初,这两部作品被译为中文,流传最广的两个中译本分别是刘智的《真境昭微》和舍起灵的《昭元秘诀》。本文将介绍贾米的这两部苏非散文及其中译本,并对原文和汉译本的作者和文本进行比较。

关键词: 贾米　舍起灵　刘智　《真境昭微》　《昭元秘诀》

努尔丁·阿卜杜·拉赫曼·贾米(Nūr al-Dīn ‘Abd al-Raḥmān Jāmī, 1414—1492)是15世纪波斯神秘主义哲学家和文学家。他于1414年11月7日生于贾姆地区的一个学者家庭,四岁时随全家移居赫拉特,并在那里度过了人生大部分的时光。贾米从小接受宗教教育,后加入纳格什班迪耶教团。他一生的作品超过四十部,是一位多产的作家。这些作品体裁多样,包括苏非哲学散文、伊斯兰经典注释、传记、诗歌等。其中,大部分散文作品的内容都围绕着伊本·阿拉比(Ibn al-‘Arabī)的“存在单一论”的哲学思想,包括《纳格德·努速斯》(*Naqd al-Nuṣūṣ* , 1459)、《勒瓦一合》(*Lavāyiḥ*, 1465)、《拉瓦麦格》(*Lavāmi‘*, 1470)、《阿施阿特·拉玛阿特》(*Ashi‘at al-Lama‘āt*, 1481)、《〈智慧珍宝〉注释》(*Sharḥ Fuṣūṣ al-Ḥikam*, 1490—1491)等。可以说,贾米对伊本·阿拉比哲学思想的研究贯穿其一生,并推动了伊本·阿拉比及其思想在当时的赫拉特地区知识界的认同。

伴随着纳格什班迪耶教团的扩张和伊斯兰世界的人员交流,贾米的声名及其作品也被传播至伊斯兰世界的各个角落。在中国，纳格什班迪耶教团的传教活动虽止步于西北地区，但贾米的作品影响力却深入至中原地区。与其他伊斯兰地区不同的是，中原地区的穆斯林阅读和研习的贾米作品主要为其苏非哲学散文，而鲜见诗歌等文学作品。例如，贾米的诗歌代表作《尤素夫与佐列哈》(*Yusuf va Zulaykhā*)曾被翻译成多种语言，抄本和译本广泛流传于土耳其、印度、东南亚及中国新疆地区，而在中国中原地区鲜有提及。

由于材料的缺乏，贾米的作品是何时、通过何种方式传入中国已经不可考。从现存的汉译本出版时间可以推测，《勒瓦一合》和《阿施阿特·拉玛阿特》两部波斯神秘主义哲学散文最晚于17世纪传入中国中原地区，并被当地穆斯林广泛研习。在17世纪末18世纪初，这两部作品分别被中国穆斯林翻译成中文，成为中国中原地区为数不多留存至今的伊斯兰哲学作品，由此也可见中国穆斯林对于伊本·阿拉比哲学思想的偏爱。在这些汉译本中，流传最广的两个版本分别是刘智（约1660—约1730）的《真境昭微》和舍起灵（1638—1703）的《昭元秘诀》。

《勒瓦一合》是一部原创作品，完成于1465年，即贾米51岁的时候。这部作品篇幅较短，散文和诗歌各占一半。文中语言通俗易懂，很少出现阿拉伯语词汇。《阿施阿特·拉玛阿特》是一篇对法赫勒丁·埃拉基（Fakhr al-Dīn ‘Irāqī, 1213—1289）的苏非哲学散文《拉玛阿特》(*Lama‘āt*)的注释，完成于1481年。埃拉基的《拉玛阿特》是一篇讨论伊本·阿拉比“存在单一论”的短篇论文，为散文和诗歌混合体。贾米的注释篇幅远大于原文，其中散文部分又多于诗歌部分，并且经常引用阿拉伯文原文经典或使用阿拉伯语词汇。

从上述两部作品的内容和语言来看，《阿施阿特·拉玛阿特》和《勒瓦一合》针对不同的读者群。《阿施阿特·拉玛阿特》据称受贾米的学生兼朋友纳瓦依（Navā’ī, 1441—1501）的委托而完成，是贾米唯一一部已知的有确定读者的哲学作品。[1]可以说《阿施阿特·拉玛阿特》针对研读苏非哲学的知识阶层，而《勒瓦一合》则针对普通民众，包括工匠、商人和农民等。[2]由此可见，虽然针对同一主题，但贾米的这两部作品在内容、结构和读者群等方面存在着很大的差别。

自15世纪贾米逐渐成长为一名苏非哲人，到17世纪晚期他的作品被中国穆斯林翻译成中文，时隔三百年，相距几千公里。时间和空间的距离为中国穆斯林读者提供了数量巨大的伊斯兰哲学著作进行研读和筛选，然而时空的距离同时也过滤了大部分作品，使中国伊斯兰发展史上仅留存下为数不多的伊斯兰哲学作品，其中贾米的作品就占有两席之地。由此可见，贾米的哲学作品深受中国穆斯林的偏爱。

作为贾米的这两部作品的中文译者，舍起灵和刘智皆为中国中原地区穆斯林知识分子。从

---

1 Ertuğrul i Ökten, *Jāmī*, The University of Chicago, 2007, p. 199.

2 Ertuğrul i Ökten, *Jāmī*, p. 113.

这两位译者的传记中可以探寻贾米作品被选择、研习,并最终被翻译的过程。在此基础上,通过对两部译本和原文的横向比较,以及两部译本之间的纵向比较,可以让我们对波斯苏非哲学作品在中国中原地区的流传,以及贾米的作品被汉译的历史过程有一个清晰的认识,同时也有助于我们探寻贾米作品在中国中原地区独受青睐的原因。

一、舍起灵

舍起灵生于1638年,逝世于1703年,一生经历了明清朝代的更替。舍起灵生于一汉人魏姓家庭,原名魏元都。魏元都五岁开蒙,之后接受了六年中国儒家基础教育。父亲去世以后,少年魏元都被穆斯林军官舍应举(生卒年不详)收养,[1]改姓舍,皈依伊斯兰教。[2]自此,魏元都"改讳起灵,字蕴善"[3]。舍起灵号破衲痴,意为穿破衣服的痴人,这与早期苏非穿着带补丁的羊毛大氅的特点甚为相似,很可能舍起灵即受此启发。在舍起灵的译作中,皆用其号"破衲痴"署名,可见对其号的喜爱。此外,在其河南襄城的墓碑上还发现刻有舍起灵的阿拉伯语经名,即"哈桑·伊本·阿布都·瓦哈布"。[4]

1649年皈依伊斯兰教以后,舍起灵开始学习伊斯兰经典,期间师从多位穆斯林学者,包括冯四(生卒年不详)、马永安(生卒年不详)、李永寿(生卒年不详)和常志美(1610—1670)。在《经学系传谱》(以下简称《传谱》)的谱系树上,舍起灵位列李永寿和常志美之后,是经学创始人胡登洲(1522—1597)的第六代弟子。[5]除此之外,舍起灵的其他老师也出现在该谱系的各支系中,说明当时中国穆斯林学者之间交流之密切。舍起灵自二十多岁起开始挂账授课,并从此将其一生投入教学中。正如他的学生在《传谱》中所述:"纪设帐二十一处,共四十余年,门人遍及寰宇,而大成设馆授徒者,如列星然。"[6]

已知的舍起灵最早的作品名为《觉世省迷录》,又称《省迷录》,完成于17世纪晚期,据介绍该书是对一本名为《穆难必哈提》或《摸喃口必哈哈》的经书的注释。[7]遗憾的是,该经书原文尚

---

1 "在清代早期,穆斯林家庭收养非穆斯林儿童是合法的。继承权通常传给被收养的孩子,尽管他的身体里没有一滴外来血液。"(G. G. Warren, "D'ollone's Investigations on Chinese Moslems", *The New China Review*, 1920-1: 402)但是在1781和1784年的新教动乱之后,清政府禁止穆斯林收养非穆斯林儿童。

2 根据《古兰经》,养父母不能改变被收养儿童的原有姓氏。(33: 4—5)但是在舍起灵这个案例中,少年魏元都在被收养后,姓和名皆有变更。此外,据其传记显示,在此之后他仍旧与其亲生母亲保持着联系。(见赵灿,《经学系传谱》,第128a页。)

3 赵灿,《经学系传谱》,第128a页。

4 穆白,"舍蕴善",《中国穆斯林》,1985: 4,第18—19页。该经名在《襄城县志》也有提及。罗万寿在"舍起灵"的词条中说舍起灵的经名为"阿卜杜勒·瓦哈卜"。(见襄城县史志编纂委员会编,《襄城县志》,中州古籍出版社,1993,第558页;"舍起灵"词条,宛耀宾编,《中国伊斯兰百科全书》,四川辞书出版社,2007,第二版,第500页。)

5 赵灿,《经学系传谱》,第82c页。

6 赵灿,《经学系传谱》,第141b页。

7 《觉世省迷录》有两个现存的版本。一个是根据买虚吾保存的版本,由马骏(1882—1945)校勘,由马福祥(1876—1936)在1923年印刷的铅字版。另一个是由北京牛街清真书报社于1927年出版的版本。埃塞·克梅森(Issac Mason)曾经提到另一个在"北京印刷,于1909年在天津出版"的版本,但笔者尚未找到该版本。(Isaac Mason, *Notes on Chinese Mohammedan Literature*, Beijing: Wendiange shuzhuang, 1938, p. 202)

未被确定。这部汉译作品属口语化写作，是学生张问行在老师舍起灵课堂讲授该经文时所做的笔记整理。因此，虽然这部作品署名为舍起灵，但严格意义上并不能算作舍起灵创作的汉译作品，这也与赵灿在《传谱》的舍起灵传记中未有提及该作品的状况相吻合。

舍起灵的第一部真正意义上的完整的汉译作品当为《推原正达》。正如他的学生赵灿所说："先生将《米而撒德》译以书字，著其名曰《推原正达》。"[1]《米尔萨德·阿巴德》(*Mirṣād al-'ibād*)由波斯苏非库布拉维教团的纳吉姆·丁·拉奇(Najm al-Dīn Rāzī, 1177—1256)创作。根据《传谱》推算，舍起灵在30岁时于襄城任教期间翻译了《米尔萨德·阿巴德》。该汉译本现存于原巴黎国立东方语言文化学院。此外，伍遵契(约1598—1698)于约1678完成了另一个译本，名为《归真要道》。在《天方性理》中，刘智将《米尔萨德·阿巴德》的经名翻译成《道行推原经》，但没有证据显示刘智曾将此经书全文翻译成中文。

正如《传谱》所述，舍起灵在1680年间，即年过半百之时，于沈阳任教，期间"惟勤授学，暇则整辑各经，复以书字译《勒默阿忒》(لمعات)，曰《昭元秘诀》，以[2]《默格索特》(مقصد)经曰《归真必要》"[3]。通过与原文的比较，可以确定舍起灵的翻译根据的是贾米创作的《阿施阿特·拉玛阿特》，而非埃拉基的《拉玛阿特》。在《天方性理》中，刘智将贾米的《阿施阿特·拉玛阿特》译为《费隐经》，同样尚不能确定刘智是否翻译过全文。舍起灵翻译的第三本经书是《马格萨德》(*Maqṣad*)，即《马格萨德·阿格萨》(*Maqṣad-i Aqṣa*)一书的简称。《马格萨德·阿格萨》是波斯苏非阿齐兹·丁·那萨菲('Azīz al-Dīn Nasafī，活跃于13世纪)的作品。舍起灵将此经书翻译成中文，取名为《归真必要》。这部经名被刘智在《天方性理》中译作《研真经》，但亦不清楚他是否曾翻译过全文。

二、刘智

刘智字介廉，号一斋。与舍起灵相比，刘智的生平材料非常有限，我们甚至没有办法确定刘智确切的生卒年。一般认为刘智于1660年前后生于南京。刘智的父亲刘三杰也是一名穆斯林学者。根据马注在其作品《清真指南》中所述，他曾见过刘三杰和舍起灵，说明刘三杰和舍起灵是同时代人。[4]作为舍起灵弟子赵灿的同时代人，刘智并没有出现在赵灿的《传谱》中。然而在《天方性理》开篇刘智所列出的参与鉴定、考经、参阅、正文、校梓等工作的名单中，有几位穆斯林学者在《传谱》中有传记记载，例如袁汝琦(生卒年不详)、马恒馥(生卒年不详)等，可见刘智与舍起

1 赵灿，《经学系传谱》，第135a页。

2 根据上下文，此处"以"疑为错字，应为"译"。

3 赵灿，《经学系传谱》，第138b页。

4 在《清真指南》名为"海内赠言"的第一卷里，作者马注收集了舍起灵和刘三杰的各一首诗。根据《清真指南》的出版时间，刘智当时大约二十二岁上下，马注有可能在南京见过刘智。(马注，《清真指南》，第37b、39a页)

灵所处的穆斯林学者群之间也有交集。[1]

目前对刘智生平的研究主要依据的是刘智所著《天方至圣实录》的前言“著书述”一文。在这篇自传体的短文中,刘智回顾了他的一生:“予年十五而志于学,八年膏晷而儒者之经史子集及杂家之书阅遍,又六年读天方经,又三年阅释藏竟,又一年阅道藏竟,道藏无物也,继而阅西洋书一百三十七种。”[2]大约自三十岁开始,刘智一直在中国中部和东部旅行,其中有一些城镇是舍起灵曾经经过或者常驻任教的地方,例如北京、河南朱仙镇、安徽亳州和安徽寿州。这期间,刘智一直在寻找伊斯兰经文原本,并且已经开始了翻译和诠释伊斯兰经文的工作,但是没有发现任何证据显示刘智在他的旅行中曾经参与到当地的经堂教育中。

与舍起灵不同的是,在刘智近二十年的写作生涯中,似乎并没有学生或者同行陪伴,也未曾受到亲人的支持。正如他在“著书述”中所说:“会通诸家而折衷于天方之学,著书数百卷,已刊者什一,典礼,性理数种而已……而予孳孳之意不息,笃志阐天方之学以晓中人。”[3]可见刘智将一生全部精力投入于写作而非教学,这使得他的写作过程更多的是独立工作,也没有学生帮助将其思想记录并流传于世,由此也可以解释为什么刘智的传记材料远远少于几乎同一时期的舍起灵。

刘智的作品包括原创和翻译作品两类。其中《天方典礼》又称《天方典礼则要解》,共二十卷,讨论了伊斯兰教法和礼仪。该书1709年首次印刷,被列入《四库全书》备选书目,刘智也因此出现在《四库全书总目》的词条中,成为其中唯一被提及的中国伊斯兰文献的穆斯林作者。[4]

除了《天方典礼》,刘智的另一部原创作品《天方性理》也被认为是其代表作品。《天方性理》是一部讨论伊斯兰教义的中文著作,初版于1710年,约5万字。在《天方典礼》和《天方性理》的开篇,刘智各列了一份参考书目清单。根据考证,大部分文献以波斯文和阿拉伯文书写。这两份书单中,有19本相同,其中就包括贾米的《阿施阿特·拉玛阿特》和《勒瓦一合》。

刘智的另一部作品《天方至圣实录》实为一部编译作品。该书完成于1724年,即刘智半百之年。这一作品的原文为译者“过朱仙镇,偶得赛氏家藏《至圣录》西经原本也”[5]。目前该书对应的原文尚未确定,但因为译者声称其原本由波斯学者收集整理,因此很有可能原著由波斯文写成。[6]

除上述三部作品,刘智还有大量的作品在中国穆斯林间广为流传,例如讲授阿拉伯语的《天方字母解义》,解释伊斯兰教的《天方三字经》,有关伊斯兰哲学的《五更月》和伊斯兰礼仪的《五

1 刘智在《传谱》中的缺席可以归因于该传记对于穆斯林知识分子的定义标准,即如赵灿所说:“如求学者,既学已大成矣,然而训诲无法,不能遗教后世,是为啬学。”(赵灿,《经学系传谱》,第11a—b页)即一个合格的学者应该不仅能够很好地诠释伊斯兰教义,同时也需要参与教学。

2 刘智,《天方至圣实录年谱》,周燮藩、沙秋真编:《清真大典》,黄山书社,第14册,第40页。

3 刘智,《天方至圣实录年谱》,周燮藩、沙秋真编:《清真大典》,第14册,第40页。

4 永瑢等撰,《四库全书总目》,中华书局,1965年,第1085页。

5 刘智,《天方至圣实录年谱》,周燮藩、沙秋真编:《清真大典》,第14册,第41页。

6 刘智,《天方至圣实录年谱》,周燮藩、沙秋真编:《清真大典》,第14册,第81b页。

功释义》。这些书名或多或少让我们联想起一些儒家经典启蒙读物，例如《三字经》《千字文》和《声律启蒙》等。这些读物的读者也与上述儒家读物类似，即针对接受伊斯兰基础教育的普通人和儿童，而并非穆斯林知识分子。

在刘智的一生中，他四处走访教内外学者，为其文稿征求意见。尽管如此，他的努力并没有为他在生前赢得广泛的认可。根据现存的刘智作品的出版时间，可以推断刘智作品的出版和读者数量在1780年前后有一个飞跃。他的作品在成都、广州、北京等地重印。例如，在18世纪前，《天方典礼》只印刷了3次，但在19世纪增加至5次，而在20世纪前半叶被印刷了10次以上。可见在刘智逝世几十年后，他才逐渐被广泛认可为一名杰出的穆斯林学者。在20世纪初，中国西北的苏非教团西道堂甚至公开宣称刘智的作品是其教团的主要经典。而今日，无论教内外，刘智都被认为是中国穆斯林学者中的一位标志性人物。

三、文本比较研究

如前文所述，尽管贾米的原文是何时又是如何进入中国中原地区的尚存疑问，但可以确定的是，这两部经书原文不晚于17世纪中叶已被中国穆斯林学者所研习。在17世纪晚期到18世纪早期，《昭元秘诀》和《真境昭微》已经定本。

1.《昭元秘诀》

舍起灵的《昭元秘诀》目前有三个版本存世，分别被冠以不同的中文音译名。最早的版本可以追溯至1864年，名为《昭元秘诀》，现藏于北京大学图书馆。该抄本藏于一函，分为两册，第一册包括抄写者前言、译者自序、原文的前言译文，第二册包括第一章到第八章译文。第九章及以后缺失。全文用楷书抄写，句读、注释和阿拉伯语部分用红色或绿色墨水书写。从笔迹推断，很可能是由同一人手书完成。

第二个版本名为《咧母嗯惕》，完成于1890年，现藏于哈佛燕京图书馆 “The Rev. Claude L. Pickens, Jr. Collection on Muslims in China” 特藏中。这是一个完整的抄本，据抄写者所述，这个抄本依据其在陕西发现的四个更早期的抄本中的一个完成。全文字迹清晰，其中有两处因为抄写者出现了笔误而将新页粘贴于出错的旧页上。这一版本分为两个部分，第一部分包括落款为李作霖的抄写者的简介、舍起灵所作的《小引》、《阿施阿特·拉玛阿特》的前八章译文，第二部分包括第九章直至最后结语的译文。

第三个版本名为《额慎口而口亭》，是1925年印刷的铅字版本。在章节顺序上，这一版本与前两者相符。除与哈佛燕京版相同的内容外，1925年版还有三篇由出版者和他的朋友们撰写的前言。从文本的具体内容上看，该版本更接近于北大图书馆版本。

哈佛燕京版和1925年版都另附一章，名为 “太古纪”，内容为以 “西洋及回回法” 为基础介绍世界历史的发展。该篇文章的语言和内容与舍起灵的译文差异较大,很有可能这一章是由某一精通星象和地理学的穆斯林学者单独创作的。

与中文注释习惯相同,这三个版本的注释用小号字书写,两行并列于行间或页眉上。此外,一些人名、术语和短语采用原文和音译并列书写形式。文中引用的阿拉伯文短语,主要是《古兰经》和圣训经文的阿拉伯语原文。

在北大和哈佛燕京版中,埃拉基的《拉玛阿特》原文和贾米的注释文字并未作区别。在1925年版本中,埃拉基的原文增加了下划线,以示与贾米的注释部分相区别。这充分说明编者参考了贾米的波斯文原作,也说明编者试图给读者一个清楚而方便的参考,特别是没有能力阅读原文的读者。

由于北大图书馆版本有部分缺失,本文的文本研究主要基于哈佛燕京版本。其中《阿施阿特·拉玛阿特》所据版本是较新的一个由勾哈里(Gawharī)完成的整理木。哈佛燕京译本被分成二十九章,完整翻译了包括前言在内的所有章节。从第二十三到第二十六章的中译文的章节顺序与原文的不同,如下表所示:

《阿施阿特·拉玛阿特》	《昭元秘诀》
第二十三章	第二十六章
第二十四章	第二十三章
第二十五章	第二十四章
第二十六章	第二十五章

此外,《阿施阿特·拉玛阿特》的最后一章,即第二十八章被译者分为第二十八章、第二十九章、“结”和“醒”四个部分,使中译本的章节总数达到二十九章。在内容上,译者舍起灵不仅完整翻译了正文,而且还翻译了每一章节的标题、每一首阿拉伯语和波斯语诗歌。在翻译语言上,全文用书面语完成,只在极个别处使用口语,例如“能得如此之喜者,好难好难呀”[1]。

在翻译策略上,舍起灵将大部分姓名、地名和书名用原文和音译转写表示,如下表所示:

	拉丁转写	《昭元秘诀》		拼音
		波斯语/阿拉伯语	中文	
人名	Maḥmūd	محمود	穆德	*Mude*
	Laylī	ليلى	来拉	*Laila*
	Majnūn	مجنون	默直奴尼	*Mozhinuli*
	Abū yazīd	ابو يزيد	额不亦即德	*Ebuyijide*

1 舍起灵,《咧母嗯惕:昭元秘诀》(哈佛燕京版),上册,第67a页。

（续表）

	拉丁转写	《昭元秘诀》		拼音
		波斯语/阿拉伯语	中文	
地名	Macca	مکه	满刻	*Manke*
	Madīna	مدینه	默底纳	*Modina*
书名	*Futūḥāt*	فتوحات	府秃哈忒	*Futuhate*
	Fuṣūṣ	فصوص	府苏速/府数速	*Fususu/Fushusu*

此外，只有极个别苏非哲学术语以音译的形式出现在译文里，尤其集中在译文的前言部分，例如“瓦直卜”，对应于原词*vājib*，以及“牡穆钦”，对应于原词*mumkin*。绝大多数术语则借用已经存在于中文中的词汇来翻译，如下表所示：

《阿施阿特·拉玛阿特》			《昭元秘诀》	
拉丁转写	波斯语/阿拉伯语	含义[1]	中文	含义
sabab	سبب	cause	故	cause
martaba	مرتبه	level	品（第）	grade/level
ʻālam	عالم	world	世（界）	world
sakanāt	سکنات	stillness	静	stillness

对于《阿施阿特·拉玛阿特》中的主题“存在单一论”和相关概念，舍起灵借用了中国传统哲学中的术语进行翻译，如下表所示：

《阿施阿特·拉玛阿特》			《昭元秘诀》	
拉丁转写	波斯语/阿拉伯语	含义	中文	含义
vaḥdat	وحدت	oneness	一	one
vujūd/hastī	وجود/هستی	existence/being	有	existence
Ḥaqq	حق	real	真	real
hasti-yi Ḥaqq	هستی حق	real being	真有	real existence
ḥaqīqat	حقیقت	reality	真本	real root
			妙本	wondrous root
dhāt	ذات	essence	本然	root nature
			本体	root substance
			体	substance/body

1 为了更客观地对比波斯语/阿拉伯语词汇以及中译词汇的含义的异同，本文将采用第三方语言英语来对原文和译文词汇进行解释。

（续表）

《阿施阿特·拉玛阿特》			《昭元秘诀》	
拉丁转写	波斯语/阿拉伯语	含义	中文	含义
ṣifat	صفت	attribute	动静	movement and stillness
			用(仅出现一次)	function
ismā'	اسماء	names	名色	name and color
ẓāhir	ظاهر	manifest	表	appear
			显	manifest
bāṭin	باطن	non-manifest	里	inside
			隐	conceal
muṭlaq	مطلق	unbounded	通	unbounded/open
muqayyad	مقيد	bounded	碍	obstruct
fanā'	فناء	annihilation	浑化	to integrate and transform

如上表所示，这些术语多来自中国传统哲学，但追根溯源，实来自不同的领域。术语“体”“用”“浑化”是宋明理学的主要概念；“真”“有”以及复合词“真有”可能受到了道教经典的影响；而“名色”则是一个佛教术语。

与《勒瓦一合》不同的是，在讨论“存在单一论”时，《阿施阿特·拉玛阿特》特别关注“爱”的主题，与之相对应的术语翻译如下表所示：

《阿施阿特·拉玛阿特》			《昭元秘诀》	
拉丁转写	波斯语/阿拉伯语	含义	中文	含义
muḥabbat	محبت	love	喜	likeness / loveness
'ishq	عشق			
maḥbūb	محبوب	beloved	受喜者	he who is liked / beloved
ma'shūq	معشوق			
muḥibb	محب	lover	喜者	he who likes/lover
'āshiq	عاشق			
mumkin	ممکن	possible	牡穆钦	[音译]
			有求	have desire
vājib	واجب	necessary	瓦直卜	[音译]
			无求	without desire
āyina	آینه	mirror	镜	mirror

（续表）

《阿施阿特·拉玛阿特》			《昭元秘诀》	
拉丁转写	波斯语/阿拉伯语	含义	中文	含义
faqr	فقر	poverty	穷	poor
faqīr	فقير	the poor	贫者	the poor
daf'	دفع	repulse	防备	guard against
sharṭ	شرط	term	条款	term

从上表可以看出，译者多采用复合词来对应原文的术语。除了个别案例中采用多音节词来音译（如“牡穆钦”和“瓦直卜”）外，译文延续了双音词被用来翻译外文这一传统。一些双音词被用来对应原文的一个单词，例如“喜者”“防备”和“浑化”；而另一些则用来对应一个词组，即每一个单字对应于原文中的一个单词，例如“真有”。在一些情况下，舍起灵还采用创新的复合词进行翻译，例如“受喜者”。

在中文翻译史上，2世纪至9世纪的佛经翻译运动已经广泛采用双音词，这一翻译策略一直延续到16世纪开始的对欧洲宗教和科学文献的翻译中。当17—18世纪舍起灵翻译波斯文伊斯兰经书时，双音词已经广泛存在于传统中文文本中。《昭元秘诀》中出现的大量复合词，一方面可能源自译者教学实践中口语的影响，另一方面也可以看作是中文翻译策略的历史的延续。

2.《真境昭微》

已知的《勒瓦一合》中译本仅有刘智于18世纪早期完成的《真境昭微》一本，该部作品又被称作《昭微经》。在2009年北京的一场拍卖会上，出现了一份据称完成于乾隆年间的抄本。[1]除此之外，目前流传最广的是1925年由北京牛街清真书报社出版的印刷本。

通过与杨·理查德（Yann Richard）修订的《勒瓦一合》版本的比较，可知刘智的《真境昭微》译文不包含原文的前言和结论部分。[2]此外，在原文中占有很大比重的四行诗也几乎没有出现在该译本中。事实上，刘智只翻译了原文九十首诗中的三首。诗歌翻译的缺失有可能是因为刘智所掌握的原文本身没有诗歌部分，但也有可能是刘智有意识地忽略了诗歌部分。这一翻译策略使得《真境昭微》与译者的另外两部原创作品《天方典礼》和《天方性理》的语言风格相一致。这几部作品内容皆围绕伊斯兰哲学思想，针对的读者是穆斯林知识分子。而刘智所作的面向儿童和普通穆斯林的作品，如《五更月》和《天方三字经》，其中诗歌亦占有相当大的比重。

刘智这一翻译策略很可能受到了宋代文人对诗歌的否定态度的影响。以宋代的思想家朱熹

1 http://www.n21ce.com:8080/live/livepreview_detail.aspx?a=294&t=1257（2018/4/24）。

2 目前《勒瓦一合》有两个修订本出版，一为塔斯比齐（Tasbīhī）版，一为杨·理查德版。通过比较发现，刘智的中译文更接近理查德的版本。例如，从全文结构看，刘智的译文分为三十六章，与理查德版本相同，而塔斯比齐的版本只有三十三章。

(1130—1200)为例,其在《朱子语类》中如此评价诗歌写作:“今言诗不必作,且道恐分了为学工夫。然到极处,当自知作诗果无益。”[1]对理学家朱熹而言,诗歌创作是浪费时间,并且对研习义理和道德提升有负面影响。因此大多数理学家的作品体裁多为散文而非诗歌。通过刘智对于散文体裁的排他性选择,《真境昭微》被塑造成一篇五千字的理论著作,表现出译者刘智试图将读者群限制在知识分子范围内。

在文本的结构安排上,刘智将个别内部结构进行调整,将《勒瓦一合》的第二十一章分为两章,将第三十一、三十二章合为一章。此外,刘智还基于每一章的主旨为章节命名,例如,第一章名为“一心”,以体现该章的主题“存在单一”。

通过比较,《真境昭微》有约三分之二的译文能够直接对应于原文。与《昭元秘诀》不同的是,《真境昭微》中没有出现任何阿拉伯语或者波斯语词汇。针对原文中提到的伊本·阿拉比等人名,译者没有译作任何姓名,而是采用“贤”来对译甚至不译。在对伊本·阿拉比学派的一些术语和思想的翻译中,刘智选择的中文词汇有一部分与舍起灵在《昭元秘诀》中的策略相一致,如下表所示:

《勒瓦一合》			《真境昭微》	
拉丁转写	波斯语/阿拉伯语	含义	中文	含义
vahdat	وحدت	oneness	一	one
vujūd/hastī	وجود/هستی	existence/being	有	existence
Ḥaqq	حق	real	真	real
hasti-yi Ḥaqq	هستی حق	real being	真有	real existence
dhāt	ذات	essence	体	substance/body
ẓāhir	ظاهر	manifest	表	appear
			显	manifest
bāṭin	باطن	non-manifest	里	inside
			隐	conceal
muṭlaq	مطلق	unbounded	通	unbounded/open
muqayyad	مقید	bounded	碍	obstruct
martaba	مرتبه	level	品(第)	grade/level
‘ālam	عالم	world	世(界)	world

与此同时,在一些案例中,刘智没有采用前人已经建立的对应关系。下表即为刘智在译文中的用词选择,并与舍起灵的翻译策略进行对比:

1 黎靖德编,《朱子语类》,中华书局,1986年,第3333页。

《勒瓦一合》和《阿施阿特·拉玛阿特》		《真境昭微》		《昭元秘诀》	
波斯文/阿拉伯文	含义	中文	含义	中文	含义
sakanāt	stillness	止	stop	静	stillness
sabab	reason	缘	reason	故	cause
ḥaqīqat	reality	理	principle	真本	real root
				妙本	wondrous root
fanā'	annihilation	克	subdue	浑化	to integrate and transform
		灭	perish		
ṣifat	attribute	用	attribute	动静	movement and stillness
				用(仅出现一次)	attribute
ismā'	names	(诸)名	(every)name	名色	name and colour

与《昭元秘诀》相比,刘智《真境昭微》中的复合词的使用远远少于前者。在多数情况下,即使舍起灵已经在译文中采用了双音节词来对应某个原文术语,刘智依然选择了单音词来对应同一原文术语,例如"克""用""名"等。

除了刘智对于单音词的偏好以外,可以发现其在词汇的选择上更偏好理学术语。在第八章他引用了《孟子》中的名句"万物皆备于己",这也是理学家们广泛讨论的一句话。此外,刘智为这一章命名为"克己",也是儒家传统中的一个核心概念。在《论语》中,"克己复礼为仁"出现在孔子对其学生颜渊的回答中,讨论了儒家的核心美德,即"仁"。因此,《真境昭微》译者通过对儒家特别是宋明理学术语的借用,将这篇译文塑造得更像是一篇中国传统哲学经典。

四、结语

贾米的《勒瓦一合》和《阿施阿特·拉玛阿特》是其重要的讨论伊本·阿拉比思想的哲学著作,在17世纪晚期18世纪初期被中国穆斯林学者刘智和舍起灵分别翻译成中文,并广泛传播。通过比较可以发现两部著作的篇幅、内容、语言及其所针对的读者有所不同。基于将这两部作品看作一位作者的一部整体作品,通过对刘智和舍起灵两位译者对同一个哲学术语的翻译策略的比较,结合两人的生平,可以更深入地了解明末清初中国伊斯兰汉译运动的发展。

与舍起灵几乎全文翻译《阿施阿特·拉玛阿特》不同,《真境昭微》在结构和语言风格上可以看作是对《勒瓦一合》的简译。《昭元秘诀》对人名、地名等采用音译的方法说明了译者试图转述原文经书的整体面貌，而从《真境昭微》的文字很难判断这是一篇译文，即译文与原文保持了一定的距离，相比于前人的汉译伊斯兰作品，《真境昭微》与中国哲学经典更加相近。

在用词选择上，刘智和舍起灵皆采用了书面语，并借用了中国传统哲学词汇。不同的是，舍起灵偏好复合词，特别是双音节词，其借用的术语来自宋明理学、道家和佛家，而刘智则多采用单音节词，并排他性地借用了宋明理学的术语。如果说，翻译是一种用读者非常熟悉的阐释方法介绍他们不熟悉的内容的过程，那么舍起灵和刘智的选择说明了两部译作所针对的读者群的不同：前者倾向于那些对民间信仰相对熟悉的普通穆斯林人群，而后者则针对熟知儒家思想的教内和教外人士。

参考文献

中文

刘智[刘介廉，刘一参]，《天方典礼择要解》，见《清真大典》，中国宗教历史文献集成编纂委员会编纂，黄山书社，2005年，第15卷，第46—190页。

———，《天方性理》(1922版)，黎明文化事业公司，1978年。

———，《天方至圣实录年谱》，见《清真大典》，第14卷，第1—365页。

———，《真境昭微》，牛街清真书报社，1925，见《清真大典》，第19卷，第1—20页。

马注，《清真指南 》，见《清真大典》，第16卷，第492—881页。

穆白，《舍蕴善》，载于《中国穆斯林》，1985年第4期，第18—19页。

阮斌，《光辉的射线》，商务印书馆，2001年。

舍起灵[舍蕴善，破衲痴]，《觉世省迷录》，牛街清真书报社，1927年。

———，《咧母嗯惕：昭元秘诀》，哈佛燕京图书馆，1890年。

———，《昭元秘诀》，北京大学图书馆，1864年。

———，《昭元秘诀》，见《回族典藏全书》，甘肃文化出版社，宁夏人民出版社，2008年，第15卷，第211—447页。

中国伊斯兰百科全书编委会编，《中国伊斯兰百科全书》，四川辞书出版社，1994年。

吴海鹰编，《回族典藏全书》，甘肃文化出版社，宁夏文化出版社，2008年。

伍遵契，《归真要道》，见《回族典藏全书》，第29卷，第43—484页；第30卷，第1—172页。

襄城县史志编纂委员会编，《襄城县志》，中州古籍出版社，1993年。

永瑢编，《四库全书总目提要》，商务印书馆，1989年。

赵灿，《经学系传谱》，见《清真大典》，第20卷，第1—105页。

黎靖德编，《朱子语类》，中华书局，1986年。

外文

‘Irāqī, Fakhr al-Dīn Ibrāhīm. *Lama‘āt*. Edited by Muḥammad Khājavī. 3rd ed. Tehran: Intishārāt-i Mawlā, 2005.

Jāmī, Nūr al-Dīn ‘Abd al-Raḥmān. *Ashi‘at al-Lama‘āt*. Edited by Hādī Rastgār Muqadam Gawharī. Qom: Mu’asisa-yi Būstān-i Kitāb-i Qum, 2004.

———. *Lavāyiḥ*. Edited by Yann Richard. Tehran: Intishārāt-i Asāṭīr, 1994.

———. *Lavāyiḥ: Dar ‘irfān va Taṣavvuf*. Edited by Tasbīḥī Muḥammad Ḥusayn. Tehran: Kitābfurūshī-yi

Furūghī, 1963.

Leslie, Donald Daniel. "Arabic and Persian Sources Used by Liu Chih". *Central Asiatic Journal* No. 26 (1982): 78–104.

Mason, Isaac. *Notes on Chinese Mohammedan Literature*. Reprinted from Journal of the North-China Branch of the Royal Asiatic Society. Vol. LVI-1925, Beijing: Wendiange shuzhuang, 1938.

Ökten, Ertuğrul İ. "Jāmī (817–898/1414–1492): His Biography and Intellectual Influence in Herat". The University of Chicago, 2007.

Rāzī, Najm al-Dīn. *Mirṣād al-'ibād*. Edited by Muḥammad Amīn Riyāḥī. Tehran: Bungā-yi tarjuma-yi Nashr-i Kitāb, 1973.

Satō, Minoru. *Ryū Chi No Shizengaku: Chūgoku Isurāmu Shisō Kenkyū Josetsu*刘智の自然学—中国イスラーム思想研究序说 (Liu Zhi's Learning on Nature: the Introduction Study of Chinese Islamic Thought). Tokyo: Kyūko Shoin, 2008.

伊本·西拿诗歌中的神秘主义思想

北京大学外国语学院　时光

摘要：伊本·西拿是中世纪伊斯兰世界最伟大哲学家与医学家之一，被称为“百科全书式”的大学者。在哲学方面，伊本·西拿受到了另一位伊斯兰大学者法拉比的启蒙，建立了自己的哲学体系，被称为“亚里士多德第二”。伊本·西拿一生著述丰富，在哲学、医学、自然科学等方面均有大量著述存世。与这些作品相比，伊本·西拿的诗歌作品并不为世人所特别关注，其数量也很有限。据统计，这位大学者仅留下了大约120联波斯语诗句与180联阿拉伯语诗句（含部分伪作）。本文以其中部分波斯语诗句为例，分析伊本·西拿对苏非神秘主义哲理的阐释。

关键词：伊本·西拿　诗歌　神秘主义

引　言

伊本·西拿（约980—1037）全名阿布阿里·侯赛因·本·阿卜杜拉·本·哈桑·本·阿里·本·西拿（Abū‘ali Ḥussein bin Abdullah bin Ḥassan bin ‘ali bin Sīnā），在西方被称为“阿维森纳（Avicenna）”，是中世纪伊斯兰世界著名的大学者，在医学、哲学、天文学、数学等领域均有相当的造诣，被称为“百科全书式”的博学家。他一生著述丰富，为后人留下了诸多学术著作，代表作为《医典》（*al-Qānūn fīt-Ṭībb*）与《治疗论》（*Kitāb al-Shifā’*），前者为一部宏大的医学著作，被翻译为多种语言，成为17世纪以前亚欧多国的主要医学教科书和参考书，该书的部分章节在中国元末明初修编的《回回药方》一书中亦有记载与引用；后者则为一部伟大的自然科学与哲学巨著。

与同时代伊斯兰世界另外一些博学家相似，伊本·西拿在文学创作领域中也留存一些诗歌作品，这些作品在问世之后的长时期内并不为世人所特别关注，其数量也很有限，据不完全统计，目前约留下了大约120联波斯语诗句与180联阿拉伯语诗句。其中，波斯语诗歌作品主要为抒情诗（ghazal）、短诗（qat‘eh）及四行诗（rubā‘ī）。此外，国外学者的研究结果显示，其中或许含有部分伪作，实际由伊本·西拿本人完成的波斯语诗歌仅有22首短诗与四行诗，合计共65联。这些诗歌作品应属于伊本·西拿的业余随笔，但每首诗歌不论长短，均蕴含着深刻的神秘主义哲理，展现了这位大学者对生死的看法，以及对保持身心健康的奥秘、如何接近真主与追求永恒幸福等问题的解释。

伊本·西拿的基本哲学思想

伊本·西拿早年广泛阅读了古希腊与伊斯兰世界的经典哲学著作，并受到了另一位伊斯兰大学者法拉比的启蒙（870—950），建立了自己的哲学体系，被称为“亚里士多德第二”。伊本·西拿在其哲学作品中对人类的精神世界，即人之“灵魂”尤为关注。作为一名哲学家，他主张物质世界是永恒的，作为一名穆斯林，他亦肯定真主的存在是永恒的。在伊斯兰教教义中，“人”作为造物主——“真主”的产物，如何通过自己的灵魂与自我认识，来取得自身的进步与发展，成为伊本·西拿一直思索的问题。在哲学理论上，伊本·西拿是伊斯兰世界亚里士多德学派的主要代表之一，他坚持二元论观点，主张灵魂不灭且不会轮回，认为人的本性无非是善恶两面，但其形成受社会环境的影响，即教育可以改变人的性格，在其养成不良习惯与不正确的道德观念之前，可以通过自身的学习与师长的教导得到纠正。

1. 二元论

古希腊著名哲学家柏拉图的二元论理论将世界划分为感性世界（Sensible World）和智慧世界（Intelligible World），前者不能被还原成后者，后者亦不能被还原成前者。伊本·西拿秉承并发扬了柏拉图的二元论，将二元论发展为所谓的“智力二元论”，认为灵魂乃存于动物与植物体内的一种特殊机能，并指出人的智力是二元而非一元的，由“外知智力”和“内知智力”两个独立的系统共同构成。外知智力通过包括听觉、视觉、味觉与触觉的外部感官接触与认知外部世界，内知智力则通过包含通觉、空想、思想与幻想的内心感知功能来解析和控制内心世界。伊本·西拿在其诗歌作品中对以上概念也有明确的记载。

四行诗一首：

سمع و بصر است و ذوق و ماس　　مجموع حواس ظاهری، ای معجز ناس
پس مشترکه، مخلیه، فکرت و وهم　　با حافظه دان تو پنج باطن ز حواس

译文[1]：

听觉、视觉、味觉与触觉，为人类神奇外部感官。

1 本文中引用的波斯语诗歌译文除有注释标明外，均为本文作者所译。

通觉、空想、思想与幻想，附上记忆乃内心五感。

在伊本・西拿的二元论中的“外知智力”便是真主赋予人类的各种“外部感官”，而“内知智力”则为人类在真主的引导下进行思维活动与判断的“内心五感”，他认为在人类认知世界的过程中，此两类智力方式互为补充、相辅相成，即灵魂与形体虽然彼此独立，但缺一不可，完善此两种智力是获得人生幸福的重要途径。

伊本・西拿的二元论思想也影响了自己的医学理论，首先他反对当时流行的健康“三分法”观点，在《医典》中他认为“没有必要断言‘人体有三种状态——疾病、健康和一种既非疾病又非健康的状态’，因前两者足以说明一切”[1]。对于疾病，伊本·西拿认为通过合理的治疗可以使患者康复。此外，在该书中他还提到了医学的理论与实践必须相结合：“任何科学都包涵理论与实践两个部分。哲学亦复如是，医学也是同理。只不过在医学上的理论与实践，两者的区别需要加以阐述……我们真正认为两者之间应该是相辅相成的，即一方面是理论知识的基本原则，另一方面真是利用这些原则实际操作的模式。前者是理论，而后者属于应用知识。”[2]

2. 苏非神秘主义

伊本・西拿的哲学思维中拥有苏非神秘主义的元素，他不仅赞同通过对真主的爱来接近真主这一苏非神秘主义的基本原则，而且由于认为灵魂与形体不可分离，进而把神秘主义者最高级的理性追求定义为能够获得真主所引导的“神圣理智”，这是伊本・西拿神秘主义思想的独特之处。

四行诗一首：

تا باده عشق در قَدَح ریخته اند　　واندر بی عشق عاشق انگیخته اند
با جان و روان بو علی مهر علی　　چون شیر و شکر بهم در آمیخته اند

译文：
爱情之美酒若入杯中，无爱之处亦有爱之冲动。
伴随西那生命与灵魂，阿里之爱犹如糖奶交融。

对真主之爱是苏非神秘主义理论的核心要素，是神秘主义者接近真主的唯一道路。伊

1 阿维森纳著，格儒勒原译，朱明主译，《阿维森纳医典》，人民卫生出版社，2010年，第8页。
2 阿维森纳著，格儒勒原译，朱明主译，《阿维森纳医典》，第7页。

本·西拿指出一旦拥有对真主之爱，世间平常之处便会充满真主之爱。这首四行诗与其他苏非神秘主义诗歌一样，用美酒寓意对真主之爱，阐述无形的真主无所不在，苏非神秘主义教徒需要通过对真主之爱去感触真主。在第二联诗句中，伊本·西拿表明了自己对伊斯兰教什叶派第一任伊玛目阿里的敬爱之情，也证实了这位哲人的教派归属。对于这一点，当今伊朗的大部分学者持赞同观点，表示伊本·西拿的实际姓名"侯赛因"及称号"阿布阿里"[1]均与什叶派第三任伊玛目侯赛因相关，而且伊本·西拿曾在什叶派穆斯林建立的布益王朝（932—1055年）宫廷效力多年，在其他作品中也多次表达了自己对什叶派第一任伊玛目阿里的尊敬之情。不过，对于伊本·西拿是属于什叶派中十二伊玛目支派还是七伊玛目支派[2]，目前尚有争论。

诗歌一联：

عمری علاج مردم بیمار کردمی　　اکنون چنان شدم که ندانم دوای خویش

译文：

我毕生都在治病救人，今却不知自己之药剂。

伊本·西拿作为一名医师，救死扶伤、治病救人是他的职业，然而他在晚年猛然认识到，再高超的医术也挽救不了自己的死亡。自己的这一生有何意义？伊本·西拿再次思考并写下了下面这首四行诗。

四行诗一首：

از قعر گل سیاه تا اوج زحل　　کردم همه مشکلات گیتی را حل
بیرون جسم ز قید هر مکر و حیل　　هر بند گشاده شده مگر بند اجل

译文：

从黑色泥土深处至顶点，我已化解尘世间的一切艰难。
躯体之外每个阴谋枷锁，除去死亡所有桎梏均已开散。

这首四行诗充分表达了伊本·西拿以知识来解除大众百姓疾病的良好愿望，以及对这一行为的无比自豪之情，同时，诗句中也反映了他对死亡的看法，即死亡无可避免，人终有一死。此

1 "阿布阿里"在阿拉伯语中的含义为"父亲阿里"，指什叶派第三任伊玛目侯赛因的父亲为第一任伊玛目阿里。
2 七伊玛目派又称伊斯玛仪派。

外，他在这首诗中还表达了这样的理念，即人在死亡之前“生”的这一阶段应该竭尽所能去完成一切“艰难”之事，打开那些“枷锁”“桎梏”，这样的“生”才是有意义的。

伊本·西拿的生死观与中国儒家的生死观似乎有着相似之处。首先儒家也认为人生短暂，终有一死，孔子曾在东去之大河边说道：“逝者如斯夫，不舍昼夜。”而宋朝张横渠在《西铭》的最后说：“存，吾顺也；没，吾宁也。”即人在世之时若能努力尽好自己的社会责任，那么当他离世之时，也是安宁的，问心无愧的。“死生有命，富贵在天”，既然生不由己，死亦是命，那么就需要把握好仅有一次的生命，活出自己的价值，这便是中国儒家乐天知命人生信条。

抒情诗一首（节选）：

روزگی چند در جهان بودم　　بر سر خاک و باد پیمودم
ساعتی لطف و لحظه ای در قهر　　جان پاکیزه را بیاسودم
با هواهای حرص شیطانی　　ساعتی شادمانه بغنودم
کسی نداند که من کجا رفتم　　خود ندانم که من کجا بودم

译文：
漫游在这风尘之中，我在世上已活几日？
一时舒心一刻愤懑，纯洁生命获得慰藉。
魔鬼贪婪气息之中，幸福入眠也仅一时。
人不知我去往何处，己不晓我身在何地。

凡间俗人皆会对无法预期、随时而来的死亡感到恐惧，当时写下这几联诗句的伊本·西拿也是如此，表达了对死后世界未知性的彷徨与不安。如何面对死亡？伊本·西拿下面的这几联诗句提供了答案。

诗歌一联：

وگر ز هستی خود بگذری، یقین می دان　　که عرش و فرش فلک زیر پا توانی کرد

译文：
如若超越自己的生命，苍穹定会被你踩在足下。

短诗一首：

اگر دل از غم دنیا جدا توانی کرد　　نشاط و عیش به دار بقا توانی کرد

زمنزلات هوس گر برون نهی گامی نزول در حرم کبریا توانی کرد
ولیک اینعمل رهروان چالاک است تو نازنین جهانی کجا توانی کرد

译文：
内心若摆脱尘世之忧苦，欢乐可成为永恒之树。
欲望之驿站若迈出脚步，便可抵达崇高的圣殿。
然而此乃敏捷行者之作，这娇美世界何以做到？

伊本·西拿认为追求真理与对真主的爱是人类永恒的追求，为了达到这一目标，必须彻底放弃尘世对自己的束缚，即完成苏非神秘主义者所提倡的苦修，抛开一切杂念。当超越空间与时间的限制时，便可达到与真主合一的境界，获得永恒的幸福，而此时的人亦能坦然面对死亡，对自己的一生欣然无悔。

伊本·西拿波斯语诗歌的价值与意义

四行诗一首

با این دو سه نادان که چنان میدانند از جهل که دانای جهان ایشانند
خر باش که از خری ایشان بمثل هر گونه خر است کافرش می دانند[1]

译文：
无可奈何！在这蠢驴世界上，
谁不是驴，就被指为无信仰！[2]

伊本·西拿一生经历坎坷，曾因政治上的迫害而背井离乡，辗转各地。当时，他的很多科学、哲学观点与传统格格不入，因此时而遭到一些人的非议与打压，也是在所难免。在上面这首四行诗中，伊本·西拿表达了自己对无知者的嘲讽以及对愚昧者得势的无奈与愤慨，同时他劝诫民众通过自我学习科学知识认清愚蠢的危害，进而自觉远离之。

作为一名医生，伊本·西拿一生为无数病人摆脱了各类疑难杂症，经常为贫苦大众进行免费的治疗，治愈了他们肉体上的诸多疾病，因此他不仅以医术高超而闻名，其良好的医德也为世人

---

1 这首四行诗真实性存疑，也有可能是欧玛尔·海亚姆的作品。
2 伊本·西拿著，北京大学哲学系译，《论灵魂》，前言第5页，商务印书馆，1963年第一版，1995年第三次印刷。

所称赞。他不多的诗歌作品如其他哲学巨著一样，治愈了民众精神方面的诸多顽疾，引导他们摆脱愚昧与无知，走上用“爱”和理智不断追求真主的道路。

与欧玛尔·海亚姆的四行诗集相似，伊本·西拿的诗歌作品在其在世时及去世后的很长一段时期内并没有产生很大的影响，一些基本与其同时代的伊朗文人贤者虽然在他们自己的诗歌或散文作品中提到伊本·西拿的名字，但鲜有对其诗歌作品，尤其是对其波斯语诗歌的鉴赏与积极评价。从前文引用的几首诗歌来看，伊本·西拿的诗歌用词并不十分华丽，修辞手法也并不丰富，生僻拗口的词汇也不多，上口易懂，但是其中蕴含深刻的哲学思想。伊本·西拿的诗歌能打动世人并流传至今的最大原因在于其丰富的哲理。和同时代的伊朗其他波斯语宫廷诗人不同，伊本·西拿并非“职业”诗人，因此其创作目的更为单纯，即将自己即兴所得的灵感与感情迅速用笔墨记录下来，融入至短小精悍的诗歌作品之中。这些作品流传至今，已成为苏非神秘主义文学中一颗闪亮的明星。

参考文献

中文

阿维森纳著，格儒勒原译，朱明主译，《阿维森纳医典》，人民卫生出版社，2010年。

北京大学哲学系外国哲学史教研室，《古希腊罗马哲学》，商务印书馆，1962年。

亚里士多德著，吴寿彭译，《形而上学》，商务印书馆，2009年。

伊本·西拿著，北京大学哲学系译，《论灵魂》，商务印书馆，1963年（第一版），1995年（第三次印刷）。

外文

خادمی، عین الله، راههای کسب سعادت از منظر ابن سینا، فصلنشنامه علمی –پژوهشی اندیشه نوین دینی، سال پنجم، شماره نوزدهم، زمستان ۱۳۸۸ ش.

خیاطیان، قدرت الله، گرایش عرفانی ابن سینا، مجموعه مقالات همایش بین المللی ابن سینا.

中文互联网穆拉维简介常见问题解析

解放军洛阳外国语学院　史江华

摘要：穆拉维[1]是在世界范围享有声誉的苏非主义长老和诗人。近十年来，随着中国改革开放的深入，“一带一路”倡议的推进，穆拉维的神秘主义思想借助互联网平台进入中国民众的视野。但网络上关于诗人的简介多是借助英语等资料译介进入中国，其中一些问题被“复制、粘贴”所放大。本文就两个常见问题进行分析和纠正：一是穆拉维的名字和称号，二是穆拉维的生活时代和国籍。

关键词：穆拉维　鲁米　东罗马帝国　鲁姆塞尔柱

穆拉维（1207—1273）的作品在中国一直颇受关注。早在1958年人民文学出版社就出版了《鲁米诗选》，是宋兆霖先生根据俄文译本转译为中文的。20世纪90年代，随着我国波斯语教育事业的重新开展，在《伊朗古今名诗选译》（何乃英，1992）、《波斯古代诗选》（张鸿年，1995）等译作中，诗人穆拉维的简介及其部分作品由波斯语被直接翻译为汉语。21世纪，随着中国、伊朗两国交往的深入，波斯语学界继续不懈努力，终于在2001年出版了五卷本《玛斯纳维全集》，全面译介了诗人穆拉维的苏非神秘主义鸿篇巨著。同时，随着西方社会“新时代运动”对东方文化和思想的寻根关注，穆拉维及其作品在美国文艺界引起轰动，相关英语作品和歌曲都备受追捧。东方世界也随之更加注重这位神秘主义诗人，中国出版了多部由英语转译为中文的穆拉维相关作品，这些出版物多构思巧妙，如《在春天走进果园：来，让我们谈谈灵魂》（2013）、《爱的哲学课——云游僧与诗人鲁米》（2014）、《心灵的泪滴：来自富饶的〈玛斯纳维〉鲁米精选》（2013）[2]。此外，专门研究苏非主义哲学和宗教的专著近年也多有出版，如《苏非之道：伊斯兰教神秘主义研究》（2012，周燮藩）、《中国伊斯兰教苏非学派史论》（2013，杨学林）、《伊斯兰教的苏非神秘主义》

1　穆拉维，一译为莫拉维。

2　列举的出版物都是从英语译为中文的。其中第一部作品原文是波斯语，后两部作品原文是土耳其语。

(2014,金宜久)。尤其是近五年来,关于穆拉维的中文网络资料也井喷式地丰富起来,内容从过去简单的书籍摘抄演变为在豆瓣、天涯等各种社交媒体网站开展如神秘主义思想探讨、穆拉维诗作选译、穆拉维派神秘主义修行方式等形式多样的主题讨论。稍微探究一下,可以看出这些内容多源自英文资料,诗人简介和作品翻译在二次翻译的过程中出现了各种偏差;又由于电脑Ctrl+C和Ctrl+V的操作便捷性,这种偏差迅速重复蔓延。表1是一组搜索结果对比:左侧是中国使用较为广泛的“360百科”对穆拉维的中文简介,右侧是波斯语版“维基百科”对穆拉维的介绍:

表1

穆拉维简介	
360百科[1]	ویکی پدیا
莫拉维 鲁米的全名是莫拉维·贾拉鲁丁·鲁米(Molana Jalaluddin Rumi)。当时的土耳其人称东罗马帝国为鲁姆(Rum),鲁米(Rumi)的意思就是来自东罗马帝国。他的出生地是在巴尔赫(Balkh,位于今阿富汗境内),所以他还有一个名字叫巴尔希(Balkhi),塔吉克人,但鲁米这个名字更为常用。他原名叫穆罕默德,贾拉鲁丁则是他的称号,意思是宗教圣人,后来他也被尊称为莫拉维,意思是大师、长老。	مولوی جلالالدین محمد بلخی معروف به مولوی و مولانا و رومی (۶۰۴–۶۷۲ هجری قمری) (۱۵ مهر ۵۸۶–۴ دی ۶۵۲ هجری شمسی) از مشهورترین شاعران ایرانیتبارپارسیگوی استنام کامل وی «محمد ابن محمد ابن حسین حسینی خطیبی بکری بلخی» بوده و در دوران حیات به القاب «جلالالدین»، «خداوندگار» و «مولانا خداوندگار» نامیده میشدهاست. در قرنهای بعد (ظاهراً از قرن ۹) القاب «مولوی»، «مولانا»، «مولوی رومی» و «ملای رومی» برای وی به کار رفتهاست و از برخی از اشعارش تخلص او را «خاموش» و «خَموش» و «خامُش» دانستهاند. زبان مادری وی پارسی بوده است

两相对比,可以发现两份简介在诗人姓名、国籍和生活时代的描写(见表2)上有明显不同。下文就探究一下这种偏差的成因,以便我们更准确地了解诗人生活的时代背景。

表2

姓　名	穆拉维·贾拉鲁丁·鲁米 (Molana Jalaluddin Rumi)	جلالالدین محمد بلخی (Jalal-al-Din Mohamad balkhi) 贾拉尔丁·穆哈迈德·巴尔黑
国　籍	阿富汗人?塔吉克人?	ایرانیتبار پارسیگوی 说波斯语的伊朗裔
生活时代	东罗马帝国(395—1453)	۶۰۴–۶۷۲ هجری قمری 伊斯兰太阴历604—672(公元1207—1273)

1　360百科 http://baike.so.com/doc/7694759-7968854.html(2016.01.27)。“百度百科”中的诗人简介比较准确。

一、穆拉维的名字和称号

根据最具权威性的波斯语辞典《德胡达大辞典》中的词条“穆拉维”[1]的解释，穆拉维的本名是“穆罕默德”，巴尔赫（现位于阿富汗境内）人；他活着时被尊称为“贾拉尔丁”“真主的仆人”“了解真主的莫拉纳”，15世纪以后逐渐被尊称为“穆拉维”“莫拉纳”“鲁姆的毛拉”“鲁米·穆拉维”“鲁姆·莫拉纳”“贾拉尔丁·穆哈马德·鲁米”“莫拉纳·贾拉尔·本·穆罕默德”“穆拉维·鲁米·巴尔黑”。穆拉维在诗作中经常自称“郝穆师”。可以看出，维基百科（波斯语）的词条释义更加准确，“鲁米的全名”是尊称、名和出生地的组合，“360百科”的词条释义中“鲁米的全名”应是诗人在不同时期三个称号的组合。

要理解古代伊朗人称呼的多变性，可以参考我国古人的姓名文化；但伊朗人的名字里没有我国传统意义的姓，而有名和号。名在幼时由尊长代取，一般为一个，仅为尊长传唤或用作谦称。穆拉维的本名只有一个，即“穆罕默德”，和伊斯兰教先知同名，寄托了家中长辈的殷切期盼。姓承袭父名或前辈名，穆拉维的父亲叫侯赛因。

在我国历史人物姓名简介中，姓名之后往往会跟着“字”和“号”，在人际交往中，一般只称姓和字或号。字一般由师长取，只有一个，解释、补充名字的内涵，而波斯语中没有对应的现象。在波斯语中有“拉噶波（laghab）”，译为“尊称”，类似于我国的“号”。号比较自由，可以有多个；可以是他称，也可以自取；可以有雅号，也可以有绰号。如诗人李白被赞为谪仙、诗仙，按排行被称呼为李十二，和诗人杜甫合称李杜。在波斯语中，尊称可以单独使用；但有的称号并非一人独有，所以也可以几个尊称连缀使用（见表3）。如上文所述，时人称颂穆拉维为“贾拉尔丁”“真主的仆人”或“了解真主的莫拉纳”。其中“贾拉尔丁”意为宗教圣人，是对伊斯兰宗教学者的一种最高尊称。“穆拉纳”意为我们的智者，和敬称“穆拉维”同源，都源自“牟拉（mowlā）”一词，是对智者圣贤的尊称。据《德胡达大辞典》介绍，这两个尊称15世纪以后才逐渐流行起来，有点像我国的谥号。自取的号为自号、别号，常表达自我旨趣和操守，如诗人李白自号青莲居士。现代文人所用的笔名亦属此类。伊朗诗人的笔名常嵌在诗歌的末句出现，被称为“他哈露思”（takalloth）。穆拉维的自号为“静默”，音译是“郝穆师”。因为波斯语诗歌格律规定，单词中的长元音可以变为短元音而形成一些暂时性变体。我国古人也常取居官之地为人物代称，如柳宗元官终柳州刺史，被称为柳柳州。尊称“鲁米”由地名“鲁姆”[2]加元音ī构成，意为鲁姆人，是现在互联网、中文出版物中最常用的诗人名字；鲁姆是诗人穆拉维生前主要居住和身后埋葬的地方。我国古代称谓中还有“地望”一说，即以出生地或望族之地相称，如称柳宗元为柳河东。伊朗人也十分注重

1 http://www.vajehyab.com/dehkhoda/مولوی 根据《德胡达大辞典》在线查询结果翻译（2017.01.25）。

2 “罗马”在波斯语中的发音。下文因出处不同，翻译为罗姆或鲁姆。本文为区分罗马帝国之罗马，依音翻译为鲁姆。

乡土观念,如诗人名字中出现的“巴尔黑”[1],由地名“巴尔赫”加元音ī构成,意为巴尔赫人。穆拉维就出生在文化之乡巴尔赫,它是霍拉桑地区的中心。这种敬称一般放在名的最后。

表3(名号类比表)

<table>
<tr><th colspan="2">中国人</th><th></th><th colspan="3">ایرانیان</th><th>汉语翻译</th></tr>
<tr><td colspan="2">李</td><td>姓</td><td>اسم خانودگی</td><td colspan="2">ابن حسین حسینی</td><td>伊本·侯赛因·侯赛因尼</td></tr>
<tr><td colspan="2">白</td><td>名</td><td>اسم</td><td colspan="2">محمد</td><td>穆罕默德</td></tr>
<tr><td colspan="2">太白</td><td>字</td><td colspan="3">/</td><td>/</td></tr>
<tr><td>谪仙,十二</td><td>别号、尊称</td><td rowspan="4">号</td><td rowspan="4">لقب</td><td>مقام</td><td>مولوی، مولانا
جلال الدین...</td><td>穆拉维
穆拉纳·贾拉尔丁</td></tr>
<tr><td>柳柳州</td><td>地望</td><td>زادگاه</td><td>بلخی</td><td>巴尔黑</td></tr>
<tr><td>柳河东</td><td>居官地</td><td>مسکن</td><td>رومی</td><td>鲁米</td></tr>
<tr><td>青莲居士</td><td>自号、笔名</td><td>تخلص/
نام قلمی</td><td>خاموش...</td><td>郝穆师</td></tr>
</table>

数量众多的尊称(雅号)说明人们非常推崇穆拉维及其作品,经历了朝代更迭、翻译流传,人们从易于区别、便于记忆的角度选取了不同的敬称来指代诗人。从“排他性”的角度,伊朗人,或者说波斯语世界更推崇“穆拉纳”和“穆拉维”这两个尊称。因为在《德胡达大辞典》中显示至少有41位名人拥有“贾拉尔丁”这个伊斯兰教尊称,所以这个尊称一般和名、其他尊称组合在一起出现,多用于人物的正式介绍。而词条显示只有穆拉维父子两人拥有“穆拉纳”这个尊号,诗人父亲的词条排在第二位。词条也显示有两人拥有“穆拉维”这一尊号,排在第二位的词条是一印度诗人,他的世界影响力远不及这位《玛斯纳维》的吟诵者。另外一个15世纪以后才出现的尊称“鲁米”——鲁姆人或罗马人,从表4的找准率可以看出波斯语世界不喜欢这个有联想歧义的称呼,但它现在却在英语和中文世界最为流行。这其中应属美国巴克斯教授(Coleman Barks)的贡献最大,正是因为他的大量译介,才使得英语世界认识并热爱上了这位波斯语哲人。又因为在互联网中传播的中文鲁米诗歌多是转译自英语,诗人介绍也是按照英语简介将诗人简称为鲁米。当然,“鲁米”在中国接受范围广泛的原因还有它的音节短,发音比“穆拉维”或“穆拉纳”更符合国人的语言习惯;意义独一不易混淆;透过读音容易让读者联想到罗马帝国,在各方面都更符合说非波斯语的人们的认知框架(虽然这个认知有一些偏差),更易为国人接受。值得一提的是“莫拉维”“穆拉维”的中文搜索结果尽管从整体上说准确率比较低,但其搜索结果的前三名都是和诗人相关的内容;“رومی”在波斯语中搜索结果亦然,这些都从侧面印证了诗人受到的广泛认可。

1 巴尔黑,一译为巴尔赫依。

表4（分别用穆拉维常用波斯语名字及其对应汉语翻译作为关键词在雅虎（2016）搜索引擎上搜索的结果对比，以前50个结果估算百分比）

正确率	搜索结果	关键词	واژه کلیدی	نتیجه	در صد
68%	23,200	贾拉尔丁	جلال الدین	132,000	84%
8%	522,000	穆拉维	مولوی	508,000	95%
10%	628,000	莫拉维			
0	0	穆拉纳	مولانا	616,000	98%
70%	5,660,000	鲁米	رومی	387,000	10%
90%	764,000	玛斯纳维	مثنوی	291,000	90%

二、穆拉维的生活时代和国籍

“360百科”在“莫拉维・贾拉鲁丁・鲁米”词条中解释：“当时的土耳其人称东罗马帝国为鲁姆（Rum），鲁米（Rumi）的意思就是来自东罗马帝国。”[1]《波斯文学史》介绍：“这是因为他在东罗马帝国领地科尼亚（在今土耳其境内）生活和活动多年。此地当时称鲁姆。鲁米就是鲁姆人之意。”[2]《玛斯纳维全集》的译者在序中也这样解释：“因莫拉维长年居住在曾属于东罗马帝国版图的科尼亚（今属土耳其共和国），欧洲人便习惯称之为‘鲁米’，意为‘罗马人’。”[3]穆拉维生活时间为公元1207至1273年，东罗马帝国存在的时间公认为是公元395 至1453年。这样看来，穆拉维确实有生活在东罗马帝国晚期的可能。但波斯语《德胡达大辞典》中解释：“（穆拉维全家）朝圣结束，在沙姆（今叙利亚周边）停留一段时间后，辗转于小亚细亚各个城市。在拉兰黛，18岁的贾拉尔丁依父嘱迎娶了沙拉夫丁・拉拉的女儿古哈尔女士，四年后受鲁（罗）姆塞尔柱苏丹的邀请，举家迁到其首都科尼亚（今土耳其境内）。”[4]此后，穆拉维基本上一直生活在科尼亚地区，死后也埋葬于此。根据王一丹考证，“罗姆”即为小亚细亚地区。[5]《中东史》也专门强调：“……在4世纪及其后相当长的时期内，人们依旧将这个新的帝国[6]称作罗马帝国（395—1453）。不仅如此，阿拉伯人、波斯人和突厥人使用‘鲁姆’一词，来称呼拜占庭帝国、拜占庭帝国的土地（特别是安纳托利亚）以及东正教的信徒。‘鲁姆’并非指台伯河畔的意大利城市罗马，……而是指尊奉基督教

1 360百科：http://baike.so.com/doc/7694759—7968854.html（2017.01.25）鲁姆，也译为罗姆、罗马。

2 《波斯文学史》，第160页。

3 《玛斯纳维全集》（一），序言，第14页。

4 http://www.vajehyab.com/dehkhoda/مولوی根据《德胡达大辞典》在线查询结果翻译（2017.01.25）。

5 波斯拉施特《〈史集・中国史〉研究与文本翻译》，第32页。

6 即东罗马帝国，历史学家也称其为拜占庭帝国。

信仰的拜占庭帝国。"[1]

关于塞尔柱王朝的中文资料乏善可陈，一般认为塞尔柱王朝（1037—1194）的统治区域主要为中亚和西亚，流行突厥—波斯文化。所以从时间和地域范围考虑，穆拉维容易被推算为东罗马帝国的人，即"鲁姆人"。但从奉行的宗教和流行的文化角度出发，穆拉维似乎更应该生活在塞尔柱王朝，因为塞尔柱历代帝王坚决信奉伊斯兰教逊尼派，毕竟在基督教浓郁的宗教文化氛围下，一个重要的伊斯兰教苏非神秘主义分支"穆拉维耶"很难产生乃至蓬勃发展。对比中文、波斯语描述，出现了两个问题：一是穆拉维生活时代的科尼亚是属于东罗马帝国还是塞尔柱王朝；二是鲁姆塞尔柱和一般中文资料认可的塞尔柱王朝又是什么关系。

第一个问题比较容易解答。据奥希梯扬尼《伊朗通史》记载：公元1070年，塞尔柱王朝的第二任苏丹阿尔布·阿尔斯朗（ālb arsalān）以1.5万名突厥骑兵在凡湖以北的马劳兹吉尔德城[2]（malāzgerd，今土耳其境内）附近大败东罗马帝国的20万大军，生擒罗马皇帝洛马努斯·第俄扬诺斯[3]（romānus dīv jānus）。此次战役之后，东罗马帝国缴纳了150万第纳尔的赎金赎回皇帝，还以每年纳贡的代价签订了为期50年的休战合约。从此，罗马人丧失了从安息王朝中期开始的对亚美尼亚地区的影响，东罗马帝国势力缩回欧洲，彻底退出了小亚细亚地区，伊斯兰文明和波斯文化逐渐取代希腊文化和基督教习俗占据了该地区的主导地位。[4]此后虽然有十字军多次东征，但东罗马帝国的势力再未有效控制过小亚细亚地区。所以，生活在13世纪的穆拉维，肯定是生活在塞尔柱帝国治下的科尼亚。这个时期的科尼亚居民还没有土耳其的概念，独立的土耳其的民族认同感是在奥斯曼帝国统治时期建立起来的。

虽然塞尔柱王朝是萨珊王朝之后首个统治伊朗全境的大帝国，但因为其统治者是突厥人，并未受到热爱波斯文明的伊朗人的足够重视。又因为奥斯曼帝国开始树立独立的土耳其的概念，它的前宗主国塞尔柱帝国也理所当然地被土耳其忽视了。故我国关于这个帝国的资料记述多是破碎的片段，极易被忽视。在此稍加梳理，以便更好地解答第二个问题。

"人们把托格洛尔一世、阿尔布·阿尔斯朗、马立克肖、勃勒凯亚洛格、穆罕默德和赛贾尔六人统治的时代称为大塞尔柱王朝，当时他们所统辖的塞尔柱国土疆域自克什噶儿（喀什）起直至安塔基亚（地中海沿岸）；人们把穆罕默德的子孙后裔所统治的时代称之为伊拉克塞尔柱王朝，他们的统治地域主要是雷伊、哈曼丹和库尔德斯坦。"[5]这和人们普遍认可的塞尔柱王朝（1037—1194）的认知相吻合。整个王朝谱系基本上是由上一任苏丹钦定人选，一脉传承延续下来。其中

1 《中东史》，第17、99页。

2 一译曼齐克特。

3 一译罗麦纽斯·戴俄格尼斯。

4 ［伊朗］阿宝斯·艾克巴尔·奥希梯扬尼著，叶奕良译，《伊朗通史》，第358、359、362、364页。

5 伊拉克塞尔柱王朝的说法未见于其他地方。《伊朗通史》，第414—415页。

第五任统治者穆罕默德统治时期出现了一个小的拐点，就是和他同时代的赛贾尔。赛贾尔是穆罕默德的叔叔，实际控制了帝国东部的霍拉桑地区（以现在伊朗东北部地区的霍拉桑省为中心）。史称他因为尊重自己的哥哥，未向侄子穆罕默德管辖的帝国西部地区发起进攻，但二者在各自统领地区都自认为是绝对的王。事实上穆罕默德也默认了赛贾尔的统治，其子孙治下的伊拉克塞尔柱实际统治区域已经非常有限，但名义上仍然得到了哈里发和其他分封地领主的认可和尊重。

塞尔柱中央王朝对分封土地的实际统治比较松散，类似封建采邑制度。头人下跪称臣、在礼拜祈祷时加上苏丹的名字就表示接受王室的领导，但在其分封属地仍拥有绝对的领导权。事实上，第三任苏丹马立克肖逝世之后，中央王权已经开始衰微，分封出去的沙姆（今叙利亚周边）塞尔柱、鲁姆（今小亚细亚地区）塞尔柱、克尔曼（今伊朗克尔曼周边）塞尔柱等小王国（见表5）之间攻伐不断，自认正统，相继独立。其中当属罗马塞尔柱留存时间最长。1077年，苏莱曼·本·郭特拉密希（Soleiman eben ghotalmesh ben’eslā’īl’）得到了科尼亚和阿克萨赖为中心的封地。苏莱曼是帝国第一任苏丹托格洛尔一世的堂兄弟，他的父亲在权利争夺战中被帝国第二任苏丹阿尔布·阿尔斯朗杀害，第三任苏丹马立克肖将帝国最西侧的土地分封给苏莱曼，明升实降，将他这一支族人驱逐出权力中心，变相流放到边境地区。但苏莱曼在1084年，率领族人占领了东罗马帝国的安塔基亚港口，将塞尔柱王朝的疆域向西开拓到地中海沿岸，实际控制了小亚细亚地区。占领地区延续了旧称“鲁姆”，苏莱曼也被认为是鲁姆塞尔柱王朝的开创者，但其实他的儿子盖莱志·阿尔萨兰上位后才正式宣布王国独立，定都科尼亚。当其他塞尔柱小王国在内耗中逐渐分裂瓦解时，鲁姆塞尔柱却在和东罗马帝国的纠缠中存世时间最长。直到蒙古人西侵，鲁姆塞尔柱战败后向伊尔汗王朝（1253—1355）臣服，但仍保留了塞尔柱的国号，直到1300年被奥斯曼帝国（1281—1922）彻底吞并灭亡。

表5[1]

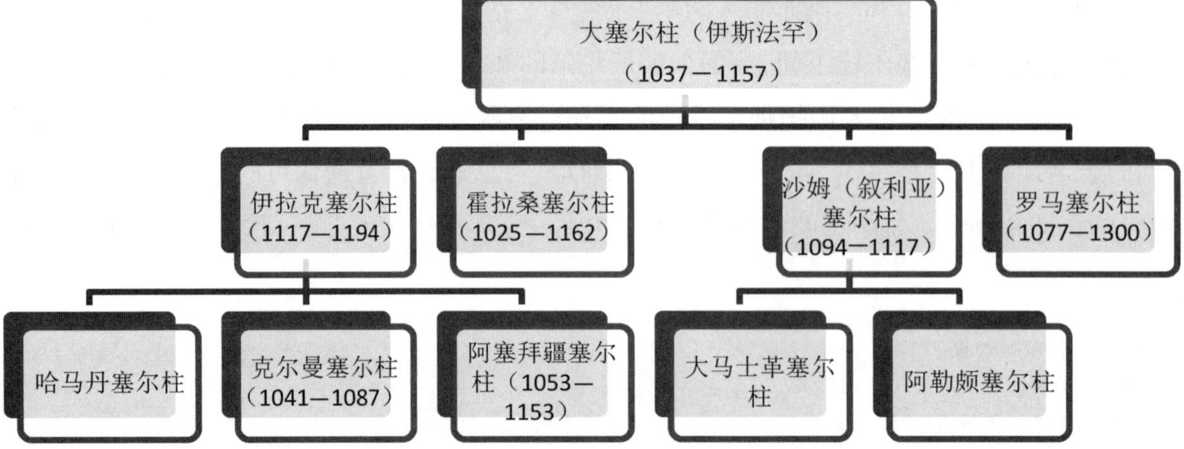

1 列表参照《伊朗通史》、维基百科塞尔柱相关词条制成，时间主要参考《伊朗通史》数据。

概而言之，“鲁姆”曾自称是“罗马”的拜占庭帝国的一部分，东罗马帝国的势力撤回欧洲以后的几百年里，波斯人和突厥人一直称这里为“鲁姆”，即罗马。鲁姆塞尔柱一开始是塞尔柱帝国占领了东罗马帝国的小亚细亚地区后建立的一个附属王国，随着大塞尔柱帝国分裂衰亡，这个附属王国逐步独立，但仍继续保持了原有国名，存世约三百年。

据前文，我们知道穆拉维出生在巴尔赫，曾长期属于霍拉桑塞尔柱境内，其时已经变成了花拉子模王朝的统治地域。后来诗人长期生活并葬于科尼亚，即鲁姆塞尔柱境内，但他生前一直自认是霍拉桑人。究其原因可能有二：一是不论是霍拉桑塞尔柱，还是鲁姆塞尔柱，都曾是大塞尔柱帝国的一支。穆拉维自称霍拉桑人士表示不忘本。这就如同我们现在对外称自己是中国人，对内会区分祖籍是某一省是一个道理。二是他年幼时，其父因不堪花剌子模宫廷的逼迫带着一家人远走他乡，最后一直客居科尼亚，也让他在心理上和塞尔柱王朝更亲近一些。不管怎样，他书写的波斯语巨作《玛斯纳维》是伊朗文化史上重要的苏非神秘主义作品，他创立的穆拉维耶派“胡旋舞”已成为土耳其的一张文化名片，他的作品已经跨越国界和时代，广泛影响世人。

参考文献

1. 阿宝斯·艾克巴尔·奥希梯扬尼，叶奕良译，《伊朗通史》，北京：经济日报出版社，1997
2. 艾卜·卧法·伍奈米，潘世昌译，《伊斯兰苏非概论》，北京：商务印书馆，2013
3. 艾利芙·夏法克，刘泗翰译，《爱的哲学课——云游僧与诗人鲁米》，台湾：野人出版社，2014
4. 奥斯曼·努日·托普巴希，谭卉颖译，《心灵的泪滴：来自富饶的〈玛斯纳维〉鲁米精选》，北京：宗教文化出版社，2013
5. 贝克，傅永吉译，《东方哲学的故事》，南京：江苏人民出版社，2011
6. 贝克，刘睿铭编译，《东方哲学的故事》，长春：吉林出版集团有限责任公司，2014
7. 戈尔德施密特、戴维森著，哈全安、刘志华译，《中东史》，上海：东方出版中心，2010
8. 何乃英编著，《伊朗古今名诗选译》，北京：北京师范大学出版社，1992
9. 鲁米，梁永安，《在春天走进果园：来，让我们谈谈灵魂》，兰州：甘肃人民美术出版社，2013
10. 米·谢·伊凡诺夫，李希泌、孙伟、汪德金译，《伊朗史纲》，上海：生活·读书·新知三联出版社，1973
11. 莫拉维（鲁米），穆宏燕译，《玛斯纳维全集》（波斯经典文库，一），长沙：湖南文艺出版社，2002
12. 莫拉维（鲁米），张晖编译，《玛斯纳维启示录》，银川：宁夏人民出版社，2007
13. 宋兆霖译，《鲁米诗选》，北京：人民文学出版社，1958
14. 王一丹，《波斯拉施特〈史集·中国史〉研究与文本翻译》，北京：昆仑出版社，2006
15. 张鸿年，《波斯文学史》，北京：昆仑出版社，2003
16. 周燮藩、王俊荣、沙秋真、李维建，《苏非之道：伊斯兰教神秘主义研究》，北京：中国社会科学出版社，2012
17. 维基百科：https://en.wikipedia.org/wiki/Seljuq_dynasty（英语版）（2017.01.25）
18. 维基百科：https://fa.wikipedia.org/wiki/سلجوقیان（波斯语版）（2017.01.25）
19. 维基百科：https://fa.wikipedia.org/wiki/سلجوقیان_روم（波斯语版）（2017.01.25）
20. 线上德胡达大辞典 http://www.vajehyab.com/dehkhoda/مولوی（2017.01.25）

نکته‌ای بدیع و پنهان درعرفان قرن ششم

تقی پورنامداریان

عرفان همانطور که از نامش برمی‌آید به معنی معرفت است اما این معرفت، معرفتی نیست که از راه حس و عقل و از طریق درس و کسب به دست بیاید. جنید بغدادی (وفات: ۲۹۷هـ) از صوفیان قرن سوم (نهم میلادی) گفته است: «ما تصوف را نه از قیل و قال یافته‌ایم، از جوع و ترک دنیا یافته‌ایم و از قطع مألوفات و مستحسنات.»[۱]

چنانکه از سخن جنید برمی‌آید عارفان مسلمان معتقد به معرفتی هستند که از راه شهود و اشراق به دست می‌آید چنین معرفتی نه متعلقش جهان و طبیعت است و نه آلت ادارکش حس و عقل است و نه زبانش با زبان علم کسبی و طبیعی یکسان است. عین القضات همدانی عارف اواخر قرن پنجم و اوایل قرن ششم (یازدهم میلادی) متعلق چنین معرفتی را عالم ازلی یا ماوراءالطبیعه، آلت ادراک آن را نیروی بصیرت یا بینایی باطن و زبان بیان آن را زبانی می‌داند که کلمات آن متشابه‌اند، یعنی مدلول آنها معنی حقیقی آنها نیست.[۲]

وقتی معرفتی از طریق آلت ادراکی غیر از آلت ادراک معمول و مشترک در همهٔ انسان‌ها به دست می‌آید باید قبول کرد، معرفتی روان‌شناختی یا باطنی است که حصول به آن نه برای همهٔ انسان‌ها میسر است و نه می‌توان آن را به تعلیم آموخت و نه می‌توان محصول آن را به فرض اشتراک در مفهوم، در بیان یکسان شمرد. این معرفت همان معرفت گنوستیکی است که در عرفان همهٔ ادیان به صورتی خاص خود وجود دارد. یونگ روانشناس معاصر می‌گوید معارف و دریافت‌هایی از این دست «محصول مشاهدهٔ درون‌نگرانه است که تنها می‌تواند

روان‌شناختی باشد. گنوسیز بدون تردید معرفتی روان‌شناختی است که مضامین آن از ناآگاه سرچشمه می‌گیرد.»[۳]

معرفتی که از این طریق دربارهٔ ماوراء طبیعت و از راه حواس باطن و یا نیروی بصیرت به صورتی عینی چنانکه در رؤیا و واقعه و مکاشفه به دست می‌آید در نهایت و اوج خود رؤیت خداست که تصوف وقتی از محدودهٔ زهد و خوف از خدا بیرون می‌آید و به عشق می‌رسد، پروایی از قبول امکان و بیان چنین تجربه‌ای ندارد. اگرچه اینکه آیا می‌توان کلمهٔ عشق را به معنی محبت مفرط دربارهٔ ارتباط میان حق و عبد به کار برد یا نه، مدت‌ها مسأله‌ای مورد اختلاف میان صوفیان و زاهدان شریعت‌گرا و متکلمان و صوفیان بی‌پروا نسبت به شریعت بود، اما سرانجام کاربرد کلمهٔ عشق در تصوف و عرفان پذیرفته شد.

نهایت معرفت صوفیانهٔ دیدار با خداوند است و این فکر از زمانی پیدا شد که زاهدان اولیه و از مردم کناره گرفته محبّت شدید نسبت به خداوند را تجربه کردند و پای محبت را نیز در کنار معرفت در میان کشیدند. وقوع این تجربه و بیان آن انگیزه‌هایی مثل اشارهٔ قرآن به محبت میان خدا و بنده: یُحِبُّهُمْ وو یُحبّونهٌ[٤]. والذّین آمنوا اَشَدُّ حُبّاً لِلّه[۵] و احادیثی از قبیل: اَللّه جَمیلٌ وَ یُحِبُّ الجمال[٦]؛ وَ رأیتُ رَبّی فی اَحْسَنِ صُورةٍ[۷] داشت. می‌توان پذیرفت زاهدان کناره گرفته از مردم و عزلت و خلوت و ذکر اختیار کرده معنی و تجربهٔ محبت میان خدا و بنده را احساس کرده و از قرن دوم سخن از محبت و معرفت را آغاز کرده بودند. رسالهٔ کوتاه شقیق بلخی (وفات ۱۹۲ ق) نمونهٔ بسیار جالب توجهی است که تصویری از زهدِ به تصوف متحوّل شده را در چشم‌انداز ما به نمایش می‌-گذارد. شقیق در این رساله منازل اهل صدق را چهار مرتبه می‌داند که عبارتند از

زهد، خوف، شوق به بهشت، محبت به خدا[۸]. این آخرین منزل اهل صدق که بـه قول شقیق، بالاتر از شوق بهشت یعنی محبت خداست در واقع همان منزلی است که زهد را به تصوف بدل می‌کند. همین محبت است که بعدها نام عشق می‌گیـرد و از نظر صوفیه نیرویی چنان عظیم می‌گـردد کـه در پرتـو آن صـوفی مشـکلات طریق را تا تجربهٔ دیدار با خدا طی می‌کند.

اینکه ابوالحسن دیلمی (وفات: ۳۹۱) در قـرن چهـارم (دهـم مـیلادی) اولـین بخش کتاب خود را به نام عطف الالف المألوف علی اللاّم المعطـوف بـا بحثـی دربارهٔ دو کلمهٔ محبت و عشق آغاز می‌کند تا نشان دهد که آیا کاربرد کلمهٔ عشق درباره ارتباط روحی میان خدا و بنده جایز است، از اختلافی خبر می‌دهد کـه در مورد کاربرد کلمه‌های عشق و محبت و کاربرد آن میان متکلمان و صوفیان وجود داشته است. دیلمی ضمن آنکه اختلاف شـیوخ را دربـارهٔ جـواز یـا عـدم جـواز کاربرد کلمهٔ عشق یادآور می‌شود، نتیجه می‌گیرد که عشق و محبت دو اسم بـرای معنای واحدی هستند، اما کلمهٔ محبت مشهورتر است و بر کاربرد آن اتفـاق نظـر وجود دارد.[۹] بعدها کلمه عشق در همان معنی محبت مفرط، که جـاحظ (وفـات: ۲۵۵) در قرن سوم (قرن نهم میلادی) تعریف کرده بود، در عرفان پذیرفته شـد و با گستردگی در شعر و نثر عرفانی فارسی به کار برده شد.[۱۰]

آن دسته از صوفیان اهل سکر که سخن از عشق مـی‌گوینـد و از محبـت هـم همان محبت مفرط را اراده می‌کنند، اذعان می‌دارند که در مستی حاصل از عشـق دیدار با خدا را تجربه می‌کنند. قشیری در تعریف غیبت می‌گوید: غیبـت بنـدگان را بدان بود که غلبه گیرد بر دل ایشان چیزی از موجب رغبت و رهبت و خـوف و رجا. و سپس در مقایسهٔ غیبت و سکر می‌نویسد:

«و سکر نبود الاّ خداوندان مواجید را. چون بنده را کشف کنند به نعت جمال، سکر حاصل آید و طرب روح و دلش از جای برخیـزد... بنـده انـدر حـال سـکر مشاهد جمال بود.»[۱۱]

ابوالحسن دیلمی خبری نقل می‌کند که خداوند مـی‌فرمایـد کـه مـن چشـمان محبان خود را در قلب‌های آنان قرار می‌دهم و خویش را در چشـم آنـان متمثل می‌کنم تا از مقام مشاهده مرا خطاب کنند[۱۲] سخنانی از این دست که بـه تجربـۀ دیدار خدا دلالت دارد، در سخنانی از عین القضاة همدانی[۱۳]، ابوطالـب مکـی در بارۀ ابراهیم ادهم[۱۴] و رابعۀ عدویه[۱۵]، ابوحامد غزالی[۱۶] و نیـز قبـل از آن‌هـا در سخنان ابوسلیمان دارانی (وفات: ۲۱۵) [۱۷] ذوالنـون مصـری (وفـات: ۲۲۵) [۱۸] و حلاج (وفات، ۲۳۲ یا ۲۶۱)[۱۹] ملاحظه می‌کنیم.

اگرچه در بسیاری از این آثار سخن از تجربۀ دیدار با خدا می‌رود، اما در قرن ششم (دوازدهم میلادی) این تجربۀ دیدار خدا به تجربۀ دیـدار بـا خـود تبـدیل می‌شود چنانکه گویی موضوع که از خیلی پیش هم حتی در پیش از اسلام سـابقه داشته است، دوباره در تصوف تجدید حیات پیدا مـی‌کنـد. در قـرن ششـم چنـد چهرۀ برجستۀ عرفانی وجود دارد که غالباً از دیدار با خویشتن خویش سخن می-گویند. مشهورترین این چهره‌هـا در قـرن ششـم شـیخ شـهاب‌الـدین سـهروردی (وفات: ۵۸۷) نجم‌الدین کبـری (وفـات: ۶۹۸). عطـار (وفـات: ۶۲۷) و روزبهـان بقلی (وفات: ۶۰۶) هستند. کسان دیگری مثل ابوحامد محمد غزالی، شـیخ احمـد غزالی و عین‌القضات همدانی اگرچه قسـمت انـدکی از عمرشـان در قـرن ششـم گذشته است، اما چون در ربع اول قرن ششم در گذشته‌اند آن‌ها در شمار عرفـای مشهور قرن ششم نیاوردیم.

از چند نفری که در قرن ششم نام بردیم شاید بتوان مشهورترین آنها را سهروردی و عطار به حساب آورد.

سهروردی مستقیم از دیدار با «من» سخن نگفته است اما از آثار و فلسفۀ اشراقی او پیداست که چنین منایی در ذهن او حضور دارد. سهروردی را مؤسس حکمت اشراق می‌دانند. او عقیده دارد فلسفه به تنهایی انسان را به یقین نمی‌رساند و از راه دل و معرفت صوفیانه است که می‌توان به یقین رسید. اما چه بسا معرفت صوفیانه به تنهایی سبب گمراهی شود و صوفی ضمن تجربیات روحانی خود تفاوت وسوسه‌های شیطانی و الهامات ربّانی را درنیابد. بنابراین باید سالک راه حقیقت ابتدا فلسفه را به عنوان مقدمۀ راه بیاموزد و سپس از طریق ریاضت و ذکر و تربیت‌های روحانی آن حقایق فلسفی را از زبان فرشته بشنود و یقین و اطمینان نسبت به صحت آن‌ها پیدا کند. خلاصه حکمت اشراق حکمت و فلسفه را بدون تجارب روحانی نارسا و ناقص می‌داند. سهروردی در واقع کسی بود که فلسفه و عرفان را به هم پیوند داد و میان آن‌ها آشتی برقرار ساخت. سهروردی افلاطون، زردشت و هرمس را از معلمان خود و پیشوای حکمت اشراق می‌شمارد.[۲۰] در عقاید سهروردی چند مقوله هست که به صراحت موارد تأثر سهروردی را از استادان خود نشان می‌دهد. این مقوله‌ها عبارتند از:

۱. عالم فروهرهای زردشت و عالم مثل افلاطون

۲. مقولۀ طباع تام در هرمس حکیم

۳. فرشته‌شناسی زردشتی

عالم مثل معلّقۀ سهروردی شبیه عالم مثل افلاطون[21] و عالم فروهرهای زردشتی[22] است که در آن وجود روحانی همۀ موجودات وجود دارد و برخلاف موجودات این عالم که مرکّب از روح و جسم‌اند، در آن عالم همۀ موجودات

روحانی‌اند. به عبارت دیگر در آن عالم موجودات صورت دارند، امّا مادّه ندارنـد مثل صورتهایی که در رؤیا دیده می‌شود یا در آینـه مـنعکس مـی‌گـردد. بنـابراین می‌توان گفت همهٔ موجودات دارای دو هستی‌اند یکی در عالم مثل معلّقه یا عـالم فروهرها و یا مثل افلاطون، و دیگری در جهان ما که جهـان مـادّه و صـورت یـا جسم و روح است و اگرچه وصفی که سهروردی از عـالم مثـل معلّقـه مـی‌کنـد، متفاوت از عالم فروهرها و مثل افلاطون است، اما از جهاتی به هـم شـبیه‌انـد. از این چشم‌انداز اگر به موضوع نگاه کَنیم می‌توان گفت هر موجودی در این جهـان فرشته‌ای دارد. این حدیث که سهروردی هم در جایی بـدان اشـاره مـی‌کنـد، بـه هستی روحانی و مقدم هر موجودی در عالمی مقدم بر این عـالم دلالـت دارد. اِنّ لِکُلِ ّ شیئاً مَلِکا. قبول این عوالم و این که هر موجودی هستی روحانی و نیالوده‌ای در آن عالم دارد، منجر به قبول این معنی می‌شود کـه هـر انسـانی نیـز فرشـته‌ای شخصی در عالم روحانی دارد که حامی و نگهبان اوست و می‌توان گفت هسـتی متعالی و یا تعلّقات دنیوی نیامیختهٔ اوست و یا به عبارت دیگر هر انسـانی دارای دو «من» است: یک منِ زمینی و گرفتار جسـم و نیازهـای جسـمانی و یـک مـنِ آسمانی، ملکوتی و برتر و روحانی که به منزلهٔ همزاد و المثنای آسمانی ایـن مـنِ زمینی است. این «من» کاملاً شبیه طباع تامِ (perfect nature) هرمسی است کـه هم سهروردی به آن اشاره کرده است و هم بطور مفصل در کتـابی بـه نـام غایـة الحکیم، منسوب به مجریطی – که در همین قرن ششم (۱۲ میلادی) تألیف شـده اما مطالب آن خیلی قدیمی‌تر است- آمده است[۲۳]. سهروردی از قول هرمس نقل می‌کند: اِنّ ذاتاً روحانیّةً اَلْقَتْ اِلیَّ اَلمَعارِفَ، فَقُلْتُ لها، مَنْ اَنْتَ؟ فَقالَتْ اَنَا طِباعُـکَ التام[۲٤] چنانکه در سخن هرمس دیده می‌شود، طباع تام به هـرمس در مقـام یـک فیلسوف معارف می‌آموزد به همـین سـبب او را فلاسـفه، فرشـتهٔ فیلسـوف و یـا

چنانکه مجریطی از قول سقراط نقل می‌کند او را شمس‌الحکیم می‌نامند که در خواب و بیداری فیلسوف را به صواب الهام می‌کند و کلید درهای بسته را به او نشان می‌دهد.[۲۵]

به هر حال او خود هرمس نقل می‌شود که وقتی او می‌خواهد سرّ و کیفیت آفرینش را کشف کند، قدم در سردابه‌ای می‌گذارد که پر از باد و ظلمت است، این طباع تام است که به او می‌آموزد چراغ را در چراغدان شیشه‌ای جای دهد که باد آن را خاموش نکند.[۲۶]

این طباع تام بادئنای زردشتی که پس از مرگ مؤمن زردشتی در سر پل چینوت بر او ظاهر می‌شود[۲۷]، و با شاهد آسمانی که در شهرکی بر ساحل نیل بر نجم‌الدین کبری نمایان می‌گردد[۲۸]، و شخصی از نور است که در تجربه‌های روحانی، در خلوت بر نجم‌الدین کبری ظاهر می‌گردد و او وی را شیخ‌الغیب، میزان‌الغیب، خورشید روح و شاهد می‌خواند[۲۹]، هویتی مشترک دارد. او همچنین پیر جوانی است که در رساله‌های رمزی شیخ اشراق بر او ظاهر می‌گردد و به سؤالات او در قلمرو حکمت پاسخ می‌دهد، و از نظرگاهی دیگر او صورتی از این «منِ آسمانی» یا «منِ روحانی یا ملکوتی» یا فرشتهٔ شخصی انسان است.[۳۰] از این منِ آسمانی یا روحانی اگرچه در پاره‌ای از سخنان و تجربه‌های گذشتگان به ندرت سخن می‌رود، اما در قرن ششم برجستگی خاصی پیدا می‌کند.

ترجمهٔ آثار هرمسی و گنوستیکی از قرن سوم (نهم میلادی) در عالم اسلام منتشر شده بود[۳۱]، و سابقهٔ آن‌ها در جهان اسلام وجود داشت. شاید بتوان گفت تجدید حیات این مطالب در قرن ششم به علت انتقال فرهنگ و شعر و ادب از شرق به نواحی شمال غربی، ارّان و آذربایجان باشد که قبایل و ادیان مختلفی در

آنجا بخصوص ارّان و شهرهای آن رفت و آمد داشتند و چون شهرهایی مثل گنجه ثغر (مرز میان کشور اسلامی و کشورهای غیرمسلمان) محسوب می‌شد مسلمانان عملاً با فرهنگ فرقه‌های دیگر ارتباط بیشتری داشتند.

در همهٔ این سخنان نکته‌ای که آشکار است اما به صراحت گفته نشده است دوگانگی هستی نفس یا روح انسانی است در دو مرتبه از هستی: یکی در عالم روحانی یا عالم مثال که سهروردی آن را به سبب بیرون بودن از این عالم، اقلیم هشتم، و به سبب بیرونِ از مکانِ عالم بودن ناکجاآباد، و به سبب عدم مادّه در آنجا عالمِ صور معلقه می‌خواند[۳۲]؛ و یکی دیگر در عالم صورت و مادّه که برای نفس – که اصل آن از عالم نور و روحانی است- غریب است و روح یا منِ انسان در آن زندانی است و از عالم اصلی خود به اینجا تبعید شده و در غربت است. یگانه آرزوی این نفس بازگشت به خویش، یعنی بازگشت به همزاد، المثنای آسمانی و اصل روحانی و وطن اصلی خویش است.

مقصد تجربه‌های عرفانی و فلسفهٔ اشراقی در نهایت دیدار با همین منِ ملکوتی است که در حکم معشوقِ منِ زمینیِ اسیر و گرفتار و تبعیدی است. در این دیدار در واقع دو «من»- که در حقیقت یک من‌اند- با هم دیدار می‌کنند، درست مثل شخص و تصویرش درآینه. شخص و تصویر او در آینه یکی هستند اما در دو ساحت مختلف دارای دو هستی‌اند یکی مرکب از صورت و ماده و یکی فقط داری صورت. چنین تجربهٔ دیداری در عالم مثل معلّقه فقط ممکن است اتفاق بیفتد که صورت فاقد مادّه موجودات در آنجا وجود دارد. از این چشم‌انداز که به تجربه‌های عرفانی بنگریم، تجربهٔ دیدار با خدا در عرفان تبدیل به تجربهٔ دیدار یا خویش یا تجربهٔ دیدار من با من می‌گردد. بنابراین تجربهٔ عشق عرفانی نیز نه به تجربهٔ وصل عبد با حق، بلکه به تجربهٔ وصل یا دیدارِ من با من

تبدیل می‌گردد: منِ عاشقِ از یار و دیار جدا افتاده و گرفتار تبعید و غربت، و منِ معشوقِ مشتاق دیدار عاشق. بنابراین یُحبّهم و یُحبّونه که از محبت میان خدا و بنده سخن می‌گوید، تفسیر دیگری پیدا می‌کند.

چنین دیداری و نظرگاهی به عاشق و معشوق یا دوگانگی نفس را هم در داستان رمزی قصیدهٔ مروارید یا جامهٔ فخر در کتاب اعمال توماس [۳۳] می‌بینیم که در نیمهٔ دوم قرن دوم هچری قمری به زبان سریانی ترجمه شده بود و هم در سخنانی نظیر سخنان منقول از حلاج می‌بینیم: «رَأیتُ حَبیبی بِعَین قَلبی. فَقُلْتُ مَن اَنتَ؟ قالَ انت» [۳٤] به نظر می‌رسد که مسلمانان از قرن دوم و سوم با این مطالب و ادبیات گنوسی آشنایی داشته‌اند، اما در قرن ششم ظاهراً هم جلب توجه و هم امکان دسترسی به این متون برای بعضی از فیلسوفان و شاعران مثل سهروردی و عطّار بیشتر شده است، بخصوص که مسألهٔ عشق میان خدا و بنده و دیدار با حق از طریق تجارب عرفانی در میان اهل دل و اهل نقل و شرع بحث‌انگیز و محل نزاع بوده است.

سهروردی نه تنها در چند مورد به هرمس و سخنان او اشاره می‌کند و در رساله‌های رمزی خود مانند عقل سرخ و آواز پر جبرئیل و روزی با جماعت صوفیان، از تجربه‌های دیدار خود با فرشته یا «من» سخن می‌گوید، بلکه در رسالهٔ قصّةُ الْغُربَةُ الْغَربیّة نیز اقتباس او را از قصیدهٔ مروارید کاملاً ملاحظه می‌کنیم. در روایتی که هانری کربن از این داستان به نقل از کتاب اعمال توماس آورده است، در پایان، قهرمان داستان پس از ماجراهایی که در مصر بر او گذشته است، با موفقیت به سرزمین خود بازمی‌گردد، قبا و جامهٔ ارغوانی او را که شاه و ملکه یعنی پدر و مادرش از او در وقت رفتن به مأموریت در مصر گرفته بودند

می‌پوشد که مثل ذات و هستی خود اوست و اظهار می‌دارد: «ما دو بودیم، جدا شده از یکدیگر مع‌هذا از حیث صورت متشابه، تنها یک بودیم.»[۳۵]

همین موضوع دوگانگی نفس و دیدار من با من است که در آثار منظوم شاعر قرن ششم عطار نیشابوری به گونه‌های مختلف نیز آمده است که شاید الهام‌بخش آن همین ادبیات گنوسی باشد که سهروردی هم در غرب ایران بدان دست یافته بود.

یکی از تصویرهایی که در شعر فارسی بارها تکرار می‌شود، عناصر خود را از داستان حضرت یوسف می‌گیرد. چنان که می‌دانیم حضرت یوسف که در فرهنگ اسلامی مظهر زیبایی و عفّت است، به دنبال ماجراهایی که برای او پیش می‌آید بی‌گناه به زندان می‌افتد و پس از چندی از زندان آزاد و عزیز مصر می‌شود. شاعران عارف در این بخش از داستان یوسف، تصویری از داستان اسارت روح در زندان جسم و زندان دنیا می‌بینند. و بن‌مایه‌های این قسمت از داستان را به مضامین مناسب تأویل می‌کنند. به این معنی که یوسف را سمبل روح پاک و لطیف انسانی، مصر را عالم روحانی و نور و فرشتگان، و زندان را جسم و جهان می‌گیرند. از این چشم‌انداز روح یا منِ ملکوتی از مصر ارواح یاعالم ارواح به این جهان می‌آید و اسیر زندان تن می‌شود و پس از چندی آزاد می‌شود و اگر سلوک بشرط کرده باشد به اصل خود و عالم حقیقی خود بازمی‌گردد و شأن و مقام یک سلطان را پیدا می‌کند. ساختن تصویر با همهٔ این عناصر و یا با چند عنصر از این قسمت یا قسمت‌های دیگر در شعر فارسی رواج دارد و قبل از عطار سنایی و نظامی نیز به این تصویر اشاره کرده‌اند. مثلاً سنایی می‌گوید:

چومردان بشکن این زندان یکی آهنگ بالا کن　　به صحرا درنگرآنک به‌کام دل تماشا کن[۳۶]
ازاین زندان اگرخواهی که چون یوسف برون آیی　　به‌دانش جان بپرورنیک وسردرعلم رؤیا کن

که در اینجا عنصر چاه، یوسف را می‌بینیم و به جای مصر، صحرای عالم غیب آمده است و نظامی می‌گوید:

یوسف تو تا زبر چاه بود　　مصر الهیش نظرگاه بود
زرد رخ از چرخ کبود آمدی　　چون تو به این چاه فرود آمدی[۳۷]

اما عطّار در اسرارنامه با استفاده از این عناصر تصویری، معنی دیگری به دست می‌دهد که با اندکی تأمّل می‌توان همین دوگانگی نفس را که از آن سخن گفتیم نتیجه گرفت که به صور گوناگون در آثار عطار با زبان شعر بیان شده است:

به مصر اندر برای توست شاهی　　تو چو یوسف چرا در قعر چاهی ...
دو می‌بینی یکی را و دو را صد　　چه‌یک،چه دو،چه صد،جمله‌تویی‌خود[۳۸]

چنانکه دیده می‌شود از این سخن عطار چنین برمی‌آید که حقیقت تو که روح توست در قعر چاه جسم در این دنیا زندانی است، اما در مصر جان تو را شاهی هست که همان نفس آسمانی یامنِ ملکوتی توست. این دو- نفس اسیر در چاه و نفسِ شاه در عالم روحانی- یکی هستند. اما تو چون در این جهان گرفتاری یک را دو می‌بینی و از این وحدت غافلی. عطار در آخرین مثنوی خود مصیبت‌نامه، این مطلب را با صراحت بیشتری گفته است:

یوسفی در مصر جان داری مقیم　　هر زمانت می‌رسد از وی نسیم
گر نسیم او نیابی یک نفس　　آن نفس دانی که باشی هیچ کس
گر دو عالم خصم تو افتد مقیم　　بس بود از یوسف خویشت نسیم[۳۹]

چنانکه دیده می‌شود در اینجا گفته می‌شود هر کس در مصر جان یعنی همان عالم صور معلّقه یا اقلیم هشتم یا عالم جان، فرشته‌ای آسمانی با نفسی پاک و

نیالوده با کدورت این جهان یا طباع تام دارد که فرشتهٔ حامی و نگهبان اوست و اگر یک لحظه حمایت او قطع شود این نفسِ اسیر در زندانِ تن بی‌او هیچ نام و نشانی نخواهد داشت. همهٔ کوشش و ریاضت عارف برای رسیدن به این معشوق آسمانی یا من ملکوتی خویش است. این منِ ملکوتی آنقدر زیباست که اگر کسی به دیدار او نایل شود، عاشق او می‌شود و از عشق او فریاد برمی‌آورد، چون جلوه‌ای از روح الهی است که مظهر تمام زیبایی‌های عالم است. عطار می‌گوید خداوند هر چیزی را که آفریده است از فرو مرتبه‌ترین تا فرامرتبه‌ترین موجودات را به تو می‌نماید، اما ذرّه‌ای از «تو» یِ تو را به تو نمی‌نماید. به عبارت دیگر «منِ» ملکوتی تو را به «منِ» زمینی و گرفتار در این جهان نمی‌نماید، چون اگر او را ببینی فریاد تو از عشق بلند می‌شود؛ و سپس سفارش می‌کند اگر می‌خواهی به دیدار او نایل شوی باید ریاضت بکشی تا تمام تعلقات را از خود بیفکنی و به فنای مطلق برسی:

چنین گفت آن بزرگ کاردیده — که بود او نیک دید بسیار دیده
که خالق هر چه را داده‌ست هستی — چه پیش و پس، چه بالا و چه پستی
چه انجم، چه فلک، چه مهر و چه ماه — چه دریا، چه زمین، چه کوه و چه کاه
چه لوح و چه قلم، چه عرش و کرسی — چه روحانی، چه کرّوبی، چه انسی ...
همه بنمایدت روشن چو خورشید — چنان کان جمله می‌بینی تو جاوید
ولی مویی به تو ننماید از تو — تویی تو نهان می‌باید از تو
اگر چشم تو بر روی تو افتاد — ز عشق تو برآید از تو فریاد
اگر می‌بایدت بویی هم از تو — ریاضت کن که پر شد عالم از تو[۴۰]

چنان که دیده می‌شود در این شواهد، همه جا دوگانگی یک را می‌بینیم، یکی که گویی دو هستی در دو مرتبه از عالم هستی دارد. در یکی از این دو ساحتِ

هستی، عاشق است و در دیگری معشوق در یکی بیننده است و در یکی دیده. عطار در مشهورترین مثنوی عرفانی خود *منطق‌الطیر* همین دوگانگی نفس را در تصویر سی‌مرغ و سیمرغ نشان می‌دهد. از صدها هزار مرغ که سفری حماسی را برای جستن پادشاه خود ملک سیمرغ به راهنمایی هدهد شروع می‌کنند، فقط سی‌مرغ به سیمرغ می‌رسند. سی‌مرغ چون به خود می‌نگرند سیمرغ را می‌بینند و چون به سیمرغ می‌نگرند سی‌مرغ یا خودشان را می‌بینند، یعنی در نهایت پس از رنج ریاضت و سلوک و پاک شدن از تعلّقات و نیازهای جهانی به تجربهٔ دیدار با خود یا دیدار من با من نائل می‌شوند. این تجربه وقتی اتفاق می‌افتد که در نتیجهٔ تشویر و حیائی که یادآوری اعمالشان در این عالم سبب آن است، به کلی از خویش فانی می‌شوند و سپس از نور حضرت جانی دوباره می‌یابند و کرده-های گذشته‌شان از دل آن‌ها به کلی پاک می‌شود.[۴۱] بنابراین مرغان در نهایت به دیدار خدا نائل نمی‌شوند، خدا متعالی‌تر از آن است که کسی او را ببیند. حاصل همهٔ ریاضت‌های صوفیانه دیدار خود، خودِ پاک شده از تمام عوارض هستی این جهانی است، و به هستی دور از هرگونه عوارضِ این جهانی ارتقا یافتن. وقتی مرغان در حیرت از این دیدار، از حضرت سیمرغ سرّ این دیدار و تفاوتِ مایی و تویی را طلب می‌کنند، از آن حضرت، این معنی به آنان الهام می‌شود:

بی‌زفان آمد از آن حضرت خطاب	کاینه است این‌حضرت چون آفتاب
هر که آید خویشتن بیند در او	جان و تن هم جان و تن بیند در او
چون شما سی‌مرغ اینجا آمدید	سی در این آینه پیدا آمدید
گر چل و پنجاه مرغ آیید باز	پرده‌ای از خویش بگشایید باز
گرچه بسیاری به سر گردیده‌اید	خویش را بینید و خود را دیده‌اید
هیچ کس را دیده بر ما کی رسد؟	چشم موری بر ثریا کی رسد؟[۴۲]

اگرچه منطق‌الطیر از نظر بن‌مایهٔ اصلی داستان بی‌ارتباط با رسالةالطیر ابن سینا- که بعد سهروردی آن را به فارسی ترجمه کرده است- و رسالةالطیر ابوحامد غزالی- که بعد شیخ احمد غزالی آن را به فارسی ترجمه کرده است- نیست، اما در هیچ کدام از این رسالةالطیرها تجربهٔ دیدار با خویش مطرح نمی‌شود.[۴۳] امّا عطار چنانکه دیدیم موضوع دیدار با خویش را به صور گوناگون مطرح می‌کند، چنانکه در داستان سرپاتک هندی که در الهی‌نامه آمده است، نیز سرپاتک که عاشق یک دختر زیبای پادشاه جنّیان شده که در علم تنجیم وصف آن را شنیده است، پس از گذراندن ماجراها و دست یافتن به راز استادش سرانجام به جای دیدار با دختر شاه جنیان با نفس خود دیدار می‌کند و پریزاد را در سینهٔ خود پیدا می‌کند و چون با شگفتی از پریزاد سؤال می‌کند که چگونه به درونم راه یافتی؟ پاسخ می‌شنود:

جوابش داد آن ماه دلفروز　　که با تو بوده‌ام من ز اولین روز
منم نفس تو تو جوینده خود را　　چرا بینا نگردانی خرد را -
اگر بینی همه عالم تو باشی　　ز بیرون و درون همدم توباشی[۴۴]

در الهی‌نامه، پسری که آرزومند رسیدن به دختر پادشاه جنیان است و پدر این داستان را برای او نقل می‌کند، سپس نتیجهٔ داستان را از زبان پدر چنین می‌شنود:

کنون تو ای پسر چیزی که جستی　　همه درتوست وتو در کار سستی...
تویی معشوق خود با خویشتن آی　　مشو بیرون به صحرا با وطن آی[۴۵]

در روایتی که عطار از معراج با یزید بسطامی نقل می‌کند نیز همین واقعهٔ دیدار باخویش را در نهایت سلوک تأکید می‌کند که گفتیم در قرن ششم به طوری چشمگیر در آثار مشهورترین عارفان این قرن و فلسفهٔ اشراقی این قرن خودنمایی می‌کند. عطار دربارهٔ معراج بایزید این روایت را می‌آورد:

چنین گفته‌ست آن خورشید اسلام　　که طالع شد ز برج خاک بسطام
که من ببریده‌ام درگاه و بی‌گاه　　سه باره سی هزاران سال در راه
چو ره دادند بر عرش مجیدم　　هم آنجا پیش آمد بایزیدم
ندا کردم که یارب پرده بردار　　ز پرده بایزید آمد پدیدار[٤٦]

و چون از بایزید می‌پرسند که بنده کی به خدا می‌رسد؟ پاسخ می‌دهد که هرگز بنده به خدا نمی‌رسد:

بپرسیدند از او کی خاص درگاه　　به ایزد کی رسد بنده در این راه
چنین‌گفت او که هرگزکس رسیده‌ست؟　　عجب باشدگراینجا کس پدیده‌ست[٤٧]

مأخذ

۱. جستجو در تصوف ایران. عبدالحسین زرین‌کوب، ص ۱۱۸ و نیز با اندکی اختلاف

– ترجمهٔ رسالهٔ قشیریه، ص ۵۱

– تذکرةالاولیا، ص ۴۲۰.

۲. مصنّفات عین‌القضاة همدانی، جلد یکم، زبدة الحقایق، ص ۱۶۷

3. C.G. Jung. The Collected works. The Archetype and Collective unconscious. Second edition Trans. by R.F.Chull, p. 223.

۴. قرآن کریم. سورهٔ مایده، آیهٔ ۵۴

۵. قرآن کریم، سورهٔ بقره، آیهٔ ۱۶۵

۶. احادیث مثنوی، ص ۴۲

۷. تمهیدات، ص ۴۰۳

۸. نصوص صوفیة غیر منشورة، تصحیح بولس نویا الیسوعی، آداب‌العبادات ص ۱۷–۲۱

۹. عطف‌الالف المألوف علی اللّام المعطوف، ابوالحسن دیلمی، ص ۵

10. Joseph Norment Bell, Love Theory in Later Hanbalite, pp. 35, 162

۱۱. ترجمهٔ رسالهٔ قشیریه، ص ۱۱۲، ۱۱۳

۱۲. عطف‌الالف المألوف علی اللّام المعطوف، ص ۸۶

۱۳. عین‌القضاة، تمهیدات، ص ۲۰۳ و نیز ص ۳۰۲

۱۴. مکی، ابوطالب، قوت‌القلوب فی معاملة المحبوب، الجزءالثانی، ص ۱۲۱، ۱۱۴، ۱۵۱، ۱۶۰

۱۵. پورنامداریان، دیدار با سیمرغ، ص ۳۱–۳۲

۱۶. غزالی، ابوحامد، احیاء علوم‌الدین، الجزء الرابع، ص ۳۰۲
۱۷. عطار، تذکرةالاولیاء تصحیح نیکلسن، ج ۱، ص ۳۲۴
۱۸. همان، ص ۱۲۷
۱۹. شرح دیوان الحلاج، ص ۱۷۷
۲۰. مجموعهٔ مصنفات شیخ اشراق، ج ۱، کتاب‌المشارع و المطارحات، ص ۵۰۲، ۵۳۰
۲۱. جمهور افلاطون
۲۲. رمز داستان‌های رمزی، ص ۲۹۱ به بعد
۲۳. دربارهٔ مطالبی که دربارهٔ طباع تام آمده است نگاه کنید به:
- غایةالحکیم، صص ۱۸۷-۱۹۴ و نیز
- دیدار با سیمرغ، صص ۴۹-۵۰
۲۴. مجموعهٔ مصنفات شیخ اشراق، جلد یکم، المشارع و المطارحات، ص ۲۶
۲۵. خایةالحکیم، ص ۱۹۴ و نیز
- دیدار با سیمرغ، ص ۵۰
۲۶. غایةالحکیم، ص ۱۸۷-۱۸۸ و نیز نگاه کنید:
- The man of light in Iranian Sufism, p. 18
۲۷. یشت‌ها، ج ۱، ص ۵۸۸ و نیز
- روابط حکمت اشراق و فلسفهٔ ایران باستان، ص ۵۸ و نیز صورت تغییر یافتهٔ دئنا در عالم اسلام
- کشف‌الاسرار میبدی، ج ۳، ص ۳۴۴
۲۸. فوائح‌الجمال و فواتح الجلال، ص ۳۹
۲۹. همان کتاب، ص ۲۶ و ۳۲

۳۰. رمز و داستان رمزی، ص ۳۱۹ به بعد

۳۱. «هرمس و نوشته‌های هرمسی در جهان اسلام»، مجلهٔ دانشکدهٔ ادبیات، سال دهم، شمارهٔ ۲ ص ۱۵٦ و نیز

- A.E.Affifi, "The influence of Hermetic on Moslem, thought, p. 844

۳۲. عقل سرخ، ص ۳٤-۳۵

۳۳. ترجمه‌ای از قصیدهٔ مروارید در کتاب‌های زیر آمده است:

- ارزش میراث صوفیه، ص ۲۸٤-۲۸۸

- ادبیات گنوسی، ص ۲۷-۳۰

۳٤. شرح دیوان الحلاج، ص ۱۷۷. این سخن را سهروردی هم نقل کرده است:

- مجموعهٔ مصنفات شیخ اشراق، جلد سوم، ص ۳۷۷

35. The man of light in Iranian Sufism, p. 25

۳٦. دیوان سنایی، ص ٤٦٤ و نیز نگاه کنید به:

- داستان پیامبران در کلیات شمس، ص ۷٦۷ به بعد

۳۷. مخزن‌الاسرار، ص ۳۵۲

۳۸. اسرارنامه، ص ۱۵۸

۳۹. مصیبت‌نامه، ص ۲٦۹

٤۰. اسرارنامه، ص ۱۵۵

٤۱. منطق‌الطیر، ص ٤۲٦

٤۲. همان کتاب، ص ٤٤۷ و نیز برای شرح و تفصیل بیشتر در این باره نگاه کنید:

- دیدار با سیمرغ، از ص ۱۰۲-۱۱٦

٤۳. رمز و داستانهای رمزی. فصل ۱٦: رسالة الطیرها، از ص ٤۰۳ به بعد

٤٤. الهی‌نامه، ص ۱٦۸

٤٥. همان، ص ١٦٨

٤٦. اسرارنامه، ص ١٥٢

٤٧. اسرارنامه، ص ١٥٢

کتاب‌نامه

- ارزش میراث صوفیه، عبدالحسین زرین‌کوب، چاپ پنجم، تهران، انتشارات بنیاد فرهنگ ایران
- جستجو در تصوف ایران، عبدالحسین زرین‌کوب، انتشارات امیرکبیر، ۱۳۵۷
- ترجمهٔ رسالهٔ قشیریه، ابوالقاسم قشیری، تصحیح بدیع‌الزمان فروزانفر، مرکز انتشارات علمی و فرهنگی
- تذکرةالاولیاء. عطار نیشابوری، تصحیح محمد استعلامی، انتشارات زوّار، ۱۳۴۶
- تذکرةالاولیاء. عطار نیشابوری، تصحیح نیکلسن، لیدن، بریل ۱۹۰۵
- مصنفات عین‌القضاة همدانی، جلد یکم، مقدمه، تصحیح و تحشیه و تعلیق، عفیف عسیران، زبدةالحقایق، انتشارات دانشگاه، ۱۳۴۱، ص ۱۶۷ به بعد
- احادیث مثنوی، جمع و تدوین بدیع‌الزمان فروزانفر، چاپ دوم، انتشارات امیرکبیر، ۱۳۴۷
- نصوص صوفیه غیرمنشورة، تصحیح بولس لویاالیسوعی، آداب‌العبادات (از شفیق بلخی)
- عطف الالف المألوف علی اللام المعطوف، تصحیح ج.ک. قادیة
- قوت‌القلوب فی معاملة المحبوب، ابی طالب محمد بن علی سالکی، مصر ۱۹۶۱/۱۳۸۱
- دیدار با سیمرغ، تقی پورنامداریان، چاپ پنجم، پژوهشگاه علوم انسانی و مطالعات فرهنگی، ۱۳۹۰
- رمز و داستانهای رمزی، تقی پورنامداریان، چاپ هشتم، انتشارات علمی و فرهنگی، ۱۳۹۲
- عقل سرخ، تقی پورنامداریان، چاپ سوم، انتشارات سخن، ۱۳۹۲

- داستان پیامبران در کلیات شمس، تقی پورنامداریان، چاپ چهارم، پژوهشگاه علوم انسانی و مطالعات فرهنگی ۱۳۸۸
- احیاء علوم‌الدین، ابوحامد امام محمد غزالی، مع مقدمة فی التصوف، الدکتور بدوی، قاهره،
- شرح دیوان‌الحلاج، کامل مصطفی الشیبی، الجزءالاول، مکتبةالنهصة، بیروت — بغداد، ۱۹۷٤
- مجموعۀ مصنفات شیخ اشراق، جلد یکم، تصحیح هنری کربین، انجمن فلسفۀ ایران
- مجموعۀ مصنفات شیخ اشراق، جلد سوم، تصحیح سید حسین نصر، انجمن فلسفۀ ایران
- غایةالحکیم وَ اَحق النتیجتین بالتقدیم. ابی‌القاسم مسلمة بن احمد المجریطی، محقق هـ . ریتر
- یشت‌ها. ابراهیم پورداود، به کوشش بهرام فره‌وشی. دانشگاه تهران
- روابط حکمت اشراق و فلسفۀ ایران باستان، هنری کربین، ترجمۀ احمد فروید و عبدالمجید گلچین، تهران، انجمن ایران‌شناسی
- کشف‌الاسرار، رشیدالدین ابوالفضل میبدی، به سعی و اهتمام علی اصغر حکمت، انتشارات ابن سینا
- فوائح الجمال و فواتح الجلال، نجم‌الدین کبری، با تصحیح و تصدیر فریتز مایر
- «هرمس و نوشته‌های هرمسی در جهان اسلام»، مجلۀ دانشکدۀ ادبیات، سال دهم بشمارۀ ۲
- ادبیات گنوسی، ابوالقاسم اسماعیل‌پور، نشر اسطوره، ۱۳۸۸

- دیوان اشعار سنایی، ابوالمجد مجدود بن آدم سنایی، تصحیح مدرس رضوی، انتشارات سنایی
- مخزن‌الاسرار، نظامی گنجوی، تصحیح عبدالکریم علی اوغلی علی‌زاده، فرهنگستان علوم جمهوری شوروی
- اسرارنامه. عطار نیشابوری. مقدمه و تصحیح و تعلیقات محمد رضا شفیعی کدکنی، چاپ دوم، انتشارات سخن، ۱۳۸۶
- الهی‌نامه، مقدمه و تصحیح و تعلیقات محمد رضا شفیعی کدکنی، چاپ دوم، انتشارات سخن، ۱۳۸۶
- منطق‌الطیر، مقدمه و تصحیح و تعلیقات محمد رضا شفیعی کدکنی، چاپ اول، انتشارات سخن ۱۳۸۳
- مصیبت‌نامه، مقدمه و تصحیح و تعلیقات محمد رضا شفیعی کدکنی، چاپ دوم، انتشارات سخن ۱۳۸۶

- C.G. Jung. The Collected works. The Archetype and Collective unconscious. Second edition Trans. by R.F.Chull, p. 223
- Joseph Norment Bell, Love Theory in Later Hanbalite, pp. 35, 162
- A.E. Affifi, "The influence of Hermetic on Moslem, thought, p. 844
- Corbin Henry. The man of light in Iranian Sufism, translated from French by Nancy Pearson, Shamhala, boulder and London, 1973

六世纪苏非神秘主义中隐含的新思想

伊朗文化与人文研究院　塔基·普尔纳姆达里扬
中国人民解放军外国语学院　张立明　译

摘要： 神秘主义正如其名，含有"知识"一意，但是这个"知识"并非通常意义上通过感觉、话语或学习得到"知识"。神秘主义穆斯林相信可以通过见证和启示得到"知识"，这种知识与那种对世界自然、言语感觉、物体形象的知识是不同的。这种知识是"真知（灵知）"。神秘主义认为所有的宗教都有自己特有的形象。"知识"便是通过某种关于超自然、内心感受或启示力量的具体形式实现的，比如在梦境或现实中灵光一现，得到真主的启示。虽然在作品中关于面见真主的内容相当丰富，但是在伊历6世纪（公元12世纪）这种面见真主的体验演变成为和真主会面的体验，正如文中所提到的那样，这种在很早以前，甚至前伊斯兰时代就有过先例，后来在苏非神秘主义中又得以重生。伊历6世纪，杰出的神秘主义人物有沙哈布伯拉丁·苏赫拉瓦迪（Shahāb al-Din Suhrawardi）、纳吉姆丁·库布拉（Najmuddin-e Kubrā）、阿塔尔（Attār）等。他们大多也对面见自己作有阐述。本文在阐述先前神秘主义作品中"知识"的同时，还会进一步考察伊历6世纪著名神秘主义作品中"面见真主"到"面见自己"的演变过程。

关键词： 苏非思想　自我　本我　面见自己

神秘主义或神智一如其名，具有"知识"的含义，但这种知识不是通过感觉、理智或学习能够习得的知识。伊历3世纪（公元9世纪）苏非长老朱尼德·巴格达迪（Junid Baghdādi，卒于伊历297年）曾说："我们的知识不是通过争辩得到，而是通过饥饿、避世、割舍习惯和快乐得到的。"[1]

正如朱尼德所言，伊斯兰教的苏非长老相信那种通过内心见证和观照所获得的知识，这种知

1 《伊朗苏非主义探究》，第118页，略有不同。

识不属于这个世界和自然，不能通过感觉器官和理性思考获得，表达它的语言也不同于自然的、知识性的科学语言。伊历5世纪末6世纪初（公元11世纪间）的苏非长老艾因·古扎特·哈马丹尼（Eynol Ghozāt Hamadāni）认为这种知识属于原初世界或形而上的世界，理解它的手段是洞察力或内眼，表达它的是隐喻性的语言，也就是说表达出来的字面意义并非其本意。[1]

当这种知识不能通过人类惯常的、共性的理解手段去获得时，应当承认它是一种心理学的或内在的知识，并非所有人都能获得这种知识。它不能被教授，也不能假定这种知识的成果中有共同的概念而可以用一种语言进行表述。这种知识就是在所有宗教神秘主义中以自己独特的方式存在的诺斯（灵知、直觉）知识。当代心理学家C. G.荣格说过，这类知识及与其类似的感悟“是内心观照的产物，只能是心理学的。‘灵知’毫无疑问是心理学性质的，它的内容来源于无意识状态”[2]。

通过这种方式获得的关于超自然的知识，是通过内在的感觉或者说慧眼，一如梦境或灵光一现而显现的知识，其终极或最高的层级是面见真主。当苏非摆脱了苦行和对真主恐惧的束缚，达到对真主的爱恋阶段时，他们就不再害怕接受这种体验并表达出来了。尽管是否能用“爱恋”这个词汇来表达真主和奴仆之间的这种过分的“关爱”，一度是苏非和遵法的苦行者、教义学家和对教法缺乏敬畏的苏非之间争议的话题，但最终“爱恋”这个词汇在苏非神秘主义中被广泛接受。

苏非主义知识的终极阶段是面见真主，从早期的苦行者离群索居从而体验到对真主强烈的爱时，爱就成为这种知识的一部分。经历这种体验并表达出来的动因，是《古兰经》经文和提到真主与奴仆之间存在着爱的圣训。《古兰经》云：“真主喜悦他们，他们也喜悦真主。”[3]“信道的人，对于敬爱真主尤为诚恳。”[4]圣训云：“真主是美的，也爱美。”[5]“我看到我的主最完美的形象。”[6]我们可以相信那些离群索居、闭关修行、赞念真主的苦行者确实感受到了主仆之间爱的体验和意义，从伊历2世纪他们开始谈到爱和知识。沙基格·巴尔黑（Shaghigh Balkhi，卒于伊历192年）的一篇短文非常值得关注，它向我们展示了一个从苦行者到苏非圣徒的演变过程。沙基格在这篇文章里认为，追求真理者（苏非）要经历以下四个阶段：苦行、恐惧、对天堂的渴望、对真主的爱。[7]按照沙基格的说法，追求真理者的第四个阶段即对真主的爱要高于对天堂的渴望，实际上正是在这一阶段，苦行者变成了真正的苏非。也正是这种爱，后来获得“爱恋”之名，在苏非主义看来，

1 《古篩勒苏非论文译本》，第51页。

2 C. G. Jung. *The Collected works. The Archetype and Collective Unconscious*. Second edition Trans. By R. F. Chull, p. 223.

3 《古兰经》，宴席章：56节。

4 《古兰经》，黄牛章：165节。

5 《玛斯纳维中的圣训》，第42页。

6 《艾因·古扎特·哈马丹尼作品集》，第403页。

7 《未发表的苏非言论》，第17—21页。

这种爱的力量是如此巨大，在它的光照之下，苏非信徒能够克服修道途上的艰难困苦，最终体验到面见真主。

伊历4世纪（公元10世纪）的阿布哈桑·迪拉米（Abudlhasan Dilami，卒于伊历391年）在他名为《alef 与 lām的关系》这本书的第一部分的开头，专门讨论了“关爱”和“爱恋”这两个词汇，试图论说用“爱恋”这个词汇来表示真主和奴仆之间的精神关系是否恰当，这说明关于“爱恋”和“关爱”这两个词汇的用法在教义学家和苏非圣徒之间存在分歧。迪拉米在文中指出谢赫们对是否允许使用“爱恋”这个词汇也存在分歧，他得出的结论是“爱恋”和“关爱”是同一含义的两种不同表达，但“关爱”更著名一些，大家普遍同意使用这个词汇。[1]后来伊历3世纪（公元9世纪）的贾希兹（Jāhez，卒于伊历255年）将“爱恋”定义为“过分的关爱”，这被苏非神秘主义接受，并广泛应用于波斯语的苏非诗歌和散文作品中。[2]

那些“沉醉派”苏非所说的“爱恋”指的正是“过分的关爱”。他们承认，在由爱恋引发的沉醉中，体验到了面见真主。古筛勒（Ghoshiri）在定义“自我消失”时说：奴仆的自我消失是那些引起渴望、恐惧、担忧和期望的因素占据了他们内心的状态。他接着比较了“自我消失”和“沉醉”两种状态：“沉醉属于那些因获得真知而内心喜悦的人，当奴仆见证到真主的大美后，就达到沉醉状态，内心和灵魂的快乐会升腾消逝……奴仆在沉醉的状态，见证真主的大美。”[3]

阿布哈桑·迪拉米提到一种说法：“真主说我将爱我的人的眼睛放在他们的内心，将我自己放到他们眼睛里，使他们面对面呼告我。”[4]诸如此类表明“面见真主”体验的话在艾因·古扎特·哈马丹尼[5]和阿布塔里布·马基（Abutāleb Makee）记载的有关伊布拉欣·埃德哈木[6]（Ibrahim Edham）、拉贝埃·艾德维娅[7]（Rabe'e Adviye）、阿布哈麦德·安萨里[8]（Abuhamed ghazāli）的言论中，以及在他们之前阿布苏莱曼·达拉尼[9]（Abu suleman Darāni，卒于伊历215年）、左农·米西里[10]（Zulnun Mesri，卒于伊历225年）和哈拉智[11]（Halāj，卒于伊历232或261年）的言论中都可以看到类似内容。

尽管在很多作品中都谈到面见真主的体验，但在伊历6世纪（公元12世纪）时，这种“面见真

1 《alef 和 lām的密切关系》，第5页。
2 Joseph Norment Bell, Love Theory in Later Hanbalite, pp. 35, 162.
3 《古筛勒苏非论文译本》，第112—113页。
4 《alef 和 lām的密切关系》，第86页。
5 《艾因·古扎特·哈马丹尼苏非论文集》，第203、302页。
6 《与主交往的内心的力量》，第114、121、151、160页。
7 《面见凤凰》，第31—33页。
8 《宗教学的复苏》，第302页。
9 《长老传》，尼克尔森校注，第324页。
10《长老传》，尼克尔森校注，第127页。
11《哈拉智集注释》，第177页。

主”的体验变成了“面见自己”。这种说法似乎很早之前，甚至在伊斯兰之前就有先例，但此时在苏非主义中获得新生。在伊历6世纪有几个杰出的苏非长老，他们大部分提到过“面见自己”，其中最著名的人物是沙哈布拉丁・苏赫拉瓦迪（Shahāb al-Din Suhrawardi，卒于伊历587年）、纳吉姆丁・库布拉（Najmuddin-e Kobrā，卒于伊历698年）、阿塔尔（Attār，卒于伊历627年）和鲁兹白杭・巴格里（Ruzbehān Baghli，卒于伊历606年）。其他人如阿布哈马德・穆罕默德・安萨里、谢赫・艾哈迈德・安萨里（Shikh Ahmad Ghazāli）和艾因・古扎特・哈马丹尼尽管在伊历6世纪度过了生命中的一段时光，但由于都在伊历6世纪初去世，我们不把他们视作伊历6世纪的著名苏非。

在我们提到的伊历6世纪的几个人物当中，最著名的也许要数苏赫拉瓦迪和阿塔尔。苏赫拉瓦迪并没有说过“面见自己”，但从他的作品和照明哲学中可以看出他的思想中有这样的内涵。苏赫拉瓦迪被认为是照明哲学的奠基人，他认为仅有哲学不能使人类获得的终极真理，只有通过苏非内心体验的知识才能到达终极真理。但在很多情况下，仅有苏非的神智知识也会令人误入歧途。苏非在经历精神体验时，通常无法分辨魔鬼的诱惑和真主的启示。因此修道之徒应首先将哲学作为修炼的第一步，然后通过苦修、赞念真主和精神的修炼从天使之口聆听哲学的真理，并确信获得的终极真理的正确性。总之，照明哲学和任何哲学离开了精神的体验是不完美和有缺陷的。苏赫拉瓦迪事实上将哲学和苏非神秘主义结合起来，并调和两者的关系，他把琐罗亚斯德和赫尔梅斯视作自己的导师和照明哲学的先驱。[1]在苏赫拉瓦迪的思想中，有一些内容表明他明显受到自己老师的影响，这些内容包括：

1. 琐罗亚斯德的灵体世界和柏拉图[2]的理念世界；

2. 智者赫尔梅斯的至善本体；

3. 琐罗亚斯德教的天使论。

苏赫拉瓦迪的“悬浮的理念世界”类似于柏拉图的理念世界和琐罗亚斯德的灵体世界[3]，那里存在着万物的精神本体。与这个世界上由精神和物质构成的万物不同，在悬浮的理念世界里，所有的存在物都是精神的，换句话说，在那个世界里，万物徒有其外形，没有其物质内核，就如同梦中见到的情形或镜中照出的形象。因此可以说，万物本身都包含两个存在：一个存在于悬浮的理念世界，或者灵体世界，或者柏拉图的理念世界；另一个存在于外形和物质内涵，躯体和灵魂相结合的尘世。尽管苏赫拉瓦迪对于悬浮的理念世界的描述不同于琐罗亚斯德的灵体世界和柏拉图的理念世界，但从很多方面看它们彼此类似。如果我们从这一角度看问题，可以说，这个世界上的任何存在物都有一个天使。苏赫拉瓦迪曾经提到的这种说法，表明在先于这个世界存在

1 《照明谢赫作品集》，第502、530页。

2 柏拉图，《共和国》。

3 《隐喻和隐喻故事》，第291页之后。

的那个先验世界里，早于万物存在着一个精神的原型。“万物各存其主。”承认两个世界的存在，而且任何现世存在物都有一个精神的、纯洁的精神本体存在另外一个世界，将促使我们接受这一点，即任何人在神界都有一个天使在保护他。可以说这个天使就是他本身尚未被尘世物欲污染的自己，或者换句话说，任何人拥有两个“我”，一个是尘世的“自我”，被囚禁于躯体或肉体的需求中，另一个是天上的、神界的、高贵的、精神的“本我”，它是尘世“自我”的孪生兄弟和悬浮的理念。这个“本我”非常类似苏赫拉瓦迪提到过的赫尔梅斯的“至善本体”(perfect nature)。在一本被认为是马基里提（Majriti）在伊历6世纪（公元12世纪）写的名为《哲人终极目标的最真实呈现》的书里，对此有详细的描述，但其内容要古老得多。[1]苏赫拉瓦迪引用赫尔梅斯的话说：“精神的自我让我学到了知识，我问自我：你是谁？他回答说：我是你完美的本性。”[2]正如赫尔梅斯的话中所说的那样，“至善本体”以智者的身份教会他知识，因此，他称它为“哲学家”“哲学家天使”，或者像马基里提引用苏格拉底的话那样称之为“智者的太阳”。它在睡梦和清醒时，对哲学家进行向善的启示，向他展示打开幽闭大门的钥匙。[3]

不管如何，赫尔梅斯本人说过，当他想发现创世的秘密和状况时，他进入一个充满阴风和黑暗的地窖，正是“至善本体”教会他将灯放进有玻璃罩的灯座里，免得被风吹灭。[4]

这种“至善本体”，同在虔诚的琐罗亚斯德教徒死亡后于钦瓦特桥头迎接死者的“达纳”天仙[5]，同在尼罗河岸小城浮现在纳吉姆丁·库布拉眼前的天堂美女[6]，以及在纳吉姆丁·库布拉进行精神体验及闭关修行时向他展现的、被他称为“幽玄谢赫”“幽玄天平”“精神灵魂”和天仙的“光人”[7]，具有共同的特性。照明谢赫（指苏赫拉瓦迪）在其充满隐喻色彩的文章中所提到的出现在他面前、回答他在哲学领域疑问的“年轻老人”，也属于此类。从另一个角度看，它是人类的“天上的我”“精神的我或理念的我”，或人类“个人天使”的一种形式。[8]这种“天上的我”或者“精神的我”尽管在以往的一些言论和体验中鲜有提及，但在伊历6世纪表现得非常突出。

赫尔梅斯和诺斯替教著作的译本从伊历3世纪（公元9世纪）开始在伊斯兰世界流行[9]，但它们之前也存在于伊斯兰世界。也许可以说，这一思想在伊历6世纪复活是由于文化、诗歌和文学从东向西北地区、埃朗和阿塞拜疆传播的缘故。该地区，尤其埃朗，是各种民族和宗教交往频繁

---

1 关于“至善本体”的相关内容可参阅《哲人终极目标的最真实呈现》，第178—194页，或《面见凤凰》，第49—50页。

2 《照明谢赫作品集》，第26页。

3 《哲人终极目标的最真实呈现》，第194页，或《面见凤凰》，第50页。

4 《哲人终极目标的最真实呈现》，第187—188页，也可参阅 *The man of light in Iranian Sufism*, p. 180。

5 《亚什特》，第588页，也可参阅《照明哲学与古伊朗哲学的关系》，第58页，或《发现隐秘》，第344页。

6 《美的馨香与荣耀的开端》，第39页。

7 《美的馨香与荣耀的开端》，第26、32页。

8 《隐喻和隐喻故事》，第319页。

9 《赫尔梅斯与伊斯兰世界的赫尔梅斯著作》，第156页，或见A. E. Affifi, “The Influence of Hermetic Literature on Moslem Thought”, p. 844。

的区域，因为像甘泽、萨格尔这样的城市被视作伊斯兰和非伊斯兰国家的边界，当地穆斯林实际上同其他教派的文化有更多的接触。

在所有这些言论中，没有明说、但很明确的一点是人类自身存在或人类灵魂存在的二元性：一方面位于精神世界或者理念世界，由于其超脱于这个世界被苏赫拉瓦迪称为“第八地带”，由于其无方位被称为“无地之境”，由于其非物质性被称为“悬浮理念世界”[1]；另一方面存在于形式和物质相结合的尘世，对于其根源在光和精神世界的“自我”来说，他是这个世界的陌生人。灵魂或者说“人的本我”在这里是囚徒，被从自己的本来的世界流放到了这里，身处异乡。这个自我所的唯一愿望就是复归自己，也就是同自己在天界的原型和孪生兄弟合二为一，回到自己的故乡。

苏非神秘主义体验和照明哲学的终极目标是见到这个“理念的我”，它相当于被囚禁、被流放的尘世自我所挚爱的恋人。这种见面，事实上是两个“我”——实际是两位一体——相见，一如人和他镜中的形象。人和他镜中的形象本来是一体的，但由于处于不同的领域而拥有两个存在：一个由物质和形式组成，另一个只有形式。这种相见的体验只有在没有物质的悬浮的理念世界才可能发生。从这个角度来观察苏非的神秘体验，“面见真主”的体验就变成了“面见自己”，或者变成“自我”与“本我”的相见的体验。因此，神秘主义爱的体验不再是奴仆与真主的会合，而是变成了“我”与“本我”的会合：远离故土爱人、被流放在异乡被爱煎熬的“我”和渴望见到爱人的被爱者“我”的会合。因此，表达真主和奴仆之爱的经文“真主喜悦他们，他们也喜悦真主”，获得了另一种解释。

这种相见，这种看待爱人者和被爱者的观点，或者说自我的二元性，也可以在颂体隐喻诗故事《珍珠》，即《托马斯的行为》[2]书中提到的《荣誉袍》故事中看到，该书在伊斯兰历2世纪（公元8世纪）下半叶被翻译成古叙利亚语。在引自哈拉智的类似言论中也可以看到，他说：“我用我的心之眼看到了我的爱人，我问你是谁？他说：我是你。”[3]看来穆斯林从伊历二三世纪就开始了解这类思想和诺斯神智文学，到伊历6世纪开始引人注目，像苏赫拉瓦迪、阿塔尔这样的一些哲学家和诗人有可能得到这种文本。尤其是关于真主和奴仆之爱，及通过神秘主义体验面见真主的问题，此时在苏非修道者和教法学家中引起了讨论和争议。

苏赫拉瓦迪不仅在多处提及赫尔梅斯及其话语，在自己隐喻色彩的论文如《红色的理智》《加百列天使翅膀的歌声》《和苏非聚会的日子》中谈到了自己同天使或者“本我”见面的体验，而且在《陌生人在异乡的故事》中可以清楚地看到他引用了《珍珠》这首颂诗的内容。在亨利·卡尔本援引《托马斯的行为》书中的《荣誉袍》故事的结尾，故事的主人公经历了在埃及发

1 《红色的理智》，第34—35页。

2 叙事诗《珍珠》的译文见：《苏非遗产的价值》，第284—288页；《诺斯文学》，第27—30页。

3 《照明谢赫作品集》，第三册，第377页。

生的一系列事件后，成功地回到了自己的家乡，重新穿上了像自己本体和生命一样的荣誉袍。这些衣服在他前往埃及履行使命时，被国王和王后，也就是他的父母从他身上脱下来。他说："我们彼此分离，但外形相似，我们是独一的整体。"[1]

这种自我的二元性和"自我"与"本我"的相见，在伊历6世纪诗人阿塔尔的诗歌作品中以各种形式呈现，也许他也像苏赫拉瓦迪一样，在伊朗西部受到了诺斯文学的启发。

波斯诗歌中经常重复的一个意象的构成元素来自约瑟夫先知的故事。正如我们所知道的那样，约瑟夫在伊斯兰文化中是美和道德高尚的象征，在经历一系列事件后，被无辜投入牢房，不久被释放，并成为埃及的大臣。苏非诗人在约瑟夫故事的这一部分里发现了灵魂被囚禁在肉体和尘世监牢的意象。他们将故事这一部分的主题进行了恰当的神秘解释：约瑟夫是人类柔软、纯洁灵魂的象征，埃及是精神、光和天使世界的象征，而监牢象征着肉体和物质世界。从这个视角看，灵魂或者"理念的我"从灵界或精神世界的埃及来到这个世界，被身体的牢笼所囚禁，不久获得释放。如果遵行苏非修行之道，将回到自己的本源和真知的世界，获得苏丹一样的荣耀和地位。用构成这部分或其他部分故事的所有或部分元素塑造的这一意象，在波斯诗歌里非常流行，在阿塔尔之前，萨纳伊（Sanā'yi）和内扎米（Nezāmi）也提到过这一意象，如萨纳伊说：

像勇士打破躯体的牢笼，向精神世界飞扬，
如今来到这个浩瀚的世界，请随心观望。
如果你打算像约瑟夫一样脱离牢房，
请用知识养育生命，用神智摆脱迷茫。[2]

在这里，我们看到了约瑟夫故事中"井"的元素，幽玄世界的旷野取代了埃及。内扎米说：

当你的约瑟夫还没有跌入井底，
你就生活在天堂般的埃及，
当你跌入尘世这个井底，
就会脸色蜡黄，一病不起。[3]

但阿塔尔在《神秘论》中，利用构成这一意象的元素，表达了另一种意义，稍加思索就能从中得出我们上面提及的"自我二元性"这一结论，它以各种形式在阿塔尔的作品中以诗歌的样式被

1 *The man of light in Iranian Sufism*, p. 25.
2 《萨纳伊诗集》，第464页，也可参见《沙姆斯全集中的先知故事》，第767页之后。
3 《秘密宝库》，第352页。

表述。

在埃及你拥有帝王的威仪，
为什么像约瑟夫一样落入井底？
视一为二，看二成百，
其实都是你自己，没有例外。[1]

正如看到的那样，阿塔尔的这句话可以这样理解：你的本真也就是你的灵魂在这个肉体的井底是个囚徒，但在埃及，你的生命也就是你的那个“天上的我”或“理念的我”拥有帝王的荣光。这两个自我——囚禁在深井的自我和精神世界国王般的本我是一体的。但由于你被囚禁于这个世界，你把一看成了二，忽视了他们的统一性。阿塔尔在他最后一部叙事诗《灾难论》中，更加明确地表达了这一思想：

你的灵魂就像约瑟夫，居住在生命世界的埃及，
每时每刻从那个世界向你吹来醉人的气息。
如果吹来的气息片刻停止，
你就会发现自己毫无价值。
假如两个世界都与你为敌，
只要有来自约瑟夫的气息，何须在意？[2]

正如看到的那样，这里说任何人在生命的埃及，也就是在“悬浮理念世界”“第八地带”或者“生命世界”中是一个丝毫没有沾染这个世界黑暗的纯洁天使，或者说是“完美的本质”，它是人的保护天使。如果这种保护有片刻被中断，这个被肉体监牢囚禁的自我将失去所有价值。所有苏非长老努力和苦修的目标都是为了达到这个上天的被爱者或者“理念的我”。这个“理念的我”是如此美丽，如果有人看到它，就会爱上它，并因这种爱而发出吼叫。因为它是神性灵魂的外显，是世界大美的外露。阿塔尔说，真主创造了从最低级的到最高级的所有东西，并把它们展示给你看，但不把你丝毫的“本我”展示给你。换句话说，不把“理念的我”展示给囚禁在“尘界的我”。因为一旦你看到这种本我，会因爱而吼叫。然后他叮嘱说，如果你想看到它，必须禁欲苦修，抛弃尘世的桎梏，和绝对的真主混化：

1 《神秘论》，第158页。
2 《灾难论》，第269页。

那个见过世面的伟人这样讲：
在这个世界上他最见多识广。
造物主赋予万物以生命力，
不论前后，高山还是低地。
不论星辰、苍穹，太阳还是月亮，
不论大海、大地，群山还是谷糠。
不论天牌、天笔，阿尔什还是库尔西，
不论大天仙、小天使还是人种自己。
所有的一切都像太阳一样展示给你，
一如你看到的那样万物生生不息。
但丝毫不把你"本我"展示给你，
让你"本我"成为隐藏的秘密。
如果你看到了本来的自己，
会因炽热的爱而呼天抢地。
如果你想发现丝毫"本我"的踪迹，
禁欲苦修吧，这个世界充满了你。[1]

正如在这些例子中所看到的那样，我们到处看到"一的二元性"，似乎同一个东西有时是此，有时又变成了彼：在一个领域是爱者，在另一个领域是被爱者，在一个领域是观众，在另一个领域是被看到的东西。阿塔尔在其著名的苏非叙事诗《鸟的逻辑》中以凤凰和30只鸟的意象展示了自我的二元性。数百只鸟为了寻找自己的国王凤凰，在戴胜鸟的率领下，开始了史诗性的长途跋涉，最后只有30只鸟看到了凤凰。30只鸟看自己时，看到了凤凰，当它们看凤凰时，又看到了30只鸟或者它们自己。也就是说，它们最终经历苦修的痛苦，洗去尘世的功名利禄和欲望，体验到了"见到自己"或者"自我"与"本我"的合一。这种体验只有当在这个世界引起他们羞耻的行为从他们身上消弭，在真主的关照下重获新生，将过去的所作所为完全从心灵上清除之后才能发生。[2]因此，众鸟最终并没有见到自己的主，主的地位如此之高，无人可以看到。所有苏非修炼的结果是见到自己，一个摆脱尘世桎梏的自己，将自我提升到远离尘世一切高度的自己。当众鸟惊诧于这种相见时，请求凤凰解释这种相见和"我们"与"你"差别，凤凰神鸟给它们降下了这样的启示：

1 《神秘论》，第155页。
2 《鸟的逻辑》，第426页。

凤凰神鸟降下无声的语言，
太阳似的凤凰鸟就像镜子一面。
无论谁来，从中看到的只是自己，
生命和肉体看到也是生命和肉体。
当你们三十只鸟来到这里，
镜中看到只是三十只鸟而已。
即便是四十、五十只鸟再来到这里，
看到的仍是他们自己。
尽管你们承受辛苦，劳心劳力，
最终你观看自己，看到的只有自己。
你可曾见到什么人来到我这里？
蚂蚁怎么会有看到昴宿星的视力？[1]

尽管《鸟的逻辑》从故事的主题看，与伊本·西那的《鸟论》——后被苏赫拉瓦迪翻译成波斯语——和阿布哈麦德·安萨里的《鸟论》——后被谢赫·艾哈迈德·安萨里翻译成波斯语——不无关联，但在这两篇关于鸟的文章中，从没有提到“面见自己”的体验。[2]但正如我们上面看到的那样，阿塔尔将“面见自己”这一主题通过多种形式进行了阐释。《真主论》中有一则关于印度人萨尔帕塔克的故事，萨尔帕塔克通过占星术的描绘爱上了精灵国美丽的公主，经历一番磨难，发现了其师傅的秘密后，最终并没有见到精灵国的公主，而是看到了自我，发现美人就在自己的胸腔里，当他吃惊地问美人她是如何进入他的胸腔时，她回答说：

那个迷人、美丽如月的姑娘说，
从第一天起我们就从未分开过。
我是你的自我，你寻找的实际是自己，
为什么不擦亮眼睛，练就自己的眼力？
如果你放眼看去，全世界都是你，
从外到内到处都是你的知己。[3]

在《真主论》里面，爸爸给希望得到精灵界公主的男孩讲了这个故事，然后借父亲之口得出

1 《鸟的逻辑》，第447页，相关的解释参阅《面见凤凰》，第102—116页。
2 《隐喻和隐喻故事》，第16章《鸟论》，从第403往后。
3 《真主论》，第168页。

故事的结论：

啊孩子，你现在四处寻找的东西，
都在你自身，而你却不肯努力。
清醒吧，你就是你的爱人，
回家吧，无须在外面费神。[1]

在阿塔尔讲述的关于巴耶济德·比斯塔米（Bāyezid Bestāmi）升天见主的故事中，强调修道的最后发生了“面见自己”的事。一如我们所说，这种题材在伊历6世纪著名苏非长老和照明哲学作品中有引人注目的呈现。阿塔尔就比斯塔米升天这样写道：

从比斯塔米的金牛宫升天，
伊斯兰的太阳口吐真言：
我三次在不确定的时间，
走完的路程，别人需花三万年。
当我被允许进入真主至高的领地，
看到迎接我的竟是巴耶济德自己。
我高呼，主呀，请撤去大幕，
大幕落下，巴耶济德显露。[2]

当有人问巴耶济德，奴仆什么时候可以和真主会合时？他回答说，奴仆永远也到不了真主那里：

人们问他，是否有人得到真主的眷顾，
奴仆在这条路上什么时候抵达真主？
他回答说，任何人不会有此荣幸。
如果有人出现在这里，那才令人吃惊。[3]

1 《真主论》，第168页。
2 《神秘论》，第152页。
3 《神秘论》，第152页。

参考文献

1. 阿卜杜·侯赛因·扎林库布:《苏非遗产的价值》第五版,伊朗文化基金会出版社。
2. 阿卜杜·侯赛因·扎林库布:《伊朗苏非主义探究》,阿米尔·卡比尔出版社,1357年。
3. 阿布高塞姆·古篩勒:《古篩勒苏非论文译本》,巴迪扎芒·夫鲁赞法尔校勘,科学文化出版中心。
4. 阿塔尔·内沙浦里:《长老传》,穆罕默德·伊斯塔阿拉米校勘,扎瓦尔出版社,1346年。
5. 阿塔尔·内沙浦里:《长老传》,尼克尔森校勘,林登:布里勒出版社,1905年。
6. 阿非夫·阿里朗校注:《艾因·古扎特·哈马丹尼作品集》第一卷,《真理精华》丛书,大学出版社,1341年。
7. 巴迪扎芒·夫鲁赞法尔收集编著:《玛斯纳维中的圣训》,第二版,阿米尔·卡比尔出版社。
8. 博尔斯·鲁亚里苏伊:《未发表的苏非言论》,(沙菲格·巴尔黑的功修篇)。
9.《alef 和 lām的密切关系》,G. K. 格迪亚特校勘。
10. 阿布塔里布·穆罕默德·本·阿里·萨来基:《与主交往的内心的力量》,埃及:1381/1961年。
11. 塔基·普尔纳姆达里扬:《面见凤凰》,第五版,人文科学和文化研究所出版,1390年。
12. 塔基·普尔纳姆达里扬:《隐喻和隐喻故事》,第八版,科学文化出版社,1392年。
13. 塔基·普尔纳姆达里扬:《红色的理智》,第三版,语言出版社,1392年。
14. 塔基·普尔纳姆达里扬:《沙姆斯全集中的先知故事》,第四版,人文科学和文化研究所出版,1388年。
15. 伊玛目·穆罕默德·安萨里:《宗教学的复苏》,附巴达维博士关于苏非主义的序言,开罗。
16. 卡麦勒·穆斯塔法·希比:《哈拉智集注释》,第一册,复兴书店出版社,贝鲁特-巴格达,1974年。
17. 亨利·卡尔本校勘:《照明谢赫作品集》第一卷,伊朗哲学学会。
18. 赛义德·侯赛因·纳斯尔校勘:《照明谢赫作品集》第三卷,伊朗哲学学会。
19. 阿布高塞姆·穆斯来麦·本·艾哈迈德·马基里提:《哲人终极目标的最真实呈现》,研究者:赫尔姆特·里特尔。
20. 伊布拉希姆·普尔达伍德:《亚什特》,白赫拉姆·法勒瓦什校勘,德黑兰大学出版社。
21. 亨利·卡尔本:《照明哲学与古伊朗哲学的关系》,艾哈迈德·福鲁耶德、阿卜杜·马吉德·古勒勤翻译,德黑兰,伊朗学学会。
22. 拉希德丁·阿布法兹尔·米布迪:《发现隐秘》,阿里·阿斯加尔·核克马特校注,伊本·西那出版社。
23. 纳吉姆丁·库布拉:《美的馨香与荣耀的开端》,弗里特兹·马耶尔校注。
24.《赫尔梅斯与伊斯兰世界的赫尔梅斯著作》,文学系系刊,第十年,第2期。
25. 阿布高塞姆·伊斯马仪普尔:《诺斯文学》,埃斯图莱出版社,1388年。
26. 阿布马智德·马智杜德·本·亚当·萨纳伊:《萨纳伊诗集》,姆达莱斯·拉扎维校注,萨纳伊出版社。
27. 内扎米·甘泽维:《秘密宝库》,阿卜杜卡里姆·阿里·乌格里·阿里扎德校勘,苏维埃共和国科学院。
28. 阿塔尔·尼沙浦里:《神秘论》,穆罕默德·列扎·沙斐仪·卡德坎尼校注,第二版,语言出版社,1386年。
29. 阿塔尔·尼沙浦里:《真主论》,穆罕默德·列扎·沙斐仪·卡德坎尼校注,第二版,语言出版社,1386年。
30. 阿塔尔·尼沙浦里:《鸟的逻辑》,穆罕默德·列扎·沙斐仪·卡德坎尼校注,第一版,语言出版社,1383年。
31. 阿塔尔·尼沙浦里:《灾难论》,穆罕默德·列扎·沙斐仪·卡德坎尼校注,第二版,语言出版社,1386年。
32. C. G. Jung. The Collected works. The Archetype and Collective unconscious. Second edition Trans. by R. F. Chull, p. 223.

33. Joseph Norment Bell, Love Theory in Later Hanbalite, pp. 35, 162.
34. A. E. Affifi, “The Influence of Hermetic Literature on Moslem Thought”, *Bulletin of the School of Oriental and African Studies,* University of London, Vol. 13, No. 4 (1951), pp. 840–855.
35. Corbin Henry. *The man of light in Iranian Sufism*, translated from French by Nancy Pearson, Shamhala, boulder and London, 1973.

波斯神秘主义文学经典在明末江南的传播

——以张中《归真总义》所引《长老传》为例

北京大学外国语学院　王一丹

摘要：明清时期波斯神秘主义（苏非派）对中国穆斯林的影响，以及中国穆斯林学者对波斯经典的汉译，自19世纪末以来，一直是中外学者的研究兴趣所在。其中，鲁米（莫拉维）《玛斯纳维》、萨迪《蔷薇园》、贾米《勒瓦一合》等著作的译介情况尤为令人关注，取得的相关研究成果堪称丰硕。相形之下，另一位在波斯神秘主义文学史上具有重要地位的早期诗人阿塔尔则较少有人关注。事实上，阿塔尔的作品很早就对中国穆斯林汉译家产生过影响。本文拟根据刘智《天方性理》的"采辑经书目"以及张中《归真总义》的记载，对阿塔尔的名著《（苏非）长老传》在中国穆斯林汉译经典中留下的影响作初步探讨，以期为波斯神秘主义文学研究以及中国穆斯林汉译经典研究提供新的视野。

关键词：《归真总义》《长老传》　苏非神秘主义　汉文伊斯兰经籍　张中　阿塔尔

一

张中，字君时，又名时中，苏州人，出身于伊斯兰教经学世家。[1]据赵灿《经学系传谱》（成书于清康熙年间），张中曾师从胡登洲三传弟子张少山。[2]明崇祯十一年（1638），印度伊斯兰教苏非派传教师阿世格来华，在南京讲学，他师从阿世格学习3年，后据其所授内容及个人体会，用中文写成《归真总义》一书。《归真总义》是汉语伊斯兰译著的早期代表作之一，它"把总信之词（Īmān Al-muj-mal）译为四句37字"，"全书行文若断若续，但气势是通畅的，意思是贯注的，全书的结构

1　白寿彝，《中国伊斯兰经师传·张中》，《白寿彝民族宗教论集》，北京师范大学出版社，1992年，第404页；参见白寿彝主编，《回族人物志》（下），宁夏人民出版社，2000年，第920页："张中"。

2　赵灿著，杨永昌、马继祖标注，《经学系传谱》，青海人民出版社，1989年，第41页。

是严密的。解释经文的地方一个字一个字地考究，前后反正的搜索”，指出“真主是超物质的客观存在，而我的存在是体现了真主的妙用，要通过对自己的认识，就可认识真主。这是阿世格讲学的要旨。此后中国伊斯兰的宗教学者在哲学上很多是持同样观点的，这在中国伊斯兰史上是很有影响的”[1]。《归真总义》约成书于明崇祯十三年（1640），于清顺治十八年（1661）首次刊行。除《归真总义》外，张中还有《克里默解》和《四篇要道》等著述，是明清之际成就较大的伊斯兰译著家[2]。

张中的老师阿世格，《归真总义》称其为“欣度（即印度）师”或“西师”。“阿世格”一名，当为阿拉伯—波斯语عاشق（‘āshiq）一词的音译，意为“爱人、爱慕者”。这一名字具有典型的苏非派神爱论的特征。神爱论主张以真主为喜爱对象，用爱慕、亲近之情代替敬畏、恐惧心理，强调专注于对真主的爱，让灵魂在神性之爱中得到净化，以达到“爱者”（‘āshiq/عاشق，指苏非）—“爱”（‘ishq/عشق）—“被爱者”（ma‘shūq/معشوق，指真主）三者和谐、完美的合一。苏非神秘主义者，尤其在印度苏非派中，多有以“爱”自号或作笔名者，如《爱的文集》（*Majmū‘a-yi ‘Ishq*/مجموعهء عشق，作于1187 A. H./1773）和《辞章品级》（*Ṭabaqāt-i Sukhan*/طبقات سخن，作于1222 A. H./1807）的作者شيخ غلام محيى الدين قريشى ميرتهى就取Ishq（عشق，“爱”）作为笔名；[3]《爱的刺针》（*Nishtar-i ‘Ishq*/نشتر عشق，成书于1233 A. H./1817—1818）的作者حسينقليخان عظيم آبادى则以‘Āshiqī（عاشقى，“热爱”）为笔名；[4]至于以‘Ishqī（عشقى，“爱的”）为笔名的作者则更多，有‘Ishqī-yi Sāvijī/عشقى ساوجى，‘Ishqī Khān/ عشقى خان，‘Ishqī-yi ‘Aẓīm Ābādī/ عشقى عظيم آبادى，[5]等等。阿世格取名‘Āshiq（“爱慕者”），表达的即是“真主的爱慕者”之意，这与他的苏非派身份正相吻合。

阿世格的生卒年及其在印度的生平、师承均不详，从张中《归真总义》卷首之《欣度师〈以麻呢解〉缘起疏》可以了解他到中国后的游踪和授徒情况，转引如下：

> 师讳阿世格，系欣度国人，因以欣度师称之。从欣度到大明之留都（指南京。——本文作者按），计程十万余里，是以遨游一十三载而至止焉。居数岁，复浩然而归矣。……余于崇祯戊寅（1638年。——本文作者按）春，游学南都，幸逢慈驾，观其仪

1 白寿彝，《中国伊斯兰经师传 · 张中》，《白寿彝民族宗教论集》，第406页。

2 参见杨晓春，《早期汉文伊斯兰教典籍研究》，上海古籍出版社，2011年，第15—17页；杨晓春，《元明时期汉文伊斯兰教文献研究》，中华书局，2012年，第19—22页。

3 参见C. A. Storey,*Persian Literature: a Bio-bibliographical Survey*, London: Luzac, 1972, vol. 1, part 2, pp. 883—884; 另见Aḥmad Gulchīn Ma‘ānī, *Tārīkh-i Tazkira-hā-yi Fārsī*（《波斯语传记文学史》）, Tehran: Intishārāt-i Dānishgāh-i Tihrān, 1348 H.sh./ 1969, vol. 1, p. 764; 1350 H. sh./1971, vol. 2, pp. 168—169。

4 参见C. A. Storey, *Persian Literature: a Bio-bibliographical Survey*, vol. 1, part 2, pp. 885—886; 另见Aḥmad Gulchīn Ma‘ānī, *Tārīkh-i Tazkira-hā-yi Fārsī*（《波斯语传记文学史》）, 1350 H.sh./1971, vol. 2, pp. 357—359。

5 Aḥmad Gulchīn Ma‘ānī, *Tārīkh-i Tazkira-hā-yi Fārsī*（《波斯语传记文学史》）, vol. 2, pp. 374, 377, 359. 关于‘Ishqī Khān，又参见Tawfīq H. Subḥānī, *Nigāh-ī ba Tārīkh-i Adab-i Fārsī dar Hind*（《印度波斯文学史一瞥》）, Tehran: Intishārāt-i Dabīrkhāna-yi Shūrā-yi Gustarish-i Zabān va Adabiyāt-i Fārsī, 1377 H. Sh/ 1998, p. 353。

表，隆准环眼，高额长髯，雄奇魁伟，人佥曰：'此胡僧也，云游其长技耳，乌足异。'独临潼少山张老师识之，曰：'此有道之士，胡可以寻常测之耶。'余因徐叩其衷，聪明天纵，知颖迈伦，每于松风月露之下，晤言性道，考证古今，或言天人之奥，或穷性命之微，或究理道之旨，或谈修证之功，抑有时乎剖身世之真幻，评圣贤之往事，以至经史百家，大叩则大鸣，小叩则小鸣，豁然若发蒙，又邃然莫可窥也。余遂执弟子礼，以师事之，谨奉教者三年。因言吾教最要莫先乎认主，而认主之窍妙处，曰以麻呢。故凡师所口授，无非以麻呢之义，余因以笔记之，集成一帙，曰以麻呢解。非解以麻呢已也，意以千经万典，其理如是，盖将直指本原，与斯人同归大道耳。乃知十三载之勤劬，十数万里之跋涉，直为彰明斯道而来者乎。迨至明末，国祚将移，师以幾先之哲，复浩然而归矣。嗟乎，哲人既往，手泽犹存，不意兵燹之后，煨烬之余，仅存什一。而此解首句，原稿缺五叶，二句、三句缺十一叶，末句缺十四叶。遗失颇多，次序亦乱，意者以麻呢原不可解耶。……今一旦昭明于此，其撒娃卜（主恩赐。——本文作者按）与吾师西来之意，同垂不朽矣。[1]

二

关于《归真总义》一书的书名，张中解释道："《以麻呢穆直默勒》是本经之名，此云《归真总义》，乃吾圣人总万法而归一真之妙谛也。经文共四句。"[2]《以麻呢穆直默勒》，即ايمانِ مجمل（Īmān-i Mujmal），ايمان即"以麻呢，译归真二字"，意即"（对真主的）信仰"，مجمل为"简约的"或"提要"之意，《以麻尼穆直默勒》为音译，《归真总义》为意译，也译作《以麻尼解》。[3]此书是对伊斯兰教总信词的阐释。关于其写作缘起及编撰原则，张中在"凡例"中有详细说明："是解乃西师逐句口授。""是解乃西师集成，如垒山子，初学但见其文辞峻朴，不能识其旨趣。间观各家书籍，其中有可以照应处，不妨取来点缀，幸毋以续貂见责。西师讲解梵语（指阿拉伯语—波斯语。——本文作者按）华言，互相发明，予惟略加儒文译润之，义外不敢添设。西师断章取义，必用天经圣典，或诗文故事，以证其说之有据。……是经专论真主本然，论真主尊名，论真主动静，论真主断法，何等惊天动地学问，而其文仅三十七字，重复者过半兼之个中妙义甚深，恐初学难以悟入，是以高题之外，间附畴昔所闻，复有补注，无非畅其应有者。"[4]由此可见，此书在记录阿世格的讲解的基础上，还增添了张中本人的解说和注释。据统计，书中所引除"天经（《古兰经》）"外，还有阿

---

1 欣度师口授、张中笔述，《归真总义》，见周燮藩主编《清真大典》据清光绪四年（1878）宝真堂藏版重刊本，黄山书社，2005年，第16册，第238—239页。本文所引《归真总义》，如非特别注明，均出自此版本。

2 张中，《归真总义·以麻呢穆直默勒启蒙浅说·标题译解》，《清真大典》第16册，第241页。《归真总义便蒙浅说凡例》（《清真大典》第16册，第240页）则云："依麻尼，译归顺。"

3 张中，《归真总义便蒙浅说凡例》，《清真大典》第16册，第240页。

4 张中，《归真总义便蒙浅说凡例》，《清真大典》第16册，第240页。

拉伯文、波斯文典籍15部。[1]事实上,《归真总义》所引典籍并不止于此,还有一部重要的波斯文著作未被检出,即《默思乃唯》[2]——13世纪著名苏非大师、波斯神秘主义诗人莫拉维(Mawlavī,1207—1273)的诗歌巨著مثنوی معنوی(*Masnavī-yi Ma'navī*,今译《玛斯纳维》)。书中所引《默思乃唯》的四行诗句,有待专文讨论,此不赘。

如前所引,阿世格本人在讲授时"必用天经圣典,或诗文故事,以证其说之有据",而张中阐释其师见解,也常恐初学者"不能识其旨趣",因而"间观各家书籍,其中有可以照应处",便"取来点缀"或"补注"。他们引经据典,所举大多为著名苏非长老(al shaikh,又译舍黑、谢赫、筛海等)的典故。书中称这些苏非长老为"尊者",如满素尔尊者(243页等多处,详见下文)、施卜里尊者(244页)、乐弼蔼[3]女贤(250页)、把叶济尊者(252、266页)、祝耐得尊者(252、258页)、伍外思(257页)、舍该格尊者(271页)、略略尊者(247页)、撒德而尊者(264页)、洒阿德尊者(264页)、摹须尊者(252页),以及畏犬老人(252页)、出洞三贤(271页)等。[4]

在上述苏非长老中,被提及次数最多的是满素尔尊者(有时称舍黑满素尔),前后共提及5次,十分值得注意。为便于讨论,先将《归真总义》中述及满素尔尊者的5处段落分别摘引如下:

第一处:

经文第一句:阿满秃 宾略希 克谟乎它。我归顺真主,就如他。

右译经义,记八字。福格哈(此云明理尊宿)曰,此经乃吾圣人化工妙笔,一字一海也。古今教典,总不外是,解悟浅深,存乎其人。……从上诸贤,非不能解"我"字之义,正恐解之不能臻其阃奥,故每每至此搁笔。惟满素尔尊者识之,惜乎不得其传。或曰,若云可传,便非识之者。[5]

第二处:

可见高贤大士,受主提拔者,难以寻常礼法例推也。殆有甚焉者,如把叶济赞自清净,满素尔自许真主,乃若摹须尊者,畏犬老人,此类甚多,悉其功夫成就,内眼开明处,即圣人所谓"我一时同着真主"是也。"同"字,莫作"偕"字想,学者不得闻风效颦,以

1 杨晓春,《张中〈归真总义〉中引用的域外伊斯兰教典籍与中国学者的言论——晚明江南伊斯兰教界某些侧面的初步讨论》,《世界宗教研究》,2010年,第3期,第154—156页。

2 张中,《归真总义》,《清真大典》第16册,第260页。

3 "乐弼蔼",《归真总义》1923年马福祥刊印本作"啦弼耳",见[印度]阿世格著,寒山张时中译,《归真总义》,1923年6月陇右马福祥刊印本,第19页。

4 括号内页码表示该词出现在《清真大典》第16册中的页数。

5 张中,《归真总义》,《清真大典》第16册,第243页。

致堕落。慎之，慎之。[1]

第三处：

《忒忒兹启喇》（经名）[2]云：昔满素尔尊者，以无上妙义化人，而通国不信，咸为其以邪道惑人，而羁之于狱，以俟议处。其徒数辈往候之，不见其师，惟见空狱而已。明日复往，乃见其师露坐，而不见其狱。众徒方异之，乃惊问其故。尊者曰："昨日我到主上去，今日我向主上来耳。"此等话头，学者须要参究。[3]

第四处：

所谓好之不得，如舍该格（人名）不敢食哈立娃；恶之不得，如伍默尔（人名）不敢杀醉夫；不沾染，如出洞三贤；不被法缚，如舍黑满素尔（人名）之类是也。[4]

第五处：

所谓"虚堂客去山还静，幽谷云来花自馨"，依然适得个本体。此等境界，亦不易到，须是真积力久乃得。满素尔尊者，一日突云："我是真主。"此经书有禁，教法不容者，是以为国人所害。然而千载之下，皆识其为得道真人。此其所谓承领真主断法，而不为法缚者舆。或曰：窃闻"道高龙虎伏，德重鬼神钦"，奈何不能使人礼之，而反为所害。曰：杀之不为其辱，礼之不为其荣。本是桃花贪结子，错教人恨五更风。[5]

以上五段引文，第一段是对经文（总信词）第一句的解说，作者开篇提到的第一位苏非长老就是满素尔，称其为唯一识得"我"字奥义之人。可见满素尔尊者在作者心中崇高地位，非其他长老可比。

第二段引文仍属对经文第一句的解说，阐释苏非长老中获得真主特别眷顾的高贤大士，其言行可不受寻常礼法所拘束，所用典故将把叶济与满素尔二人并举，前者"赞自清净"，后者则"自许真主"，均为惊人之语。把叶济，今一般译作巴亚齐德·比斯塔米（804—874或877—878，Bāyazīd Basṭāmī/بایزید بسطامی），波斯人，首位将寂灭概念引入苏非派的著名神秘主义者，所谓"赞

1 张中，《归真总义》，《清真大典》第16册，第252页。
2 《归真总义》1923年马福祥刊印本作"《忒兹启喇经》"（第38页）。
3 张中，《归真总义》，《清真大典》第16册，第259—260页。
4 张中，《归真总义》，《清真大典》第16册，第271页。
5 张中，《归真总义》，《清真大典》第16册，第272页。

自清静"，即《归真总义》另一处所说"把叶济自赞我清净"[1]，指的是他那句惊世骇俗的名言："Subḥānī!Mā a'ẓama sha'nī!"（"赞颂归于我！我至尊至大！"）[2]他把穆斯林赞美安拉所使用的"赞颂归于安拉！（Subḥāna Allāh!）"改为"赞颂归于我！"，被视为"胡言乱语""醉语"，因而备受指责；而"自许真主"的满素尔尊者，则是全名为侯赛因·满素尔·哈拉智（Ḥusayn Manṣūr Ḥallāj /حسين منصور حلاج, 857—922）的著名苏非长老，今一般译作哈拉智。哈拉智因声称"我是真主（Ana al-Ḥaqq）(انا الحقّ)"（又译"我是真理"）而被视为异端，身受极刑而死。[3]哈拉智的生平经历，尤其是他殉教的情节，极富传奇色彩，被苏非派奉为"殉教者"。巴亚齐德与哈拉智两人均是早期苏非派的杰出人物、神秘主义泛神论的重要代表，在后世波斯、中亚和印度苏非派中深受尊崇，影响很大。[4]

第四段和第五段引文都是对经文第四句的阐释，以满素尔自云"我是真主"为例，说明"不为法缚者"的境界，只有"承领真主断法"的"得道真人"才能达到，凡人无法企及。全书在讲完满素尔这一典故之后便告结束。因此，《归真总义》讲解经文（总信词），从满素尔开始，也以满素尔作结。

这里要着重讨论的是第三段引文。张中在其中唯一一次提到了典故的出处——《忒忒兹启喇》一书。此处第二个"忒"字当为衍文，正确的书名应是《忒兹启喇》。《归真总义》1923年刊本作《忒兹启喇经》[5]，当是。忒兹启喇（te zi qi la），即تذكره（tazkira）一词的音译，意为"行传、传记"。波斯文学史上有许多以تذكره（tazkira）命名的著作，如تذكرة الشعراء（*Tazkirat al-Shu'arā*，《诗人传》）、تذكرة الوزراء（*Tazkirat al-Vuzarā*，《群臣传》）等。《归真总义》这里引用的《忒兹启喇》，是一部著名的苏非经典，即13世纪波斯神秘主义诗人阿塔尔（Farīd al-Dīn 'Aṭṭār Nīshābūrī/فريد الدين عطّار نيشابورى, 1145—1221）的著作تذكرة الاوليا（*Tazkirat al-Awliyā*，《长老传》）。此书关于满素尔"空狱"故事的描述，包括人物的对话，都与《归真总义》的记述相近，正是这一典故的来源。《长老传》是一部记述苏非圣徒言行的波斯文学名著，作者阿塔尔与《真理之园》（*Ḥadīqat al-Ḥaqīqat*/ حديقت الحقيقت）的作者萨纳伊（Sanāyī/سنايى, 1080—1140），以及前文已提及的《玛斯纳维》的作者莫拉维，并称波斯文学史上三大苏非诗人。[6]阿塔尔一生著述甚丰，最著名的

---

1 张中，《归真总义》，《清真大典》第16册，第252页。

2 *The Encyclopaedia of Islam*, 2nd edition, Leiden: E. J. Brill, 1986, vol. 1, p. 162: "Abū Yazīd al-Bisṭāmī"；此句汉译引自周燮藩，《苏非之道——伊斯兰教神秘主义研究》，中国社会科学出版社，2012年，第42页。

3 *The Encyclopaedia of Islam*, 2nd edition, vol. 3, p. 100: "al-Ḥallādj".

4 参见［日］井筒俊彦著、秦惠彬译，《伊斯兰思想历程——凯拉姆·神秘主义·哲学》，今日中国出版社，1992年，第127—136页。如何理解巴亚齐德、哈拉智等人"离经叛道"的言论，历代苏非都力图作出解释，如祝奈德说："他（巴亚齐德）是一个在见证主的伟大中无我的人。他讲的是无我状态下的话，真主使他不见万物，唯他是见，于是他只见到了真主，并以自己的感觉去描述。"（转引自［埃及］艾布·卧法·伍奈米著、潘世昌译，《伊斯兰苏非概论》，商务印书馆，2013年，第133页。）阿世格时代的另一位印度苏非大师也表达了近似的意思："事实上，一个真知者进入无限真知的本质，达到修炼的终极时，他会不由自主地表达自己的思想和一切。如，哈拉吉不加思索地说：'Ana-al-Haqq'，……当他们自己消失在无限无端无极的存在时，他们把自己说成'真主'（Haqq），这时的意思就是真主的显现。"（转引自唐孟生，《印度苏非派及其历史作用》，经济日报出版社，2002年，第125页。）

5 见《归真总义》1923年马福祥刊印本，第38页。

6 参见张鸿年，《波斯文学史》，北京大学出版社，1993年，第104—112页。

作品是寓言叙事诗《百鸟朝凤》(*Manṭiq al-Ṭayr*/منطق الطير,或译《鸟的对话》),借描写百鸟为寻找鸟中之王凤凰所经历的种种艰难险阻,说明苏非只有经过自我修炼的七个阶段,才能在精神上与真主合而为一。《长老传》则堪称阿塔尔的散文代表作,记载97位苏非长老和圣徒的生平,介绍他们的宗教内心体验、崇高品德和思想观点,以及他们的劝世箴言和种种奇迹,被列为苏非派信徒的必读圣书。满素尔·哈拉智是《长老传》所载第72位苏非长老,书中以生动传神的语言、充满感染力的笔触记述了他一生的事迹,对他身受酷刑、从容赴死情景的描写尤其震撼心灵,令人印象深刻。哈拉智殉教后,被奉为圣徒和追求合一体验的精神导师,在民间成为广受传颂的传奇人物。[7]《归真总义》所引《长老传》中有关满素尔狱中奇迹的段落,原文如下:

> نقلست که شب اوّل که او را حبس کردند بیامدند، او را در زندان ندیدند، جملهٔ زندان بگشتند کس را ندیدند. شب دوم نه او را دیدند و نه زندان ، هر چند زندان را طلب کردند ندیدند. شب سوم او را در زندان دیدند، گفتند شب اوّل کجا بودی و شب دوم زندان و تو کجا بودید؟ اکنون هر دو پدید آمدید این چه واقعه است؟ گفت: شب اوّل من بحضرت بودم از آن نبودم، و شب دوم حضرت اینجا بود از آن هر دو غایب بودیم، شب سوم باز فرستادند مرا برای حفظ شریعت. [8]

译文:

据说,他被关进监牢的第一夜,弟子们来探监,却没在监牢里看见他,找遍了整个监牢,也没找到。第二夜,则既没看见他,也没看见监牢,不管怎么找,也找不到。第三夜,终于在监牢中见到他。他们说道:"第一夜,你到哪里去了?第二夜,你和牢房都到哪里去了?现在,你和牢房双双现身了。这到底是怎么回事?"他答道:"第一夜,我在尊长处,因此不在这里;第二夜,尊长莅临此处,因此我俩都消隐不见了;第三夜,我又被派回来了,来护法传道。"

两相比较,可以发现,《长老传》的情节更完整复杂:第一夜,不见其师,唯见空狱;第二夜,师与牢狱皆不见;第三夜,师与牢狱皆重现。三个夜晚的情节之间有不断递进的关系。《归真总义》则将原本发生于三个夜晚的事情缩短简化为两夜:第一夜,不见其师,唯见空狱;第二夜,唯见其师,不见其狱。两个夜晚的情形相反。尽管情节上存在繁简之分,但"奇迹"的色彩与意味却是相同的。这正是波斯神秘主义文学,尤其是苏非长老传的一个突出特征:通过讲述苏非大师不可思议、异乎寻常的神奇经历,亦即"奇迹"(karāmat/كرامت,又译"克拉麦提"),来阐发苏非派

---

7 关于哈拉智的全面评述,可参考*The Encyclopaedia of Islam*, 2nd edition, vol. 3, pp. 99—104;新近的中文论述,见周燮藩主编,《苏非之道——伊斯兰神秘主义研究》,第48—53页:"哈拉智:冲突和殉道"。

8 Farīd al-Dīn ʻAṭṭār Nīshābūrī, *Taẕkirat al-Awliyā* (《长老传》), Tehran: Intishārāt-i Ṣafī ʻAlīshāh, 1375 H. sh./1996 (3rd ed.), pp. 514—515.

的独特见解和精微奥义。[1]

如前所述，除满素尔尊者外，《归真总义》中还出现了许多其他苏非长老，他们在阿塔尔《长老传》中也大多各自有传，如伍外思，即Uvays al-Qaranī（اویس القَرَنی，？—657），在《长老传》中位列第二；乐弼蔼（啦弼耳），即Rābi'a al-'Adaviyya（رابعه العدویّه，今一般译作拉比亚，714/717—801），在《长老传》中位列第九；把叶济，即前文已述及的Bāyazīd（بایزید بسطامی，今一般译作巴亚齐德，804—874/877），位列第十四；舍该格，即Shaqīq Balkhī（شقیق بلخی，？—809），位列第十七；祝耐德，即Junayd Baghdādī（جنید بغدادی，？—910），位列第四十三；施卜里，即Abū Bakr Shiblī（ابو بکر شبلی，861—945），位列第七十五，[2]等等。他们都是《长老传》中形象塑造得特别成功的人物，在后世苏非派中影响巨大。

三

张中《归真总义》之后，清代著名穆斯林译著家刘智（约1660—1730）在《天方性理·采辑经书目》列举的阿拉伯文、波斯文参考书中，也提到一部音译为《特自启尔奥理雅》、意译为《群贤录》的著作。书名的读音"特自启尔奥理雅（te zi qi er ao li ya）"及其意译，都与تذكرةالاولياء（*Tazkirat al-Awliyā*）和《长老传》若合符契，正是前文所讨论的阿塔尔著作。

关于《特自启尔奥理雅》所指何书，研究刘智《采辑经书目》的国外学者很早就指出："这一波斯文著作最有可能是由去世于618—627（1221—1230）年的Farīd ad-Dīn M. b. Ibrāhīm al-'Attār所著。"[3]我国学者在近年的研究中始对此获得准确认知。[4]研究张中及《归真总义》的学者，也在系统地对书中所引域外伊斯兰教典籍与刘智《采辑经书目》中的书名进行比较时，认识到《忒兹启喇》即《特自启尔奥理雅》，首次将二者勘同。[5]

与刘智同时代的佚名穆斯林作者在其所撰北京志书——《冈志》中提到了一部名为《群贤传》的著作："康熙辛丑（1721），予侍值乾清宫，于直（值）庐与西洋人马伟贤语，贤乃天方国之西鄙意大理国人也。其国俗奉天主教，因其逼近天方，颇知吾教之理。……贤曰：'我西洋之东席儿亚尼（叙利亚）国者，天方之属国也……我幼年曾学于彼国，窃见其历代史书……有古文稿及诗词

---

1 汉文伊斯兰教志书或传记著作，也常记述经学大师的"灵迹"。如《冈志》载北京牛街西寺掌教王伯楼乘羊皮"冉冉升空而去，众骇异。俄，自空而降，众咨其所往，答曰：'适天方国礼拜而回。'"（《北京牛街志书——〈冈志〉》，刘东声、刘盛林注释，北京出版社，1991年第2版，第15、71页。）又如《经学系传谱》记常志美大师在密室中静坐，其子"有事人禀密室，见先生同一绿衣缠头叟授经，及外出捧茶复人，则惟先生独坐。后逾半年，室人某氏之见亦如之，盖先生所得乃仙学也。"（赵灿，《经学系传谱》第61页。）

2 Farīd al-Dīn 'Aṭṭār Nīshābūrī, *Tazkirat al-Awliyā*（《长老传》）, pp. 19—28, 65—78, 139—182, 201—206, 363—390, 535—554.

3 Donald Daniel Leslie and Mohamed Wassel, "Arabic and Persian Sources Used by Liu Chih", *Central Asiatic Journal*, vol. 26, no. 1—2, 1982, p. 95. 译文引自［澳］唐纳德·丹尼尔·莱斯利、穆罕默德·瓦塞尔著，王东平、邵红英译，《刘智所使用的阿拉伯文和波斯文资料》，《回族研究》，1998年第4期，第19页。

4 姚继德、王根民，《刘智〈天方性理〉采辑经书文献考》，《回族研究》2012年第4期，第11页。

5 杨晓春，《张中〈归真总义〉中引用的域外伊斯兰教典籍与中国学者的言论——晚明江南伊斯兰教界某些侧面的初步讨论》，《世界宗教研究》2010年第3期，第156页。

乐府数百种,又有……《群贤传》……’吾始恍然曰,我西域道理渊深,经史全备……”[1]《冈志》提到的天方经籍有40种,其中与刘智《采辑经书目》多有书名吻合者,《群贤传》与《群贤录》译名相近,很可能所指的是同一部书。[2]这表明,在刘智的时代,《长老传》一书不仅在南方流传,北方穆斯林也对其有一定的了解。

最后值得一提的是,如同“欣度师”阿世格不远万里从印度来到中国传教一样,满素尔·哈拉智也曾到印度、中亚地区和中国等地云游布道。《长老传》云:

> پس گفت: به بلاد شرک می روم تا خلق به خدا خوانم. به هندوستان رفت. پس به ماوراءالنهر آمد. پس به چین افتاد و خلق را به خدای خواند و ایشان را تصانیف ساخت. چون باز آمد از اقصای عالم بدو نامه نوشتندی. اهل هند ابوالمغیث نوشتندی، و اهل چین ابوالمعین ، و اهل خراسان ابوالمهر، و اهل فارس ابوعبدالله، و اهل خوزستان حلّاج الاسرار [3]
>
> ……

译文:

他说:“我要到多神教的国家去,召唤人们归信真主。”他前往印度斯坦(Hindūstān),又来到河外地区(Māvarā' al-Nahr,阿姆河以北地区),又到了中国(Chīn),他召唤人们皈依真主,为他们写诗作曲。他回来后,世界各地的人们都给他写信,印度人称他为Abū al-Mughīs̱(“拯救者”),中国人称他为Abū al-Mu‘īn(“援助者”),呼罗珊人称他为Abū al-Mihr(“太阳般温暖的人”),法尔斯人称他为Abū ‘Abd Allāh(“真主的仆人”),胡泽斯坦人称他为Ḥallāj al-Asrār(“梳理心灵奥秘的人”)……

引文中所称“中国”,一般认为指中国吐鲁番一带。[4]满素尔是早在10世纪即远达中国布道的苏非先驱,及至17世纪的明清之际,越来越多西域苏非(尤其是波斯、印度苏非)来到中国,足迹遍及长江南北,见于记载的不仅有阿世格,还有失利夫、极料理[5]等人。他们与满素尔生活的时代已前后相隔七百年,但“为彰明斯道而来”的远游之意,则古今相同。他们不仅传播教义,还带来众多波斯、阿拉伯文经籍典册。张中《归真总义》和刘智《天方性理》等书中的记述,为我们研究这些波斯文、阿拉伯文经典在中国的流传和影响,提供了弥足珍贵的信息。

---

1 北京市政协文史资料研究委员会、北京市民族古籍整理出版规划小组编,刘东声、刘盛林注释,《北京牛街志书——〈冈志〉》,北京出版社,1990年,第25—27页。

2 参见马在渊,《刘介廉先生编年考》,甘肃人民出版社,2012年,第77—78页。

3 Farīd al-Dīn ‘Aṭṭār Nīshābūrī, *Taẕkirat al-Awliyā*(《长老传》), p. 511.

4 参见金宜久主编,《伊斯兰教词典》,上海辞书出版社,1997年,第384页:“哈拉智”;周燮藩主编,《苏非之道——伊斯兰教神秘主义研究》,第50页。

5 赵灿,《经学系传谱》,第13、44—45、59—60页。失利夫,即Sharīf(شریف),其国“虎喇撒”,一般译作呼罗珊(Khurāsān),波斯东部地区。极料理,即Jalāl(جلال),《经学系传谱》未记其来自西域何地,但从他“对坐交谈法而西语”的记载来看,当亦为波斯人。

神秘主义诗歌中的“爱”

——解读萨纳伊作品《荣耀书》中的片段《关于爱》*

上海外国语大学　王振容

摘要：本文介绍了中世纪的波斯人对“爱”的定义与看法，以及波斯文学史上的一个重要流派——苏非派对于“真爱”的定义及其寻找真爱的途径。由于神秘主义思想对整个波斯文学的影响非常巨大，所以中世纪波斯诗人的诗歌中或多或少都带有神秘主义思想的色彩。在神秘主义思想的背景下，本文将通过文本细读的方式，分析神秘主义诗人萨纳伊（Sanā'ī）的作品《荣耀书》(*Fakhrīnāmi*)中的片段《关于爱》[1]，对神秘主义关于爱的定义和描述进行解读。对波斯神秘主义诗歌的理解不仅有助于提高对这一类文学作品的赏析能力，而且对了解伊朗人的思维模式和特性也有一定的帮助。

关键词：爱　神秘主义　萨纳伊

爱是人类永恒的话题。自古以来，世界上各种文学作品从不同的立场和角度对爱进行了描述。爱是与生俱来的，被认为是人性的特质。它包括对神的爱、对国家和组织的爱、对自己的爱、对他人的爱、对权利和名誉的爱，数之不尽，也很难道明。由于文化的差异，不同的民族在表达和理解这一普世的概念时，会有不同的答案。苏非派诗人对“爱”的描述体现了神秘主义思想的内涵。萨纳伊（1080—1140）是最早用叙事诗形式宣传苏非思想的诗人，他擅长以世俗情人之爱喻指信徒对真主的爱，在他的笔下“相爱即死亡”，当爱强烈而执着时，便会愿意抛弃一切，甚至自己的性命；而当这种爱减弱或动摇时，灾难就可能降临。理解苏非派诗人对爱的定义将有益于我们对这一类神秘主义诗歌的理解。

---

* 首发于《科技信息》，2007年2月，本文稍作修改。

1 Sanā'ī, Hakīm Majdūd-i Ādam, *Hadīqat al-haqīqa wa-sharī-at al-tarīqa*, ed. M. T. Mudarris Radawī, Tehran: Intishārāt-i Dānishgāh-i Tehran, 1368/1989.

一、中世纪波斯人对爱的定义：爱无处不在，无时不在

在中世纪的伊斯兰社会，爱在各个领域都有其不同的含义。哲学家们将爱视为获得极度愉悦的途径。伊本·西拿（Ibn-Sīnā）认为爱情是一股在每一个事物中流动着的力量，不论是在星球、宇宙、天堂、矿物、植物或动物世界中，这种力量无处不在。[1]每一个事物都会因为爱上另一个事物而获得纯粹的愉快，达到完美的境界，甚至一粒灰尘都会在见到自己的爱人——太阳时，高兴地翩翩起舞。[2] 中世纪伊斯兰哲学家受到希腊人爱情观的影响很大，他们认为人的灵魂被分成两半，当这两半本属一体的灵魂相遇时，那两个灵魂的主人就会相爱。

对于天文学家而言，爱情的产生取决于两个人的生辰和星座，同时，爱情的经历也取决于星座。例如，土星、金星、月亮和水星通常被看成是激励爱情的幸运星座，而其他的星座则被认为是不利于爱情的星座。虽然在波斯语的爱情诗歌中并没有特别地讨论星座与爱情的关系，但是由于星座在爱情发展过程中起着决定性作用，在许多浪漫主义诗歌中也有不少对星座的介绍及其对爱情影响的描述。

中世纪的医学家对爱情也有不少的研究。他们认为爱情是一种致命的疾病，它破坏了人类肉体和灵魂的平衡。伊本·西拿总结了相思病的种种症状：眼睛空洞无神、睫毛频繁眨动、身体干燥虚弱、眼中饱含泪水、脸色发黄、行为反常、脉动失常并不时叹息，当听到爱情诗歌或者想起爱人的名字时，更是会由喜转悲，痛哭流涕。[3]对于相思病最有效的治疗方法，是让他与自己的爱人重逢并结合。其他的方法还有：药物治疗，分散其注意力，让他忙于工作、游玩、狩猎，让他结识异性朋友并与其结合，寻找有经验的女性长辈，听她们描述爱人的缺点和爱情的弱点。[4]

除了哲学、星象学和医学以外，爱情还作为一个道德伦理概念被讨论。《卡布斯训诫录》（*Ghābūs-nāma*）中提到了许多关于如何对待爱情的观点：凯·卡乌斯（Kay Kāwūs）国王告诫自己的儿子该如何去爱，在坠入爱河时会遭遇怎么样的情形，以及爱情又会如何对待坠入爱河的人们。他还提到了与爱人分离后无尽的痛苦以及与爱人重逢时无比的喜悦。[5]

他一再告诫自己的儿子：一个人不要轻易陷入爱情，而应当严肃谨慎。特别是处于贫穷的时候，爱情往往伴随着许多麻烦。一个明智的人是不会选择爱情的。一年相伴的喜悦敌不过一个小时分离的痛苦，因为爱情自始至终就是心灵上的痛苦和折磨。虽然它给人们带来过快乐，但

---

1 伊本·西拿（ibn-Sīnā，980—1037），拉丁名：阿维森纳（Avicenna），阿拉伯哲学家、医学家、自然科学家、文学家。在哲学上，他是阿拉伯亚里士多德学派的主要代表之一。持二元论，并创造了自己的学说。肯定物质世界是永恒的、不可创造的，同时又承认真主是永恒的。主张灵魂不灭，也不轮回，反对死者复活之说。

2 Seyed-Gohrab, A. A., *Laylī and Majnūn: Love, Madness and Mystic Longing in Nizāmī's Epic Romance*, Leiden/Boston: Brill, 2003, p. 5.

3 Seyed-Gohrab, A. A., *Laylī and Majnūn: Love, Madness and Mystic Longing in Nizāmī's Epic Romance*, p. 7.

4 Seyed-Gohrab, A. A., *Laylī and Majnūn: Love, Madness and Mystic Longing in Nizāmī's Epic Romance*, p. 7.

5 Seyed-Gohrab, A. A., *Laylī and Majnūn: Love, Madness and Mystic Longing in Nizāmī's Epic Romance*, p. 8.

是一旦和爱人分开，就只剩下痛苦。当你的爱人明白了你的心，你便更会因为她高傲的态度和冷淡的行为而伤透心。医治这种相思病必须用高度的理智才行。正如穆罕默德·兹克里雅所言："相思往往使人精神恍惚。医治此病的良方唯有经常斋戒、肩负重任、长途旅行、经受劳苦、钻研学问，诸如此类。"尽管如此，凯·卡乌斯还是在最后劝他的儿子自由地去爱，因为对于一个年轻人而言，陷入爱情是情有可原的。但是他也告诫他的儿子，不要在年老以后再陷入爱情的泥沼。

神学家对待爱情也有自己的看法，他们用一分为二的方式来看待爱情。虽然爱情可以带给人力量，使人们的灵魂得以净化，但是另一方面，爱情也是欲望之源。大部分的神学家认为激烈的爱情反映了人与神的关系。

在各个不同领域对爱情的理解中，苏非神秘主义对爱有着自己特殊的阐述。对他们而言，爱情是人生最高的准则，是万物得以生存的根基。尼克森（R. A. Nicholson）将这种神秘主义对爱情的定义归结为：爱情象征着宗教的情感因素，是对先知的狂热，对殉难的鼓励，对圣灵的忠诚，是实现完美道德的唯一途径。[1]在现实生活中，爱情就是一种自我牺牲、忘我无私的精神，它使人们为了自己的爱人不计回报地付出一切——财富、荣耀，甚至生命。

二、苏非派诗人对爱的观点：爱人，才会爱真主

苏非派是伊斯兰教内部的一个神秘主义思想派别。"苏非"一词来自阿拉伯语的"穿粗毛线衫的人"。苏非派提倡苦修、克己忍让、力戒骄傲和行善济人。他们倡导信徒通过苦修达到"无我"的境地，与真主结合。神秘主义文学是波斯文学史上的一个重要流派，这个流派对于整个波斯文学的影响非常大，即使不是苏非派诗人也或多或少地会受到苏非思想的影响。

苏非派诗人围绕"爱"这个主题创作了许多诗歌。他们认为在爱产生之前，这个世界上原本没有任何事物存在。根据《古兰经》的观点：他（真主）爱他们（人类），他们也爱他。真主是世间第一个陷入爱情的人，而人类则是真主的爱人。[2]

"我是一个被埋藏的宝库。我想要被人类了解，所以我创造生物以期待被他们了解。"真主希望表现自己以便让人类了解他的本质和品质，因此真主创造了人类，并将他们造成了自己的模样，从此人类便是反映真主名字和品质的镜子。真主称："我创造了你，通过你的灵魂看见了我的样子，通过你的心灵感受了我的爱。"[3]

由于人类生来有罪，从天上落到人间，从此经历凡间的爱，在爱中经受了各种折磨和痛苦，分离的苦、相思的苦、得不到的苦、远离人间的繁华和物质的享乐、一个人忍受孤单和别人的嘲笑、为了爱的人心神不定、失去自我……最终完成了艰难的旅途。如同阿塔尔的《百鸟朝凤》

1 R. A. Nicholson, *The Mystics of Islam*, London: Arkana, 1989, p. 107.

2 Seyed-Gohrab, A. A., *Laylī and Majnūn: Love, Madness and Mystic Longing in Nizāmī's Epic Romance*, p. 14.

3 Schimmel. A., *Mystical Dimensions of Islam*, Chapel Hill: The University of North Carolina Press, 1975, p. 295.

(*Manṭiq-uṭ-ṭayr*)中的那30只鸟,在历经艰难险阻之后,终于取得真经,明白了爱的真谛。凡人们也必须经过人间的爱,折磨了身心,纯洁了灵魂,才能找到真爱(对真主的爱),重回天上。

神秘主义认为一个明智的人应该让自己成为爱情的奴隶。在这个世界上唯一严肃的话题就是爱情,除了爱情,其他的都只是游戏。浪漫主义诗人内扎米(Nizāmī)认为爱是世间万物的灵魂,它使万物得以生存。他说:“如果一块磁铁不是因为爱,又怎会将一块铁块深深吸引。任何事物都有着寻找自己中心的趋势,这种倾向就是爱。对于火山而言,由于火无法在地上找到任何出口,它便冲出土地,冲向天空。正如爱情一般,它是一种存在于天堂与人间的吸引力。”虽然从现代科学的角度分析,内扎米将一些物理现象、自然现象与爱情相联系缺乏依据,但不难从他的观点中了解到当时的神秘主义诗人对爱情的种种理解。

三、苏非派诗歌中的爱与被爱:相爱即死亡

一个没有爱的人被认为是一个冷血的人,他的心已经死亡。这个关于“冷血”的形象最早出现在苏非派诗人萨纳伊(Sanā'ī)的作品中:一个冷血的人看见一个即将被自己爱人割去头颅的人在大笑,他非常惊奇地上前询问:“你即将死去,为何如此高兴?”那个热恋中的人向他讲述了爱与爱人的意义:“当美人揭开她们的面纱,爱人们就该这般死在她们的石榴裙下。在爱里,既没有方向,也没有方法。在爱里,既要放弃性命,又要抛弃荣耀。在爱里,既要失去信仰,也要丧失理智。”[1]

“爱”和“死亡”在伊斯兰爱情诗歌中是一对孪生兄弟。波斯文学常常将为爱牺牲的人视作烈士,将为爱死亡视作爱的最高境界,并且将死在自己爱人的手下当作永生的唯一条件。

神秘主义诗人阿塔尔(Attār)的诗歌中曾将马球和球杆作为比喻:爱人希望自己的头颅被割下后成为马球,这样才能遇见他爱人的球杆。这不仅体现了为爱牺牲的境界,也表现了希望与自己爱人结合的愿望,哪怕只是短短的一刹那。[2]

阿塔尔在他著名的作品《百鸟朝凤》中描述过一个穷人爱上了国王的故事。当国王要求他在“离开家园”和“割下头颅”两者之间作选择时,那个穷人选择了离开家园,于是国王立刻下令将其处死,因为不能为爱牺牲的人不是真正的情人。[3]

在阿塔尔的《真主书》(*Alahī-nāma*)中也描述道:曾经有个可怜的女孩爱上了王子,当国王知道后,命令侍卫将女孩的头发绑在马腿上拖出去处死。在死之前,国王问女孩,你还有什么心愿?女孩表示她唯一的愿望就是将自己的头发绑在王子的马腿上,这样她至少可以间接地死在

---

1 Sanā'ī, Hakīm Majdūd-i Ādam, *Hadīqat al-haqīqa wa-sharī-at al-tarīqa,* ed. M.T. Mudarris Radawī, p. 88.

2 阿塔尔(1145—1221):苏非派大诗人,生于霍拉桑名城内沙浦尔。他一生都活动在民间,从未入仕。他的代表作《百鸟朝凤》要求虔诚的苏非派信徒决然放弃一切世俗欲念,完全忘情于真的爱中。除了叙事诗,阿塔尔还写过不少篇幅短小的寓言诗。

3 Attār, *Montīq-at tayr*, ed. Sayyid Sādiq Gauharīn, Tehran, 1368/1989, pp. 108—109.

爱人的手下。[1]

而在埃拉吉(Irāqī)的笔下：曾经有一个烧炉工人爱上了一个王子，可惜王子并不知情。为了引起王子的注意，那个烧炉工人就扮成了瞪羚在王子打猎的地方守候。当王子进入猎场看见瞪羚的时候，便向他射去了致命的一箭。那个烧炉工人流着鲜血，却高兴地唱起了歌，因为死在爱人的手里，他得到了永生。[2]

四、解读萨纳伊《关于爱》

萨纳伊是最早利用叙事诗形式宣传苏非派思想的诗人。他生于伽兹尼的一个上层社会家庭，青年时期在伽兹尼宫廷效力，担任宫廷诗人期间写过不少为统治者歌功颂德的诗歌。但是萨纳伊是一个对现实生活有着清醒认识的诗人，具有诗人高尚的品德和骄傲的灵魂。在中年时期，他放弃了宫廷诗人优渥的生活，走向民间。萨纳伊于公元1124年启程去麦加朝觐。在此行中，他游遍了伊朗霍拉桑的文化名城，如巴尔赫、内沙浦尔、赫拉特等地。这次旅行在他的思想上引起了巨大的变化，在同苏非派长老接触后，他接受了苏非派的观点，决定从此退出宫廷，避世隐居，创作具有苏非派思想的作品。

萨纳伊一生创作了14 000联诗，其中叙事诗有9部，被之后的苏非派诗人视为楷模。除叙事诗外，他还写作了抒情诗和书信集各一部。一个为爱牺牲的烈士形象在他的作品中栩栩如生，苏非派诗人的爱情观也在其作品中表现得淋漓尽致。下面这首诗歌选自他的作品《荣耀书》中的片段《关于爱》：

关于爱

爱走近
夺走了灵魂
割下了头颅
却显露了秘密
爱向他诉说
是头颅泄露了爱的秘密
凡人不拥有爱
真爱不属于人间

---

1 Attār, *Ilāhī-nāma*, ed. H. Ritter, reprinted in Tehran: Khāja, 1368/1989, pp. 48—51.

2 Irāqī, Fakhr ad-Dīn, *Kulliyāt-i Shaykh Fakhr ad-Dīn Hamadānī Mutakhallis ba ' Irāqī*, ed. S. Nafīsī, Tehran: Sanā'ī, 1370/1991, pp. 21–22.

爱，泄露了内心的秘密
爱，解开了裹身的衣服
爱走近
它是水，点燃了炽热的火
它是火，沸腾了滚烫的水
爱
超越了生命[1]
犹如智慧鸟冲破了囚笼
可是远离了真爱的灵魂
却似困于家中的鸟
飞不到更高的天空
张开翅膀
却载不动灵魂
觅食是它的心愿
盘旋是它的能力
带着沉沉的梦想上船
却不知珍珠在海底深处
驰骋陆地，马、驴可以代步
遨游深海，却要以头颅为价
寻找珍珠的人将自己交给了大海
他的头颅早已成为海中前进的工具
入海前，先交出你的头颅
这样至少能得益于自己的影子
唯有如此才能找到珍珠
倘若不，来日在市场上，你如何用微薄的银两购买食物
人间，游戏的乐土
天堂，公平的赌场
人们在深夜割下了自己的头颅
而你，却在思考如何偷走别人的腰带[2]

1 原意为超越了支撑人类生存的四大元素：水、火、土、空气。
2 Sanā'ī, Hakīm Majdūd-i Ādam, *Hadīqat al-haqīqa wa-sharī-at al-tarīqa*, ed. M. T. Mudarris Radawī, p. 87.

在萨纳伊的诗歌里提到了“爱走近，割去了头颅，夺走了灵魂，却泄露了秘密”。关于割去头颅和泄露秘密的理解，苏非文学中有很多种观点：苏非主义认为激烈的爱应该保持自己的贞洁，隐藏自己爱的秘密，为爱情牺牲，做个为爱牺牲的烈士。

在了解了苏非派诗人关于爱的观点之后就不难理解诗中提到的“割头颅”的含义了：首先，当情人死在自己爱人的手下时，他便是一个烈士，他才可以得到永生；其次，情人为自己的爱人牺牲时，他爱上一个人的痛苦才能就此终结。

除此之外也有诗人将情人割去头颅比喻成蜡烛剪去部分灯芯。为了让蜡烛燃烧得更厉害，只有剪去它的灯头；为了让爱更加激烈，只有割下自己的头颅。也有些诗人认为情人的头颅必须被割去，因为它会泄露爱的秘密，这时头颅象征着人的嘴巴和舌头。内扎米将头颅看成是造成烦恼和头疼的根源，而爱人的作用就是割去情人的头颅，带走他的烦恼和痛苦。因此在这首诗歌中，“爱情来了，它割下头颅，泄露了秘密”指爱情只对那些割下头颅、牺牲性命的人展示它的真谛，显露真爱的秘密。与此同时，萨纳伊还认为头颅是泄密者(Ghammāz)，它出卖了情人。因为在自己的爱被别人知道之后，尤其是被自己的爱人知道之后，就意味着痛苦的开始，所以它应该被割去。

诗中还提到真爱不属于人间。苏非主义的观点认为从凡人的爱到真主的爱分为几个不同的阶段。最初只是人间的男欢女爱，只有在经历了各种磨难之后，诸如分离的苦、相思的苦、失去爱人的苦、得不到爱人的苦等磨难之后，人们才会领悟到爱的真谛。而爱的最高境界就是为了自己的爱人献出生命，成为烈士，得到永生。因此，真爱往往在凡人付出了生命的代价后才能显现，所以人间不拥有真爱。

诗歌中提到的爱很明显不属于人世间的男欢女爱，因为它超越了人们赖以生存的四大元素，它是人们用尽一生心血所追求的真爱。在诗歌的后半部分，诗人描述了凡人的爱，犹如被困在笼中的鸟，徒有智慧，冲破了困住其肉体的牢笼，却冲不破禁锢其灵魂的牢笼，永远也飞不到更高的天空。这里强调了苏非主义对于爱情和理智的观点：理智固然重要，然而在爱情面前，它已变成了一种拖累。对于爱人而言，理智会阻止其奋不顾身，为爱牺牲。因此在真主面前，大无畏的精神和狂热的爱就已足够了。

诗人在之后的诗歌里描述了寻找真爱的过程：带着沉沉的梦想上船，却不知珍珠在海底深处。信徒们以为凭着一腔热情，诵经祈祷便可以表达对真主的爱，这显然不符合苏非派提倡的苦修的观点。真爱决不会轻易地就让你得到，海底深处和船上分别象征着苦修的苏非长老的生活和人世间的生活。珍珠不是人人都可以得到的，因为它并非存在于凡人愿意去的地方，而是存在于可能让你失去性命的危险的海底。在陆地行走，可以以马、驴代步，而去危险的深海，却要将自己的性命置之度外。只有具备这般忘我的精神，才能找到真爱，在最终审判的那天重返天堂。

诗歌的最后将人间描述为游戏的乐土，而天堂则是公平的赌场。人间的爱被看作是找到真爱的第一阶段，也是完成人生轮回的途径。凡人通过经历人间的爱，才会明白爱的真谛。然而，因为凡间的人们往往没有这个悟性，纷纷迷恋于凡夫俗子的爱情，所以人间成为游戏的乐土。但是，天堂不同于人间，首先它是个赌场，需要你倾其所有，甚至牺牲性命；同时，它又极其公平，你付出多少就会得到多少，在终审的那一日，你的所作所为都会得到公正的评价。

最后一句诗歌说到，当有人为了寻找真爱，割下了头颅，放弃了生命的时候，也有人在思考着如何偷走别人的腰带。通过这样的对比，预示了这两种人最后的结局：虔诚的信徒将在终审时进入天堂，而崇尚凡间物欲生活的人，最终还将留在人间继续受苦。

五、结语

在东西方的文学作品中，“爱”是一个永恒的主题。然而在不同国家、不同文化和不同年代的文学作品中，对爱的描述和理解却有着不小的差异。疯狂的爱、内敛的爱、神秘的爱、人与人之间的爱、人与神之间的爱，每一部描述爱的作品都体现了作者所处的社会背景和文化特色。波斯神秘主义诗人笔下的“爱”疯狂而忘我，从爱人到爱真主，从人间到天堂，这种种对爱的描述和阐释无一不是建立在伊斯兰教内部神秘主义思想基础之上的。在了解了中世纪波斯人尤其是那一时期的苏非派诗人对爱的定义和理解之后，再读苏非派诗人的作品，对于其“相爱即死亡”的观点，以及“在爱里要抛头颅、洒热血”的行为就比较容易理解了。

参考文献

1. Attār, *Montīq-at tayr*, ed. Sayyid Sādiq Gauharīn , Tehran, 1368/1989.
2. Attār, *Ilāhī-nāma*, ed. H. Ritter, reprinted in Tehran: Khāja, 1368/1989.
3. Irāqī, Fakhr ad-Dīn, *Kulliyāt-i Shaykh Fakhr ad-Dīn Hamadānī Mutakhallis ba'Irāqī*, ed. S. Nafīsī, Tehran: Sanā'ī, 1370/1991.
4. R. A. Nicholson, *The Mystics of Islam*, London: Arkana, 1989.
5. Sanā'ī, Hakīm Majdūd-i Ādam, *Hadīqat al-haqīqa wa-sharī-at al-tarīqa*, ed. M.T. Mudarris Radawī, Tehran: Intishārāt-iDānishgāh-i Tehran, 1368/1989.
6. Schimmel. A., *Mystical Dimensions of Islam*, Chapel Hill: The University of North Carolina Press, 1975.
7. Seyed-Gohrab, A. A., *Laylī and Majnūn: Love, Madness and Mystic Longing in Nizāmī's Epic Romance*, Leiden/Boston: Brill, 2003.

莫拉维的死亡观

中国人民解放军外国语学院　张立明

摘要：生死问题是人类关注的永恒话题。阅读莫拉维的作品，我们发现，除了“爱”之外，另一个高频词就是“死亡”。通过仔细分析，我们发现死亡在不同的语境中有不同的含义：有时是指人的自然死亡，有时则是具有象征意义的自觉死亡，或称泯灭自我。莫拉维认为自然死亡是人类摆脱肉体囚笼，回归真主的门户，是永恒生命的开始，是件快乐的事；而自觉死亡，则是指苏非教徒摆脱尘世物欲、滤净心性，进而能在精神上与主合一的修持方式。

关键词：莫拉维　诗歌　死亡观

生死问题是人类永恒的话题。自古以来，世界上各种宗教、哲学从不同的立场和角度对之进行探讨。莫拉维（Molana Jalaluddin Rumi, 1207—1273）从小接受正统的伊斯兰神学教育，学习伊斯兰教法学、神学、文法修辞、哲学与科学，并从事苏非神秘主义修行，成为得道的苏非长老。他的思想丰富而深奥，其名著《玛斯纳维》涉及伊斯兰教义、教法的方方面面，囊括苏非神秘主义的各种理论精华，阐述了苏非思想的精髓，被称为“知识之海”。在这浩瀚的知识海洋里，有关死亡的话题占有重要的地位，他曾经说：“我们的道乘就是死亡，不死无以解脱。”[1]据研究者统计，仅仅在莫拉维的抒情诗中，“死亡”这个词汇及其同义词的重复就达160多次，除了零星的诗句外，有大约20首抒情诗以阐释死亡为主题。死亡在不同的语境中有不同的含义：有时是指人的自然死亡，有时则是具有象征意义的自觉死亡，或称泯灭自我。莫拉维认为自然死亡是人类摆脱肉体囚笼，回归真主的门户，是永恒生命的开始；而自觉死亡，则是指苏非教徒摆脱尘世物欲、滤净心性，进而能在精神上与主合一的状态。

1　阿卜杜·侯赛因·扎林库布，《伊朗苏非主义研究》，阿米尔卡比尔出版社，1379年，第301页。

一、伊斯兰教的主流派生死观与苏非派生死观的异同

对死亡的看法在很大程度上取决于是否相信有来世。唯物主义者不相信人有灵魂，在他们看来，死亡意味着生命的结束，所以死亡是一件可怕的事，渴望长寿、规避死亡成为永恒的主题。但是包括伊斯兰教在内的很多宗教相信，除了今生今世外，人还有来世，而且今世的行为会在来世得到回报。

伊斯兰教关于现世生活与死后归宿的理论观点是其教义的组成部分。正统学者依据《古兰经》和圣训，认为人在今世生活之外还有来世，他们将今世的现实生活视为人的旅途，将后世视为人的归宿，倡导两世并重。该教认为人由灵魂和肉体构成，死亡仅仅意味着肉体和灵魂的暂时分离。进入来世后，在末日审判之日到来之前，肉体腐烂归土，灵魂处于等待期。到了末日审判之日，所有世界上生活过的人的肉体从坟墓中复活，与灵魂重新结合，按生前善恶受审判。伊斯兰教以人的生前行为为依据，以善恶观为准绳，把今世的信教与否、今世所行宗教功修、宗教义务乃至社会行为联系在一起来衡量，作为进入天堂或堕入火狱的根据。穆斯林只要笃信伊斯兰教的“六信”，履行“五功”，劝善戒恶，来世就可以进入天堂，甚至面见真主。进天堂是广大普通穆斯林的终极理想。

苏非派虽然是从伊斯兰教内部衍生的一个注重内心功修的神秘主义派别，也相信人类有今生和来世，甚至也不否认来世天堂、地狱的存在，但它的生死观与主流的伊斯兰思想却有所不同。根据苏非派的说法，真主用黏土造好人的躯体后，往人的躯体吹了口气，这口气构成了人的灵魂，正是这一灵魂，使人高贵于万物，也是人类最终要复归真主的原始动力。苏非智者认为人类心灵由两部分构成：“鲁哈”（ruh，灵魂）来自真主，掌管人类精神层面的活动，如信仰、理智、德性、仁爱等；“那夫斯”（nafs，自我）掌管人类本能、情绪、欲望、感觉、意识等日常活动的能力。后者构成人类自我意识的基础，前者则是人类与真主沟通的根源。凡人大多处在“那夫斯”的活动凌驾于“鲁哈”之上的状态；先知与圣人则因其“那夫斯”已被驯服于“鲁哈”的管辖之下，因此他们便可生活在一种和平、无私、慈爱与虔诚信主的状态，对清贫的生活甘之如饴。人类身上既存在真主赋予人的纯善特质，也存在血肉之躯及支配此躯体之“那夫斯”，故容易产生自私自利的行为，并易受外界事物所引诱，甚至表现出如动物般的兽性。人类自降生后，灵魂便被囚禁在肉体里，受尘世声色物欲的诱惑，逐渐忘记了自己肩负的使命，不再认识返回真主的途径。所以在每一时代，真主均派遣一名先知来引导世人，人类的任务就是在圣徒的指导下，克己忍让，清心寡欲，摆脱尘世物欲的诱惑，净化灵魂，使自我消融于对真主的信仰中，达到无我，或者说认清真主的至善至美，被真主吸引，重归真主，从而达到人主合一的境界。

苏非信徒终其一生的目的就是在导师的指导下，通过禁欲、苦行，滤净心性，最终让自己的灵魂与主合一，达到永存。所以，苏非信徒的终极理想是“人主合一”。这种合一对于修炼得道

的圣徒而言在今世就可以达到，但今世的合一是间歇性或片段性的，只有当人自然死亡后，才能永恒地与主合一。所以在苏非派观念中，人的自然死亡是进入来世以及永恒地与主合一的必经环节，死亡不是一件痛苦的事，而是令人高兴、值得人张开怀抱迎接的事。而普通穆斯林所期望的天堂、畏惧的地狱则被苏非信徒视为修道的屏障，圣女拉贝艾·艾德维娅的名言具有代表性："啊，我的主！如果我是因为害怕地狱而崇拜你，那你就让我在地狱里被烧死；如果我是因为想往天园而崇拜你，那就把我逐出天园；但如果我是为了你而崇拜你，那就不要向我隐藏你永恒的美。"[1]

二、莫拉维的死亡观

伊斯兰教认为死亡是今世生活的结束和来世新生活的开始，人死之后，会度过时间不确定的等待期，之后接受终审日的审判，最终进天堂或下地狱。苏非长老认为死亡不仅是新生活的开始，他们进一步从爱的角度出发，把死亡看成是自己与永恒的爱人合一的渠道。今世生活如同幔帐使他们远离真主，因此他们认为死亡吉庆有余，应张开双臂欢迎。

莫拉维是莫拉维教团的创始人，与其他教团在修炼方式上明显的差异是，该教团将音乐和舞蹈引入宗教仪式。该教团在举行仪式时，教徒们伴随着音乐旋舞，被称为"舞蹈的苏非"。虽然这种仪式遭到伊斯兰教正统派的批评，但莫拉维毫不在乎。莫拉维的思想中涌动着快乐的情绪，在他看来，客观世界都来自真主，一切都尽善尽美，没有什么可伤心和痛苦的。莫拉维和他的门徒被称为"快乐之子"(البناء السرور)。而对于死亡，他视之为人生的一个过程，死亡并非生命的结束，而是永恒生命的开始。他曾对知己萨拉赫丁·扎尔库布留下遗言，在他死后不要为他举行葬礼，而要举行庆祝仪式，跳萨玛舞，因为他要去和自己的爱人结合，离开转瞬即逝的世界应当感到高兴而非悲伤。据记载，莫拉维出殡那天，整个科尼亚城各个教派的人都来为他送行，他的门徒吹起号角、打起手鼓、弹着弦琴，一边呼号一边跳着萨玛舞为他送行。莫拉维陵里至今存放着一个用核桃木雕刻的箱子，它属于塞尔柱王朝时期的工艺品，上面雕刻着莫拉维的两首抒情诗，这两首诗清楚地表明了他对自然死亡的看法：

死亡之日，当我的棺材被抬出，
不要认为，我正在遭受这个世界的痛苦。
不要为我哭泣，不要说：可惜呀，可惜！
如果扼腕叹息，你就中了魔鬼的诡计。
看到我的尸体，不要说：别离了，别离！

1 周燮藩，《苏非之道——伊斯兰教神秘主义研究》，中国社会科学出版社，2012年，第38页。

那时我才真正团聚，结束分离。
看到人将我放进坟地，不要说：再见，再见！
因为坟墓是挂在天堂大门前的幕帘。
看到太阳、月亮西落，也要看到东升，
太阳月亮的西落，丝毫不损伤其光明。
在你看来，它们在降落，实际上是升起。
坟墓看似监牢，却是生命的解脱。
哪颗种子种到地下，不长出新芽？
为什么以为人之种子埋下不会复发？
有哪一只吊桶放下，不是满桶上来？
从井里为什么发出生命约瑟夫的呼喊？
这一边你闭上嘴，那一边张开，
因为你的呼唤在无际的空间。（《沙姆斯集》第104首[1]）

如果从我的尸土里长出小麦，
麦子做成大饼，会加重醉态，
醉倒的还有发面和大饼师傅，
烤饼的炉子也吟诵出醉人的诗句。
如果你来瞻仰我的坟墓，
坟堆看起来在你面前跳舞，
兄弟，来看我时不要忘了带手鼓，
真主的宴席怎能悲伤愁苦。
合上下巴，我躺在坟墓，
嘴里依然品尝着爱人的滋味。
请扯下一缕卡凡裹在胸前，
你的生命马上会变成酒馆。
四面八方传来醉鬼的喧嚣，
饮了酒必定会醉意缥缈。
我是真主用爱的美酒造成，
正是这种爱将我消融。

1 莫拉维著，沙斐仪・卡德坎尼选注，《沙姆斯抒情诗选》，德黑兰：科学文化出版公司，（伊历）1381年，第143页。

爱的美酒使我沉醉，告诉我，
美酒除了醉人还能带来什么？
我的灵魂一刻也不再犹豫，
直飞沙姆斯灵魂的高处。(《沙姆斯集》第683首[1])

莫拉维以轻松、愉快的口吻谈论自己的死亡，把死亡看作是“真主的宴席”，坟墓是“挂在天堂大门前的幕帘”，死亡是一种解脱，是“真正的团聚”。

在《玛斯纳维》第三卷中，莫拉维通过讲述伊斯兰教第一位穆阿津比拉勒频死时与妻子的对话，同样阐述了对死亡的看法：

比拉勒病体瘦弱，就像一弯月芽，
面容憔悴，有气无力，病情恶化。
见此情状，妻子哀叹：真可悲！
比拉勒道：休言可悲，乃大喜！
迄今为止我过着苦难深重的生活，
何谓死亡？你可知它意味着欢乐？
……
妻道：品德高尚者啊，你将离去！
比拉勒说：绝非离去，而是相聚！
妻道：你我分手就在今日夜晚，
远走异地他乡，亲人不得相见。
比拉勒说：绝非如此，休得胡言！
今夜我的灵魂将从异地返回家园。[2]

莫拉维借比拉勒之口，称死亡不仅不是“真可悲”，而是“真大喜”，这个狭窄的尘世充满痛苦，来世才能享受快乐。接下来，莫拉维将被囚禁在肉体中的灵魂比喻成乞丐，将肉体比喻成小黑屋，肉体的死亡使灵魂这个囚徒得以解放，变成君临天下的国王：

昔日是乞丐，栖身枯井般的屋里，

1 莫拉维著，沙斐仪·卡德坎尼选注，《沙姆斯抒情诗选》，第188页。
2 莫拉维著，元文琪译，《玛斯纳维全集（三）》，湖南文艺出版社，2002年，第346—374页。

今天为帝王，住宫殿要堂皇富丽。
帝王住巍峨宫殿，这才合乎情理，
坟墓似的小屋，对行尸走肉相宜。[1]

肉体的死亡，不仅使灵魂得以解脱，而且丝毫无损于灵魂的完美。在《玛斯纳维》中，莫拉维对死亡有很多精彩比喻。他把人类比作包裹着珍珠的蚌壳，蚌壳的破碎不会影响珍珠的完美。"无人能战胜他们的心灵，伤害不能及于珍珠只及于蚌。"[2](1/3496)他还将死亡比喻成砸核桃壳和去果皮，人们只有砸烂坚硬的核桃壳，才能吃到果仁，石榴和苹果去掉皮，才更甜美："核桃敲碎后留有桃仁，死后还有洁美的灵魂。被害与死亡乃对身而言，如挤榨石榴或苹果一般。那美好者成果汁味道佳，那腐烂者除声响无其他。"[3](1/706—708)莫拉维还将死亡比喻成妇女生产，早先死去的人，迫不及待地想知道肉体之母会生下什么样的孩子：

身体似母亲将灵魂儿孕育，死亡是分娩的阵痛是地震，
所有逝去的生命都在盼等，那兴奋的灵魂如何降生？
桑给人说："他会像我们模样。"罗马人说："不，他会很漂亮。"
当他降生在灵魂的世界，白人黑人之争议便自灭，
若是桑给人，桑给人就带走他，若是罗马人，罗马人把他向己拉。[4]

黑色的桑给人在莫拉维的语境里指有罪孽的人，或者是没有滤净心性的普通人；而白色的罗马人指那些道德高尚的完人。当死亡到来时，他们各有归宿。

莫拉维对死亡还有更深刻的认识。他认为死亡赋予生命意义，因为人生的最高意义在于认主归主，死亡将使生命的终极目标得以实现，否则人类和只懂吃喝的动物没有什么两样：

某人说到：世界多么令人心欢，
假若死神之足不踏进门限。
另一人说：若没有死神莅临，
世界也就不值一文。[5]

---

1 莫拉维著，元文琪译，《玛斯纳维全集（三）》，第348页。
2 莫拉维著，穆宏燕译，《玛斯纳维全集（一）》，湖南文艺出版社，2002年，第351页。
3 莫拉维著，穆宏燕译，《玛斯纳维全集（一）》，第68—69页。
4 莫拉维著，穆宏燕译，《玛斯纳维全集（一）》，第354—355页。
5 莫拉维著，张晖译，《玛斯纳维全集（五）》，湖南文艺出版社，2002年，第170页。

莫拉维认为人生就是一个不停转化的舞台，到目前为止，我们已经多次体验死亡，但每一次死亡都使我们的灵魂更加完美，离真主更近一步：

> 我曾经是矿物，后来衍化为植物，
> 经过植物阶段，继则演变成动物。
> 再后由动物阶段进而演变成人，
> 死亡何所惧？能带来什么亏损？
> 接下来还要经过人类阶段，
> 跃升到带羽翼的神灵阶段。
> 最终将从神灵阶段飞越空间之外，
> 万物必然死亡，惟主的本质除外。
> 超过神灵阶段，达到求真的寂灭——
> 甚至人的想象也难以企及的境界。
> 那种寂灭好比一架风琴，为我奏响——
> "源自主，返还于主"的动人乐章。[1]

这段诗文实际上反映了苏非派的创世思想。按照苏非派理论大师伊本·阿拉比的创世哲学，大千世界的形成在于真主大美的外显：真主流溢出九大天体（又称"天父"，指阿尔什、库尔西、太阴、水星、金星、太阳、木星、土星）和地上的四大元素（又称"地母"，指气、火、水、土）之后，天父和地母结合，先产生矿物，然后是植物，最终是万物之灵的人类。人类经过修身养性，逐渐提高品级，最终位列仙班，与主合一。这反映了苏非派"先天来降，后天复归"的基本思想。在这个过程中，人类经过多次死亡和蜕变。

此外，莫拉维还认为，人类同死亡的较量不仅仅限于生命的最后时刻，实际上，每过一刻，人类的每一次呼吸，都是向死亡迈进了一步，因此人类始终走在通往死亡的路上。死亡是一种生命的常态，是人类走向完美，复归真主的必经之路。

三、莫拉维笔下的自觉死亡（泯灭自我）

自觉死亡（مرگ اختیاری），又称为"主动死亡"（مرگ ارادی）、"象征性死亡"（استعاره ای مرگ）、"爱的死亡"（مرگ عاشقانه）、"重生"（تولد دوم）或"死亡之前的死亡"（از مرگ طبیعی مرگ قبل）。其中"死亡前的死亡"源自一句著名的圣训"在你死前死去"。自觉死亡是苏非信徒的一个常用术语，相对地，

1 莫拉维著，元文琪译，《玛斯纳维全集（三）》，第385—386页。

平常意义上的死亡在苏非派的语境里被称为“自然死亡”(مرگ طبیعی)、“被迫死亡”(مرگ اجباری)或“命定的死亡”(مرگ مختومی)。自觉死亡与肉体的死亡无涉,它是对苏非教徒经过苦修之后泯灭私欲、完全无我的一种象征性说法。苏非派强调身心双修,如果说自然死亡是肉体的完结,自觉死亡则是心灵私欲的终结,它是苏非教徒最终得以与主合一的先决条件,伊本·阿拉比称之为“今世的死亡”(الموت عین الحیاة الدنیا)。

有些苏非理论家将死亡依颜色分成四类。1. 白色死亡(مرگ ابیض),指苏非教徒忍饥挨饿,他们认为饥饿导致内心的光明和纯洁,挨饿使修道者的智慧得到释放和增加,而追求口腹之乐将导致智力下降和智慧的陨落。2. 绿色死亡(مرگ اخضر),指苏非信徒穿破衣烂衫,穿上这些象征贫穷的衣服表示修道者安贫乐道,不慕虚荣,修道者的脸庞由于得到真主全美的照耀而发绿光。3. 黑色死亡(مرگ اسود),意思是忍受人们的伤害,它是指信徒在追求与真主混化过程中甘愿忍受各种磨难。4. 红色死亡(مرگ احمر),指信徒在穆尔什德或谢赫的指导下,通过苦修和努力,泯灭自己的私欲和对尘世的依恋。[1]这四种死亡皆与肉体的死亡无关,它们指苏非信徒的修持方式或阶段,涉及信徒忍受生理饥饿、精神和肉体的伤害、为真主泯灭自我的种种行为,这四种死亡可以统称为“自觉死亡”。

对于普通穆斯林而言,今世只是旅人的客栈,死亡才是通往来世的过渡,而真主才是人生的最终归宿,今世的功修只是为来世天堂的永生及真主无限的恩赐做准备而已,因而今世所获得的荣华富贵只是身外之物,当最后审判日来临时,今世的财富与真主决定一个人的善恶果报之奖惩毫无关涉。鲁米和其他的苏非修行者一样,除了视死亡为一个休止符外,还将它看成是真主所赐予的救赎契机,是世人看破世俗得失毁誉之虚幻性,以积极追求永恒真理的机会。因此,鲁米说:“真主提供一项最佳的交易:她买走你们那污秽的荣华富贵而施予你们灵性之光;她买走这腐朽冰凉的肉体而赐予一个超乎想象的国度。”[2]死亡象征在鲁米的诗作中主要代表苏非主义者“混化”境界,即怎样透过实践禁欲修行来扬弃尘世诱惑与牵绊,以便以清静无碍之身心来迎向真主,证悟“万物非主、唯有真主”的真谛。

当然莫拉维不是第一个阐述自觉死亡的人,在他之前,萨纳伊和阿塔尔也对此有深刻的阐述。萨纳伊说:“在死亡大限之前死去以便得到解脱,不死亡,生命就无法从中得到释放。”[3]阿塔尔说:“当你在今世死去倒下,要坚信在来世会得到新生。今世,你因死亡而倒下,但在来世,死亡却是你的新生。这里死去、那里诞生。朋友啊,我为你揭开了这个秘密。”[4]

与前辈相比,莫拉维用更优美的诗句和更丰富的隐喻来阐述自觉死亡。在大家熟知的《玛

1 http://www.cloob.com/u/sael_al majid/1078793191:苏非神秘主义中的四类死亡。原文引自:伊本·阿拉比《麦加的启示》,第七卷,第231—232页。

2 鲁米著,梁永安译,《在春天走近果园》,立绪出版社,1988年,第6页。

3 萨纳依,穆达来斯·拉扎维校注,《真理之园》,德黑兰大学出版社,1377年,第496页。

4 阿塔尔,沙斐仪·卡德坎尼校注,《隐言书》,语言出版社,1386年,第138页。

斯纳维》的开篇章《笛赋》中，莫拉维将得道的完人比喻成笛子。笛子的特点是中空，它就像泯灭了一切对尘世的依恋和个人私欲的完人。吹笛子的人隐喻真主，只有笛子中空的时候，才能回荡出真主吹入的气息。没有完全泯灭自我的人，是无法感知近主的气息的：

这笛声是火焰不是妄念，泯灭吧人若没有这火焰。倾注芦笛的是爱的火焰，注入美酒的是爱的沸腾。芦笛只与斩情之人相匹，其声声旋律把帷幕揭启。[1]

莫拉维有一首广为传颂的抒情诗，他在诗中号召人们为爱而死，通过死亡获得再生，通过死亡割断自身的欲望，升入天堂：

死去吧！死去吧！在爱中死亡！
如果你在爱中而死，你的灵魂将会获得再生。
死去吧！死去吧！不要害怕这种死亡，
抛开尘世，你将升入天堂。
死去吧！死去吧！割断这自身的欲望，
这欲望如同锁链，把你囚禁。
手持一把利斧，去寻找地牢，
打破监牢，变成埃米尔和国王。
死去吧！死去吧！去追寻美丽的帝王，
为帝王而死，你将成为帝王而扬名。
死去吧！死去吧！走出这些乌云的幕帐，
当你走出乌云，你将会成为皎洁的月亮。
沉默吧！沉默吧！沉默最接近死亡，
你将会找到生命的光亮。(《沙姆斯集》第636首)[2]

在《玛斯纳维》的第一卷，有我们大家熟知的商人和鹦鹉的故事。商人有一只能说会道的鹦鹉，在他去印度经商之前，他慷慨地询问每个家人要什么礼物。鹦鹉要求他向印度的鹦鹉问好，并寻求解脱牢笼的方法，而最终在印度鹦鹉的启发下，笼子里的鹦鹉通过装死得以获得自由。这里的被囚禁的鸟儿象征人类的灵魂，鸟儿装死象征苏非信徒寂灭尘世的一切牵挂与欲望。人只

1 莫拉维著，穆宏燕译，《玛斯纳维全集（一）》，第2页。
2 莫拉维著，沙斐仪 · 卡德坎尼选注，《沙姆斯抒情诗选》，第137页。

有绝灭了私欲，灵魂才能像鸟儿一样挣脱樊笼，获得自由。

类似的故事也被阿塔尔在《隐言书》中引用过，而他在讲述完这个故事后所发表的一番议论，也许更清楚地说明了自觉死亡的意义：

泯灭自我以便得到解脱　　因为没人再同死人产生纠葛
一旦你放弃自我的生命　　你肯定能摆脱任何陷阱
你死后将和同类汇合　　在高雅的幽静处安逸快乐
你死后将获得永生　　将成为真主永恒的仆从。[1]

在《玛斯纳维》的第二卷，莫拉维讲到一个饥渴者往水里扔土坯的故事：一个饥渴难耐的人坐在高墙上，墙边就是一条清澈的小溪。饥渴者不停地拆下墙上的土坯往小溪里扔，愤怒的溪水便责问他为什么用砖坯砸它。饥渴者说：往水里扔砖坯有两个好处，其一，溅起的水声对饥渴者来说犹如热瓦甫弹奏的天籁之音；其二，每拆掉一块砖坯，他就离水源更近一步，只有墙壁被全部拆毁，他才能最终饮到甘泉。这个故事虽然只字未提死亡，但其蕴含着深刻的哲理：这里的饥渴者喻指修道的苏非，而小溪则指大美的真主，修道者渴望接近真主，与主合一，一如饥渴者对甘泉的渴望，但横亘在饥渴者与溪水之间的高墙是达到目的的障碍。这里的土墙喻指私欲或尘世的诱惑，只有一步一步拆毁这堵墙，也就是一步一步泯灭自我，才能最终畅饮真主的甘泉，与主合一。

莫拉维认为自觉死亡是穿着死亡外衣的真生命，如果不能达到自觉死亡的境界，尽管表面上看我们是活着、在呼吸，实际上等同于行尸走肉。相对于自然死亡而言，莫拉维认为自觉死亡要困难得多，因为自然死亡是人的定命，只用体验一次，但苏非修道者却要时时刻刻同自己的私欲作斗争，弃绝尘世物欲的诱惑和羁绊，要经历上百次的自觉死亡才能最终得到解脱。在莫拉维看来，活着并不等同于会呼吸，真正的生命是重生和进入妙界，也就是消灭自己的私欲，用美德净化自身。在他看来，很多活着的人应当被看作死人。自觉死亡与葬入坟墓有天壤之别，自觉死亡是走向光明，而不是走向坟墓，是人类秉性的大转移，一如黑皮肤的桑给人变成白皮肤的罗马人：

智者啊，你若想他没有帷幕，
请选择死亡，撕碎那帷幕。
不是指那进入坟墓的死亡，
是指进入光之世界的消融死亡。
当人长大成熟，其童年时代就逝去难追，

1　阿塔尔，沙斐仪·卡德坎尼校注，《隐言书》，语言出版社，1386年，第151页。

当桑给人变成罗马人，其肤色就会消褪，
当泥土变成黄金，其土之本性就消失，
当忧伤变成欢乐，忧伤之毛刺就消失。
关于此，穆斯塔法说："寻求秘密者，
你若想看到活着的死者，
那活人般在大地上行走之辈，
即是死者，其灵魂已升到天内。
此刻他的灵魂已停留在苍穹，
他即使死去，其灵魂也不会移动。"[1]

四、结语

死亡作为一种自然法则，是任何民族、任何宗教信仰的人都无法逃脱的宿命，各种宗教和哲学派别都试图通过自己的学说来解释人生的意义，化解人类对死亡的恐惧。伊斯兰教赋予人类精神和肉体的二元性，认为人类有今世和来生，他们视今世生活为人的旅途，视后世为人的归宿，死亡只是灵魂和肉体的暂时分离，是人类通往来世永恒生活的门户。以莫拉维为代表的苏非信徒更进一步，他们不仅视死亡是一个门户或桥梁，而且认为死亡是一件值得张开双臂迎接的快乐的事，死亡不仅使人类进入来生，更重要的是它使人类的灵魂摆脱肉体囚笼的束缚，永久地同大美的真主合一。

除了人类不可抗拒的自然死亡之外，莫拉维在自己的作品中还多次提到"自觉死亡"。它既是苏非信徒修道的方式，也是修道的结果。说自觉死亡是一种修道方式，指的是苏非修道者要想达到灵魂与主合一的终极目标，必须泯灭对尘世一切事物的留恋和牵挂，滤净自己的心性，为最终的合一做好准备。而人类每战胜一次今世的物欲诱惑，实际上便可以被视作是一次自觉死亡。说自觉死亡是修道的结果，是指苏非修道者在导师的指导下，经过各个阶段的身心修炼，成为完人，最终与主混化（فنا فی الله），并在混化中得到永生（بقا در الله）。而这种混化和永生，并不意味着肉体的死亡，得道的苏非在今世就可以达到这种状态，只不过今生的这种状态是短暂的，只有在人死亡之后，这种状态才能达到永恒。

参考文献

1. [伊朗] 莫拉维著，穆宏燕等译，《玛斯纳维全集（1—6卷）》，湖南文艺出版社，2002年。
2. [伊朗] 莫拉维著，沙斐仪・卡德坎尼选注，《沙姆斯抒情诗选》，口袋书股份公司出版，（伊朗历）1385年。
3. [伊朗] 莫拉维著，西鲁什・沙米萨注释，《莫拉维抒情诗选》，科学出版社，（伊朗历）1375 年。
4. [伊朗] 鲁米著，梁永安译，《在春天走进果园》，甘肃人民美术出版社，2013年。

1 莫拉维著，穆宏燕译，《玛斯纳维全集（六）》，湖南文艺出版社，2002年，第73—74页。

5. [土耳其]奥斯曼·努日·托普巴希著，谭卉颖译，《心灵的泪滴——来自富饶的〈玛斯纳维〉鲁米精选》，宗教文化出版社，2013年。
6. 周燮藩主编，《苏非之道——伊斯兰教神秘主义研究》，中国社会科学出版社，2012年。
7. [埃及]艾布·卧法·伍奈米著，潘世昌译，《伊斯兰苏非概论》，商务印书馆，2013年。

طبیعت ـــــ سرچشمه ی مشترک هنر وانگ وی و سهراب سپهری

زائو شیا لینگ

استاد دانشگاه زبان های خارجی لوؤ یانگ

چکیده :

وانگ وی (سال ۷۰۱ـــ۷۶۱ میلادی) شاعر نقاش چینی که در سلسله ی تانگ می زیسته است. سهراب سپهری شاعر نقاش ایرانی معاصر است. با وجود اینکه زندگی آنها فاصله ی زمانی و مکانی بسیار دارد، دو هنرمند از نکته های مشترک چه از نظر شعر، چه از نظر نقاشی برخوردار هستند. هر دو شاعر و نقاش برای خلاقیت آثار هنری از طبیعت الهام می گیرند. آنها طبیعت را می سرایند. معتقدند که در پشت هر چیز طبیعت روحی نهفته است و بر هماهنگی انسان با طبیعت تأکید می کنند. اندیشه ی سهراب سپهری عرفانی است در حالی که اندیشه ی وانگ وی بودایی و تائو است، ولی با توجه به اینکه عرفان سپهری تحت تأثیر اندیشه های شرق دور قرار گرفته، فلسفه ی دو شاعر نیز بهم نزدیک است. می توان نتیجه گرفت که شعر و نقاشی آنها منشأ واحدی دارد.

واژه های کلیدی: سپهری، وانگ وی، طبیعت، هم منشأیی

(الف) مقدمه

چین و ایران دو کشور شاعرپرور هستند و در میان شعرهای چینی و ایرانی، نکته های مشترک زیادی وجود دارد. تحقیق درباره مشابهت های شعرهای دو کشور به پی بردن نزدیکی فرهنگ دو ملت کمک می کند و برای تقویت مبادلات فرهنگی مفید است.

وانگ وی شاعر و نقاش چینی در سلسله ی تانگ می زیسته است. کلیات وی شامل ۴۰۰ شعر است که اغلب آنها مناظر طبیعی را توصیف می کند و حاکی از ذوق طبیعت پرست و آسوده خاطر است. علاوه بر شعر سرایی، وانگ وی در نقاشی بخصوص مناظر طبیعت مثل گیاه و کوه و رودخانه ... زبر دست است ، چنان که مکتب نقاشی جوهری جنوب چین را به وجود می آورد.

سهراب سپهری شاعر نوگرای معاصر ایرانی، همواره از جایگاه رفیعی در میان شاعران معاصر ایران برخوردار بوده است. در این میان اشعار سهراب مملو از تصاویر و ایماژهای طبیعت است، بدین سان طبیعت قسمت عمده ی شعر او را تشکیل می دهد. از این رو، چینیان با مطالعه ی شعرهای سپهری می، همواره سروده های وانگ وی، شاعر چینی را تداعی می کنند.

شعر و نقاشیآنان جدیو برخوردار از والاترینویژگی هایهنریاست. با تحقیق بیشتر پیرامون اشعار و نقاشی های سهراب سپهری و وانگ وی، در می یابیم مشابهت های زیادی میان دو نفر وجود دارد؛ هر دوی آنان در جستجوی حق در طبیعت هستند و در مسئله ی رابطه ی انسان با طبیعت عقیده ی نزدیک دارند. با توجه به اینکه در فرهنگ متفاوت پرورش یافته و در عصرهای متفاوت می زیسته اند. هر دو، طبیعت را سرچشمه ی شادی و نمونه ی اخلاق می دانند. طبیعت در شعر و نقاشی آنان زنده، روحدار و زیبا ست؛ آنان معتقدند که انسان بخشی از طبیعت و برابر با همه چیز دیگر طبیعت است و باید انسان با طبیعت به طور هماهنگ همزیستی کند.

(ب) مشترکات شعرهای سپهری و وانگ وی

۱. سرایش طبیعت

سپهری کودک کویر است و بیشتر ایّام عمرش را در کاشان، شهر محبوب و زادگاهش گذرانده است. او بیش از هر جا، به کاشان دلبسته بود و ده سال پایان زندگی‌اش را بیشتر در کاشان و روستاهای اطراف آن به سر آورد. یکی از جلوه های جذاب شعرهای سهراب سپهری طبیعت‌گرایی و توجه بیش از حد به جلوه های طبیعت و ارایه ی تصویرهای زیبا و دلنشین از طبیعت و جهان است که شعرهای وی را خواندنی می‌سازد. به گونه‌ای که بندرت می توان در بین شعرهای وی شعری یافت که در آن اشاره‌ای به طبیعت و مظاهر طبیعی مثل گل، درخت، جنگل، کوه و دشت و دریا نشده باشد و نیز نامی از پرندگان و چرندگان نیامده باشد.

مثل شعر زیبای »در گلستانه» که ده کوچکی از دهستان قهرود بخش قمصر کاشان را توصیف می‌کند:

دشت هایی چه فراخ!/ کوه هایی چه بلند!/ در گلستانه چه بوی علفی می‌آمد!/ من در این آبادی، پی چیزی می‌گشتم:/ پی خوابی شاید،/ پی نوری، ریگی، لبخندی.

پشت تبریزی‌ها/ غفلت پاکی بود، که صدایم می زد

پای نی زاری ماندم، باد می آمد، گوش دادم:/ چه کسی با من، حرف می زد؟/ سوسماری لغزید./ راه افتادم./ یونجه‌زاری سر راه،/ بعد جالیز خیار، بوته‌های گل رنگ/ و فراموشی خاک.

لب آبی/ گیوه‌ها را کندم، و نشستم، پاها در آب:/ «من چه سبزم امروز/ و چه اندازه تنم هوشیار است!/ نکند اندوهی، سر رسد از پس کوه./ چه کسی پشت درختان است؟/ هیچ، می چرد گاوی در گَرد./ ظهر تابستان است./ سایه ها می دانند، که چه تابستانی است./ سایه هایی بی لک، /گوشه ای روشن و پاک،/ کودکان احساس! جای بازی اینجا ست./ زندگی خالی نیست:/ مهربانی هست، زندگی باید کرد.

در دل من چیزی است، مثل یک بیشه ی نور، مثل خواب دم صبح/ و چنان بی تابم، که دلم می خواهد/ بدوم تا ته دشت، بروم تا سر کوه./ دورها آوایی است، که مرا می خواند.» (سهراب،۱۳۸۶)

از طرف دیگر، مهمترین موضوع شعرهای وانگ وی نیز طبیعت است. وانگ وی که تقریباً عزلت نشین و گوشه گیر است، بیشتر اوقات مظاهر اطراف خود مانند کوه و جنگل و پرنده و شکوفه ها را توصیف می کند. طبیعت گرایی نه تنها موضوع شعر و نقاشی او است، بلکه باعث می شود سطح شعرهای او بالاتر از دیگر شاعران طبیعت سُرای سلسله ی تانگ قرار گیرد؛ علاوه بر اینکه طبیعت گرایی، زیبایی شناسی اصلی وانگ وی را تشکیل می دهد. (چیان جی شی ۲۰۱۴،) به عنوان مثال در شعر «ده وی چوان»:

غروب آفتاب بر روستا می تابد، بر می گردند به کوچه دراز گوسفندان و گاوان.

پیرمرد عصا به دست در دم در ایستاده، چشم به راه و در فکر کودک چوپان.

بالای درخت توت کم برگ کرم ها به خواب رفته اند، در مزرعه گندم صدا می کنند مرغان.

بیل بر شانه سر راه برگشت بهم برمی خورند و مشغول احوالپرسی اند کشاورزان.

با دیدن این همه چقدر از زندگی راحت آنان غبطه می کنم، و بی خود به یاد شعر قدیمی «برگشت» می افتم. شاعر روستای آرمانی خود را ترسیم می کند.

۲. روح نهفته در پشت هر چیز طبیعت

جعفر حمیدی درباره ی رابطه ی سهراب و طبیعت می گوید: «او شاعری است که طبیعت را خوب می‌شناسد، آب و گل و گیاه و درخت و سبزه و صحرا و کوه و دشت، در شعر او جان می گیرند و حرکت می کنند و در حقیقت کلام او، حرکت طبیعت و رقص اشیاء و تبسم واژه‌ها و انبساط و لطف تصویرها را در خود جمع کرده است. کلمات در شعر او زنده است و همه ی اشیاء طبیعت در سخن او، به سماع و پایکوبی برمی خیزند. (حمید سیاهپوش،۱۳۷۶)

می توان گفت که در اشعار سپهری نوعی آنیمیسم وجود دارد. در حالی که در شعرهای وانگ وی همیشه اشیاء احساس انسان را پیدا می کند. مثل شعر «سین ای وو»:

شکوفه بالای سرشاخه / در کوه غنچه قرمز میدهد/ هیچ کس پا به این دره ی خلوت نمی گذارد/ شکوفه خود به خود باز می شود و پژمرده می شود.

خاموشی و تنهایی درفضای این شعر حکمفرماست. نمی توان تشخیص داد حالتی را که شعر ترسیم می کند متعلق به شاعر است یا متعلق به شکوفه.

۳. هماهنگی انسان با طبیعت

با نگاهی به مجموعه هشت کتاب سهراب سپهری این نکته به وضوح آشکار می شود که طبیعت، عناصر طبیعی و ایماژهای طبیعت در این اشعار به طرز خاصی بیان و ظاهر می شوند. به عبارتی دیگر طبیعت جزیی لاینفک از اشعار وی می باشد. در این میان طرز تلقی وی از طبیعت ، کاملا با هم عصران وی متفاوت است (تسلیمی،۱۳۸۳).

طبیعت برای سهراب راهنمایی است که می تواند بیشتر و بهتر از هر معلم دیگری به وی درس بیاموزد. در شعر مسافر احساسات خود را این گونه بیان می کند:

... و من مخاطب تنهای بادهای زمینم / و رود های جهان رمز پاک محو شدن را به من می آموزند .

صدای طبیعت است که او را به خود می خواند؛به نظر می رسد که تنها شاعر پیامبر است که این صدا را می شنود.

در چین اشعاری که طبیعت را توصیف می کند، معمولاً احساسات و روحیه ی شاعر را منعکس می کند. در سروده های وانگ وی که از تنهایی لذت می برد، درکنار صحبت از "گوشه نشینی" هماهنگی شاعر با جهان اطراف خود یعنی طبیعت دیده می شود:

با اینکه در میان مردم زندگی می کنم، درم را می بندم و به گوشه خود اکتفا می کنم.

در فراغت و خاموشی بر من بسته شده است، غروب آفتاب بر چمن فصل خزان می تابد.

در تنهایی در چوبی را می بندم، به غروب خورشید در آسمان بی کران می نگرم.

به در چوبی تکیه می دهم و به آواز جیرجیرک در باد گوش می دهم.

آشکاراً شاعر خود را از جهان پرهیاهو جدا می سازد. فضای خلوت و متروک شعر با بی علاقگی شاعر به ثروت و شهرت هماهنگی پیدا می کند. طبق گفته ی جین یوه لین، وقتی که فرد و شیء باهم درآمیزند و اختلاف میان آنها ناپدید شود، فرد با تمام کیهان یکی و متحد می شود. این حالت یکی شدن انسان با طبیعت به گسترده ترین مفهوم می باشد.

۴. اندیشده ی پنهان در شعر ها

سهراب نیز همچون شاعران نوگرای عصر ماشینی در راه رسیدن به حقیقت درمانده است، اما در نهایت، همان گونه که دکتر تسلیمی میگوید، راه حل را در طبیعت می بیند.

صداهای طبیعی سهراب را به سمت روح پنهان در ماورای طبیعت فرا می خواند. عناصر طبیعی از جهتی دیگر همواره در شعر سهراب با عناصر مذهبی در هم آمیخته شده اند، گویی طبیعت نیز همانند مذهب رهنمون روح شاعر به سمت حقیقتی والاست :

من مسلمانم / قبله ام یک گل سرخ / جا نمازم چشمه . . . / در نمازم جریان دارد ماه . . . / سنگ از پشت نمازم پیداست. . . / من نمازم را وقتی می خوانم / که اذانش را باد گفته باشد /کعبه ام بر لب آب . . . / کعبه ام مثل نسیم میرود باغ به باغ می رود شهر به شهر . . . (سهراب سپهری،۱۳۸۶)

در ذهن سهراب ارتباطی بین خدا و درخت است ملتقایی که نهایتاً باید به آن رسید.(شمیسا،۱۳۷۳)

و اما در میان اشعار وانگ وی، آن چه که در شهرک وانگ چوان سروده می شود بیشتر حامل اندیشه های بودایی می باشد. اندیشه ی عمده ی وی شامل دو مطلب است: یکی آرامش و خلوت مثل شعرهای زیر:

شاعر راحت در تماشای گل ریزی / در بهار یک شب خلوت در کوه خالی / پرنده وحشت زده از طلوع ماه / گاه گهی صدایش به گوش می رسد از آبگذر بهاری . ـــــ آبگذر مرغان

کوه خالی از کس است / فقط صدای صحبت به گوش می رسد/ خورشید غروب به عمق جنگل می تابد/ نور آن دوباره به خزه می افتد. ـــــ ویلای آهو

به تنهایی می نشینم در نیستان / ساز می زنم و آواز می خوانم سر به آسمان/ هیچ رفیقی در کنارم نیست / فقط ماهتاب سایه من را روشن می کند. ـــــ- نیستان

و دوم طریق عبادت ،مانند شعر «بدرقه»

ای دوست از اسب پیاده شو تا شرابی باهم بنوشیم، می خواهی به کجا بروی؟

می گویی که از زندگی گذشته ناراضی هستی، می خواهی به پای کوه جونگ نان برگردی.

برو، دیگر از تو نمی پرسم. ببین، ابرهای بی کران به هر کجای می رود.

ناراضی بودن علت برگشت به کوه و گوشه نشینی دوست است. بیت آخر نکته مهم "زِن" را می رساند. یعنی برو به داخل کوه ؛ از این پس دیگر براثر کامیابی و ناکامی این دنیا آزرده نمی شوی. در مقابل ابرهای بی کران، ثروت و شهرت دنیا محدود است .

پیروان زِن وقتی که باهم صحبت می کنند معمولاً از تشبیه، تمثیل و سمبل استفاده می کنند. همین شیوه در بیشتر اشعار وانگ وی دیده می شود.

هنگام مقایسه اندیشه ی سهراب سپهری و وانگ وی، در می یابیم سپهری وحدت انسان با خدا در فرهنگ اسلامی، وحدت فرد با براهمان در فرهنگ هندی و وحدت انسان با طبیعت در فرهنگ چینی را می آمیزد و به مجموعۀ فلسفه تصوف مشرق زمین متمایل می شود.(مو هونگ یان،۲۰۰۶) بدین جهت باید گفت که اندیشه سپهری و وانگ وی نیز از جنبه مشترک برخوردار است.

(پ) مشترکات نقاشی های سپهرای و وانگ وی

سهراب سپهری کار جدی خود را در مقام نقاش، با سلسله ی تصویرهای برگرفته و خلاصه شده از طبیعت آغاز کرد. نخستین آبرنگ ها و گواش های او را میتوان بازنمایی لحظه‌های تجربه ی شاعرانه در جهان اشیاء دانست. حرکت آزاد و شتابان قلم مو، در هم شدن رنگ ماده، تأکید بر تباین های رنگی و استفاده از عوامل تمرکز دهنده در فضای دو بعدی، از جمله مشخصات آثار او هستند و اثرپذیری از نقاشی انتزاعی مکتب پاریس را نشان میدهند. با این حال، تلاشی آگاهانه برای تلفیق سنتهای شرقی و غربی و کوششی

برای دستیابی به شیوه‌ای مستقل و شخصی نیز در این آثار مشهود است.

رنگ در نقاشی های سپهری در کنار فرم های برگرفته از طبیعت از اهمیت یکسانی برخوردار است و با توجه به دید نقاش از کار خود، وقتی مشاهده میکنیم همه ی رنگ ها ونیمرنگ های موجود در پرده‌های او نیز از همان پهنه ی طبیعی مورد علاقه‌اش دست چین شده‌اند، تعجب نخواهیم کرد. رنگ ها از خاک بیابان و دامنه ی تپه و ستیغ غبار گرفته و از کوه و سبزه کنار جوی و خشت خام دیوار و آب برکه بیرون جسته‌اند. هرچه رنگ می بینم اصیل و تقطیر شده از طبیعت است. قهوه‌ای، اخرایی، خاکی، آجری، نخودی، ارده‌ای، گندمی، یشمی، ماشی، حنایی، خاکستری، دودی، مشکی... (احمدی ملکی،۱۳۸۴)

دستمایه اصلی کارهای سپهری اشکال ساده شده طبیعت است. حتی یک خط راست. این ساده ترین وسیله ی بیانی در نقاشی - اغلب در کارهای سپهری طوری ترسیم شده است که یاافق فراخ کویر را به یاد آورد و یا راستای درختی سر به آسمان نهاده را. کوه های دور دست که در بخش های مرکزی ایران، در همه جا، در انتهای چشم انداز حضور دارند. تپه‌های مواج که از کوه ها نزدیکترند، مسیر نهری که شیب تپه را میبرد و قطاری از درخت های بید را به سوی آبادی میبرد، خانه‌های بهم چسبیده آبادی. بام قوس دار خانه گوشه‌ای از در و دیوار خانه در ارتباط با شاخه ی یک درخت، تنه ی درخت، سرشاخه‌های آن، علف های خشک و پا جوش های اطراف تنه، یک گل وحشی، شقایق یا آلاله، اینجا یا کمی دورتر آنجا، چند تخته سنگ، یک برکه ی کوچک... موضوعات مورد توجه نقاش است.

وانگ وی نیز در نقاشی، بسیار بر "طبیعت" تأکید می کند، چنان که موضوع نقاشی هیش را از طبیعت انتخاب می کند و تمام وجودش مملو از مظاهر طبیعی است؛ چنانکه در نقاشی معروف اوبه نام «جویبار در برف»، چیزهایی مانند خانه، شخص، قایق و... در نقاشی بسیار دقیق نیست ولی تمام نقاشی، جلوه ی زیبای طبیعت پوشیده از برف را بازتاب می دهد و آرامش روستای کنار جویبار پس از برف را ترسیم می کند.

نقاشی های چینی با نهایت تلاش جلوه ی زیبای طبیعت را ستایش می کنند، ضمناً از تکنیک خاصی اجتناب کرده، سعی می کنند ردپای تصنعی تا حد ممکن کم باشد و جنبه های طبیعی تا حد امکان بیشتر باشد. بدین ترتیب سلیقه سادگی پرستی ، طبیعت پرستی ، بی پیرایگی شکل گرفته است.

(ت) نتیجه گیری

شاعر جهان پیرامون را آنگونه که در ذهن وی تجلی یافته به تصویر می کشد و برداشت خود را از وقایع پیرامون به قلم می آورد. شعرهای سهراب سپهری هر یک گویی تابلویی است پرداخته ی دست یک نقّاش چینی، که در آنها چشم‌اندازهای طبیعت، سنگ، برگ، سنجاقک، بوته و گیاه با دقت و اعجاب و ستایش و پرستش نقاشی شده است، و در کنار صخره‌ای از این منظره مردی نشسته است که در بیخودی خویش به تأمّل در این مظاهر وجود مشغول است.

جالب این که در غرب، شعر هنر زمانی و نقاشی هنر فضایی شناخته می شود و بین آنها مرز دقیقی وجود دارد. برعکس، زیبایی شناسی چینی بر مرز شعر و نقاشی تأکید نمی کند، بلکه بر ریشه مشترک شعر و نقاشی تأکید می نماید. اتفاقاً قدیمی ترین شرح دقیق و روشن در این زمینه را سو شی، هنگام بررسی شعر و نقاشی وانگ وی مطرح می کند. سو شی وانگ وی را تصویرگر کلام و شاعر رنگ ها می داند. این ارزیابی درست مثل سخنانی است که درباره سهراب سپهری گفته می شود.

مفهوم هم منشأیی شعر و نقاشی چینی شامل دو نظریه است: نظریه ی نخست به سرچشمه ی مشترک و پس زمینه ی فلسفی و فرهنگی مشترک در جریان پیدایش و توسعه شعر و نقاشی اشاره می کند و نظریه ی دوم به اصول مشترک اختراع شعر و نقاشی اشاره می نماید. (لین هنگ شون،۱۹۹۴) با توجه به ویژگی مشترک اشعار و نقاشی های سپهری، بر اساس آنچه آمد می توان گفت ذوق زیبایی

شناسی چینی نیز با خلاقیت هنری سهراب سپهری کاملاً منطبق است.

:ذخأم و عبانم تسرهف

1. 钱志熙,《论王维玄佛结合的人生哲学及与艺术的关系》,北京大学学报,2014 年 11 月。
2. 穆宏燕,《融会贯通东方神秘主义——塞佩赫里思想研究》,回族研究,2006年第1期。
3. 林衡勋,《试探“诗画同源”》,湛江师范学院学报,1994年第3期。

4. سهراب سپهری،(۱۳۸۶) هشت کتاب، انشارات طهوری، ص ۳۴۸ـ ۳۵۱

5. حمید سیاهپوش، باغ تنهایی سهراب سپهری، تهران:انتشارات نگاه، ۱۳۷۶، ص۶۰،
http://sharekian.blogfa.com/post-65.aspx

6. تسلیمی ،علی(۱۳۸۳) گزاره هایی در ادبیات معاصر ایران: شعر، نقل از طبیعت رمانتیک دراشعار سپهری، سهراب، http://www.hamhameh.org

7. شمیسا،سیروس (۱۳۷۳) نگاهی به سپهری، نقل از طبیعت رمانتیک دراشعار سهراب سپهری، http://www.hamhameh.org

8. احمدی ملکی،رحمان(۱۳۸۴) طبیعت در شعر و نقاشی سهراب سپهری، خیال شرقی،، ص ۱۱۸ـ

自然——塞佩赫里和王维艺术灵感源泉

信息工程大学洛阳外国语学院　赵小玲

摘要：中国和伊朗是两个以诗歌著称的国家，研究中伊两国诗歌的异同，有助于我们更好地了解两国文化的相近性，有助于促进两国文化的沟通和交流。王维和塞佩赫里生活在不同时代、不同地域，但他们的艺术却有很多共通之处。他们歌颂自然，寄情山水，认为“万物有灵”，主张“天人合一”。两位诗人兼画家经历了相同的从崇拜自然到万物有灵，再到物我合一的艺术创作过程，自然是他们的艺术创作的灵感源泉。王维的精神归宿是佛道，而塞佩赫里作为东方神秘主义的集大成者，其思想也受到佛教的影响，因此可以说王维和塞佩赫里的哲学思想也存在共通之处。两位诗人兼画家的作品凸显出相同的艺术观——诗画同源。

关键词：王维　塞佩赫里　自然　诗画同源

一、引言

中国和伊朗是两个以诗歌著称的国家，研究中伊两国诗歌的异同，有助于我们更好地了解两国文化的相近性，有助于促进两国文化的沟通和交流。

王维（701—761），唐朝诗人、画家，他的诗歌现存有400余首，其中大部分吟唱自然风景，表现出诗人对自然的崇拜以及天人合一的和谐之美。王维的绘画才能卓越，山水画自成一派，被尊为南宗山水画派之祖。

伊朗当代诗人苏赫拉布·塞佩赫里(Sohrab Sepehri，1928—1980）与尼玛·尤师奇(Nima Yooshij)、艾哈迈德·沙木鲁(Ahmad Shamlou)、麦赫迪·阿赫万萨雷斯(Mehdi Akhavan-sales)齐名，是伊朗新诗的代表人物。塞佩赫里的诗歌里充满自然景物和意象，自然是其诗歌的主要内容，因此，当我们读塞佩赫里的诗时，总会情不自禁地联想到其诗以描摹自然为突出特征的中国唐代诗人王维。这两位诗人都拥有著名画家的身份，他们的诗和画都具有极高的艺术价值。

当我们进一步研究王维和塞佩赫里的诗画艺术后，发现这两位相隔遥远时空的艺术家尽管来自不同的文化背景，却在对人与自然关系的思考上有着惊人的相似之处。他们在自然的怀抱中寻求真理，把自然看作孤独中的快乐源泉、道德的典范。他们笔下的自然涌动着生命气息，是具有灵性和美感的自然，也是心灵的守护者。两位诗人都认为自然是伟大的，能给人带来欢乐和启迪，作为自然中的一分子的人同世间万物是平等的，人与自然应该和谐共处。他们都从自然中汲取创作的灵感，歌颂自然。塞佩赫里的思想是神秘主义的，王维的是佛道的。鉴于塞佩赫里的思想受到东方哲学的影响，二者的哲学也是相近的。

二、诗画的题材：描绘自然

1. 诗作

塞佩赫里的家乡是卡尚(Kashan)市，他一生的多数岁月在那里度过，家乡是他最爱的地方，他生命最后十年基本也是在卡尚市和周边的农村度过的。自然主义、极其关注自然景物、描画自然和世界之美是塞佩赫里诗歌的迷人之处，而且使他的诗歌朗朗上口。花鸟鱼虫、森林平原、山峦大海等自然景观在他的诗歌中俯拾即是，如诗歌《在花圃》，描摹了卡尚市凯木萨尔区(Ghamsar)佳禾路德村(Ghahrood)：

> 多广阔的平原！/多么高的山！/从花圃传来青草的味道！/我在这个村庄寻找着什么：/也许是寻一场梦，/一缕光、一颗石子、一个微笑，/在白杨树的后面，/一个纯净的疏忽大意在喊我。/我驻足在芦苇荡，风吹过来，我听：/那是谁在和我说话？/一只蜥蜴爬过来。/我行走，/路上有苜蓿地，/黄瓜地、花丛，/和土地的遗忘，/在水边，/我脱下鞋，坐下，把脚浸入水中：/啊！我今天成了绿色的，/我的身体多么清醒、笔直！/悲伤可不要从山后冒出来/是谁在树丛后？/没有谁，一头牛在吃草。/……(塞佩赫里，1386)

山、水、花、鸟等自然景物也是半隐居的诗人王维的主要创作题材。崇尚自然不仅影响王维的作品内容，使他成为融合陶渊明的田园诗、谢灵运的山水诗的盛唐山水田园诗派中成就最大的诗人，更重要的是，这种自然思想构成王维基本的审美理想。如《鸟鸣涧》："人闲桂花落，夜静春山空。月出惊山鸟，时鸣春涧中。"再如《鹿柴》："空山不见人，但闻人语响。返景入深林，复照青苔上。"以及《竹里馆》："独坐幽篁里，弹琴复长啸。深林人不知，明月来相照。"

2. 画作

塞佩赫里真正作画是从一系列自然景物画开始的。他早期的水彩画和水粉画可以说是物质世界的诗意体验的再现。他的作品具有自由而急促游走的笔触、矿物颜料的混合、强调色彩的反差（例如，一个红色块象征着火红的郁金香）等特征，明显受到巴黎画派的影响。同时，塞佩赫里有意识地努力融合东西方绘画传统以形成其独特的风格。他的作品的根本灵感来源是自然界简单的物体，甚至是一条线，它们组成了最简单的绘画语言。他的作品往往包括了荒原尽头的地平线、一棵笔直的高耸入云的树、伊朗随处可见的视线尽头的山峦以及山前近处的起伏的丘陵、沿山坡而下的涓涓细流、穿过柳林开往村庄的列车、村子里毗连的房舍、拱形的屋顶、树枝垂到围墙的一角、树干、树冠、干草、一朵野花、虞美人或者郁金香、近处或稍远处的几块石头、一个小水池……这些都是画家关注的内容。

除了题材，塞佩赫里绘画的色彩也来源于自然。从荒漠的沙土、丘陵的山麓、落满尘土的山脊到小溪边的草坪、土坯墙、小水池，每一种颜色都取自他家乡的自然环境。有时在一片沉默的色彩中会出现一小块明亮的浓烈的颜色，比如火红色、青金石的蓝色、明黄色，这些色块打破底色的宁静，犹如一声鸟鸣突然打破荒原的沉寂。

王维的山水画是其全身心沉浸在山水之中的创作结晶。中国山水画极力展现山川之美，抛弃刻意的技巧，尽量减少或深藏人为的痕迹，以返璞归真为尚，倡导朴素、古拙、天真、含蓄。如王维的名画《雪溪图》，近景山隅一角，道路横斜，路边的小桥、篱舍、屋宇、行人、树木、篷船、起伏的山坡掩映于茫茫白雪之中，营造出一片寂静空旷的景象，极好诠释了王维“画中有诗”的艺术特色。取材于自然、画法崇尚朴素自然是王维和塞佩赫里的共同点。

三、作品蕴含的哲学思想

1. 万物有灵、物我合一

波斯语言文学教授、作家贾法尔·哈米迪 (Jafar Hamidi) 这样评价塞佩赫里的作品和自然的关系：“他是一位熟谙自然的诗人，花草树木、山水原野在他的诗歌里获得了生命，活了起来。事实上，他的诗歌展开了一幅幅大自然在活动、物体在舞蹈、词语在微笑的美丽画面，他的语言如此生动，仿佛自然界的一切都在他的诗里手之舞之足之蹈之。”（哈米德·斯亚赫普什［Hamid Siyahpoosh］，1376）可以说塞佩赫里的诗歌表现出某种万物有灵观。

王维的诗歌中也常见人格化的物，如《辛夷坞》中描写辛夷花：“木末芙蓉花，山中发红萼。涧户寂无人，纷纷开且落。”在绝无人迹的山涧旁，辛夷花默默地开放，默默地凋落。它们生于自然而又复归自然，既无生的喜悦，也无死的悲哀，似乎连时空的界限也随之泯灭。作者在寂静的心境中观照花的开放与凋落，了悟到“不生不灭”的佛家真知。全诗笼罩着孤寂的氛围，诗人和山中的辛夷花融为一体，分不出诗歌描述的到底是花的感受还是诗人的感受。

两位诗人把内心的精神家园投射到身外，令人联想到“后斯宾诺莎”意义上的柏拉图主义者、美国超验主义文学领袖爱默生向人们谈起他感念中的自然时说的一段话："如果一个人是挚爱自然的，那么他的内在感官与外在感官就总是息息相通的，他与苍天和大地的神交成为他日常生活不可或缺的一部分。"（潘利锋，2006）金岳霖先生认为："最高、最广意义上的'天人合一'，就是主体融入客体，或者客体融入主体，坚持根本同一，泯除一切显著差别，从而达到个人与宇宙不二的状态。"（金岳霖，1997）

2. 神秘主义与禅

塞佩赫里同其他革新派诗人一样，在通往真理的路上曾感到茫然。但最终，他在自然界找到了方向。自然的声音呼唤塞佩赫里走向超自然的隐秘的灵魂。自然的元素在他的诗歌里，总是和宗教的元素融为一体，仿佛自然像宗教一样，也是诗人灵魂通往崇高真理的向导。如《水的脚步声》：

> ……我是穆斯林／我的格布勒是一朵红玫瑰／我的礼拜地是泉水，我的拜印是光／原野是我的拜毯……我的克尔白在水边／我的克尔白在槐树下／我的克尔白好似风，穿过一座座花园，走过一座座城市／我的玄石是小花园里的光明……（穆宏燕，2005）

王维的诗歌艺术中最具创造性的发展，尤其是其对山水诗的发展，就得益于自然思想以及更加精致化的禅寂生活。（钱志熙，2014）在王维的诗中，自然美景被诗人赋予某种特定的佛学理念。写景之作虽不言禅，禅趣却时时寓于其中。他的诗歌主要玩味一种空灵的禅趣，追求一种物我两忘境界，审美情趣上偏重于"空"。（韦国兆，2008）在王维的诗中，禅味最浓的要数作于辋川的那些诗。如《竹里馆》："独坐幽篁里，弹琴复长啸。深林人不知，明月来相照。"诗人独坐在幽深的竹林里弹琴长啸，无人知晓他的存在，只有明月来相伴。大自然最了解他内心的孤独，明月的清辉带给他一种寂静的快乐。竹林、明月与诗人情景相照，情趣高雅，意境悠美，达到了物我合一而物我两忘、禅意与诗情水乳交融的境界。（张锡坤，1992）

塞佩赫里将伊斯兰文化中的人主合一、印度文化中的梵我同一、中国佛道文化中的人与自然合一充分融合在了一起，从而将伊斯兰教神秘主义、印度教神秘主义、佛教中的禅宗思想以及中国的道家思想充分融合在了一起。如《我的激情啊》这首诗：

> 我是乐器，我是一段歌，拿起我，弹奏我，在我的弦子上用拨子弹奏"非"，弹奏寂灭之路。／我是烟：我缭绕，我颤抖，我消散。／我燃烧，我燃烧，我是恳求之灯笼，请你把我变成花，请你现身吧。／我成为一面镜子，不受光与影左右，魔与仙来了，我是魔与仙，我处在不知中。／《古兰经》在我头顶，《福音书》是我的枕，《旧约》是我的床，《阿维斯

塔》是我的外衣，我梦见：一尊佛在莲花中……（穆宏燕，2005）

因此，如果说塞佩赫里实现了东方神秘主义哲学的合一，当不为过。（穆宏燕，2006 ）可以说，塞佩赫里和王维的思想是有共通之处的。

四、东方艺术观：诗画同源

西方艺术分类中，诗是时间艺术，画是空间艺术，作为不同的艺术门类的诗与画之间存在着严格的界限。与西方美学不同的是，中国美学不是着眼于诗画的界限，而是侧重于诗画的同源、同一关系，其最早的明确表述是苏轼对王维的评语——“诗中有画”，“画中有诗”。

苏东坡对王维诗画的评论中有如下一段：“味摩诘之诗，诗中有画，观摩诘之画，画中有诗。诗曰：‘蓝溪白石出，玉山红叶稀，山路元无雨，空翠湿人衣。’此摩诘之诗也。”（《书摩诘蓝田烟雨图》）苏轼这段话是在他看了王维《蓝田烟雨图》后写的。这是中国美学史上第一次提出诗画同一的命题。（林衡勋，1994）

塞佩赫里把他脑海里的世界呈现在画布上，把他对周围世界的理解付诸笔端。塞佩赫里的每一首诗都好似一幅画，画家认真而急迫地以崇拜之笔描绘自然风景，描绘每块石头、每片树叶、每只蜻蜓、每个灌木丛。他的每一个作品都亦诗亦画，契合诗画同源之艺术观。

参考文献

[1] 穆宏燕译. 伊朗现代新诗精选[M]. 北京：华艺出版社，2005
[2] 张锡坤等. 禅与中国文学[M]. 长春：吉林文史出版社，1992
[3] 金岳霖. 中国哲学[C].《东西文化议论集》上册. 北京：经济日报出版社，1997
[4] 林衡勋. 试探“诗画同源”[J]. 湛江师范学院学报，1994，(3)
[5] 穆宏燕. 融会贯通东方神秘主义——塞佩赫里思想研究[J]. 回族研究，2006，(1)
[6] 潘利锋. 自然：中西方文人的精神家园[J]. 外语与外语教学，2006，(9)
[7] 钱志熙. 论王维玄佛结合的人生哲学及与艺术的关系[J]. 北京大学学报，2014，(11)
[8] 韦国兆. 儒道释与山水田园诗的自然美观念[J]. 广西教育学院学报，2008，(3)

[9] سهراب سپهری، هشت کتاب، انشارات طهوری، 1386، ص 348-351
[10] حمید سیاهپوش، باغتنهاییسهرابسپهری، تهران: انتشاراتنگاه، 1376، ص60

图书在版编目（CIP）数据

心灵之沟通：神秘主义文学论文集/程彤，刘慧，王振容编.—上海：中西书局，2019
ISBN 978-7-5475-1558-7

Ⅰ.①心… Ⅱ.①程… ②刘… ③王… Ⅲ.①神秘主义—外国文学—文学研究—文集 Ⅳ.①I106-53

中国版本图书馆CIP数据核字（2019）第027854号

本书出版得到上海外国语大学“双一流”建设经费资助

心灵之沟通
——神秘主义文学论文集

程　彤　刘　慧　王振容　**编**

责任编辑　孙本初
装帧设计　梁业礼

出版发行　上海世纪出版集团
中西書局（www.zxpress.com.cn）
地　　址　上海市陕西北路457号（邮编 200040）
印　　刷　上海天地海设计有限公司
开　　本　889×1194毫米　1/16
印　　张　12.75
字　　数　268 000
版　　次　2019年12月第1版 2019年12月第1次印刷
书　　号　ISBN 978-7-5475-1558-7/I·178
定　　价　98.00元